태룡전

김강현 新무협 판타지 소설
FANTASTIC ORIENTAL HEROES

태룡전 3

김강현 新무협 판타지 소설

초판 1쇄 찍은 날 § 2009년 4월 15일
초판 1쇄 펴낸 날 § 2009년 4월 25일

지은이 § 김강현
펴낸이 § 서경석

편집장 § 문혜영
편집책임 § 정서진
편집 § 문정흠

펴낸곳 § 도서출판 청어람
등록번호 § 제1081-1-89호
등록일자 § 1999. 5. 31
어람번호 § 제2-1725호

주소 § 경기도 부천시 원미구 심곡2동 163-2 서경B/D 3F (우) 420-822
전화 § 032-656-4452 팩스 § 032-656-4453
http://www.chungeoram.com
E-mail § eoram99@chollian.net

© 김강현, 2009

ISBN 978-89-251-1774-4 04810
ISBN 978-89-251-1731-7 (세트)

태룡전
3
무림맹(武林盟)
김강현 新무협 판타지 소설
FANTASTIC ORIENTAL HEROES
청어람

目次

第一章
무림맹으로

태룡전

단유강은 날카로운 눈으로 앞에 늘어선 사람들을 둘러봤다. 문노를 비롯한 천망칠십오대의 모든 대원들, 그리고 얼결에 불려온 제갈미미와 담교영까지 나란히 서 있었다.

모두 영문을 모르는 얼굴로 단유강을 바라봤다. 그들의 마음 한구석에 슬머시 불안감이 차올랐다. 단유강의 표정이 정말로 심상치 않았기 때문이다.

그 이유를 아는 유일한 사람인 제갈무군조차도 슬쩍 고개를 돌려 단유강과 눈을 마주치지 않으려 애썼다.

"과연 누가 이런 만행을 저질렀을까?"

단유강의 입에서 나온 말을 이해할 수 있는 사람은 제갈무군뿐이었다. 제갈무군은 아무런 대답도 할 수 없었다. 사실을 유추해 보면 상당히 간단했다.

'자혜로군. 내 사고 한번 칠 줄 알았다.'

제갈무군의 표정을 어떻게 읽었는지 단유강이 대번에 그를 지목했다.

"호오, 철판은 뭔가 알고 있는 얼굴인데?"

단유강의 말에 제갈무군이 화들짝 놀라며 손사래를 쳤다.

"예? 제가 그렇게 보입니까? 저 아는 거 별로 없다는 사실, 잘 아시면서. 에헤헤."

제갈무군이 약간 멍해 보이는 웃음을 흘리자, 그 옆에 서 있던 제갈미미가 아미를 찌푸렸다.

"오라버니, 대체……!"

제갈미미는 제갈무군에게 뭐라고 한마디 하려다가 입을 다물었다. 단유강의 날카로운 시선이 느껴졌기 때문이다.

"보아하니 너도 뭔가 알고 있는 모양이군. 읊어봐라. 제대로만 얘기하면 용서해 줄 테니."

제갈미미가 발끈했다.

"제가 뭘 잘못했다고 용서를 하네 마네 하시는 거죠? 그리고 전 아무것도 몰라요. 대체 왜 내가 여기에 왔는지, 또 이 분들이 왜 여기에 서 있는지도 모른다고요. 대체 왜 이러시는 거죠?"

제갈미미의 말에 단유강이 빙긋 웃었다. 그 웃음을 바라보는 모든 사람들은 왠지 그것이 더 섬뜩하다고 생각했다.

"왜냐고? 왜냔 말이지? 왜냐하면 내가 무림맹의 호출을 받았기 때문이지."

그제야 대부분의 사람들이 단유강의 행동을 이해했다. 하지만 제갈미미는 여전히 이해할 수 없다는 표정이었다.

"그게 왜 문제가 되는 거죠? 천망단이라면 무림맹의 호출을 영광으로 생각해야죠."

"영광? 그래, 영광이란 말이지."

단유강이 심드렁한 표정으로 중얼거렸다. 하긴 제갈미미 입장에서 생각해 보면 그럴 것이다. 아니, 웬만한 사람들이라면 그럴 것이다. 무림맹이 천망단원을 불러들였다면 이유는 둘 중 하나일 테니까.

'죄를 추궁하거나, 아니면 본맹으로 받아들이거나.'

그 외의 일은 아마 거의 없을 것이다. 웬만한 일들은 공문만 내려보내면 알아서 척척 처리할 테니까 말이다. 그리고 죄를 지었다면 보통 무사를 천망단으로 직접 파견해 징치를 한다. 즉, 본맹으로 불렀다는 것은 좋은 의미가 훨씬 많았다.

"젠장."

단유강은 그렇게 중얼거리며 제갈미미를 노려봤다. 제갈미미가 움찔하자, 단유강이 빈틈을 찌르듯 물었다.

"왜 불렀을까?"

"그, 글쎄요. 좋은 일을 시키려고 한 것 아닐까요?"

제갈미미의 말투에서 뭔가를 느낀 단유강이 씨익 웃었다.

"너 짐작 가는 게 있구나? 그렇지?"

제갈미미가 슬며시 고개를 돌렸다. 당연히 있었다. 아니, 거의 확실했다. 하지만 단유강까지 한꺼번에 부른 건 그녀로서도 예상 외였다.

"아마……."

"아마?"

"자혜가 불렀을 거예요."

단유강은 손바닥으로 이마를 탁, 쳤다.

"아, 사마자혜."

하지만 이내 의아한 표정으로 다시 제갈미미를 바라봤다.

"이상한데? 왜 날 부른 거지? 사마자혜가 원하는 건 백철이 아니었나?"

제갈미미가 뜨악한 표정으로 단유강을 바라봤다. 단유강이 말하는 모양을 보건대, 절대 그냥 추측한 게 아니었다. 이건 처음부터 계획된 거였다. 잠시 딴생각을 하던 제갈미미는 단유강의 눈길에 흠칫 놀라 서둘러 대답했다.

"자혜에게는 지금이 가장 중요한 시기예요. 그래서 인재가 필요했을 거예요. 조력자도 필요했을 거고."

단유강이 고개를 갸웃거렸다.

"인재야 백철이면 될 거고. 내가 조력자라고? 과연 내가 쉽게 힘을 빌려줄까? 사마자혜가 그런 어설픈 믿음으로 날 불렀다고?”

제갈미미가 고개를 저었다.

“그건 저도 잘 모르겠어요. 아마 뭔가 확신이 있었겠죠. 자혜는 어리석지 않아요. 꽤 똑똑한 친구라고요. 아마 분명히 이유가 있을 거예요.”

“이유는 무슨. 괜히 심술 한번 내보는 거 아냐?”

사마자혜가 단유강을 곱게 볼 리 없다. 본맹에 사마자문이라는 든든한 배경도 있으니 그걸 이용해 괴롭히려는 걸 수도 있었다. 단유강은 일단 그 가능성도 염두에 뒀다.

“그래서 어쩌실 건데요?”

제갈미미는 답답해서 물었다. 단유강이 안 간다고 하면 그만이다. 물론 그렇게 되면 무림맹에서 상당한 징계를 받겠지만 말이다. 최악의 징계는 천망단에서 쫓겨나는 거였다. 하지만 단유강이 그 정도로 끄떡할 리 없다.

‘천망단이라는 울타리가 없어도 별 상관 없는 사람이잖아? 가만, 그런데 왜 굳이 천망단에 있는 거지? 그냥 혼자 떵떵거리고 살아도 될 텐데…….’

제갈미미는 의문이 가득한 시선으로 단유강을 바라봤다. 이건 좀 알아볼 필요가 있어 보였다. 제갈미미는 고개를 돌려 자신과 나란히 서 있는 천망단원들을 바라봤다. 이들 모두 정말로 이상한 자들이다.

“좋아, 가지. 가준다. 무림맹. 가서 무슨 얘기를 하는지 들어나 보자고.”

단유강은 결국 그렇게 결정을 내렸다. 그 앞에 나란히 서 있던 사람들은 대체 이게 무슨 난리인가 하는 표정으로 단유강을 바라봤다. 굳이 이렇게 모두를 모아서 결정하는 과정을 고스란히 보여줄 필요는 없지 않은가.

단유강은 사람들이 그런 생각을 하는지 마는지에는 전혀 관심도 없다는 듯 고개를 돌려 담교영을 바라봤다.

“집이 무림맹 근처라고 했었나?”

“저희 집은 호남이에요. 무림맹은 호북에 있고.”

“호남이나 호북이나. 아무튼 준비해라. 어차피 가는 길이니 집에 데려다 주마.”

담교영이 눈을 반짝였다.

“대주님이 직접요?”

단유강이 고개를 끄덕이자 담교영이 환하게 웃었다.

“갈게요. 정말로 고마워요. 그렇지 않아도 어떻게 집에 가나 걱정했었는데.”

담교영의 말에 나머지 사람들이 슬며시 고개를 돌리며 속으로 구시렁거렸다. 지금까지 그런 걱정을 내비친 적은 단 한 번도 없었다. 담교영이 이곳에 와서 한 일은 단유강 옆에 붙어 있는 것이 전부였다.

단유강은 담교영에게 그렇게 말한 후, 이번에는 백설영을 바라봤다.

"설영이가 제일 힘들겠구나. 저 바보 철판을 잘 감시해라. 어디로 튈지 모르는 놈이니까."

단유강의 말에 제갈무군이 발끈했다.

"제가 왜 바봅니까? 저, 세상이 알아주는 천재라고요!"

"그래그래, 그렇다고 치자."

단유강은 그렇게 대강 제갈무군의 말을 받아넘긴 후, 이번에는 문노를 바라봤다.

"애들 부탁해."

단유강이 말하는 애들이란 관씨 삼남매를 말한다. 문노는 당연하다는 듯 부드럽게 웃었다.

"여부가 있겠습니까. 제게도 은인 아닙니까. 허허허."

단유강이 믿음직스런 눈으로 문노를 바라보며 고개를 끄덕였다. 사실 이 중에서 가장 믿을 만한 사람이 바로 문노였다. 단유강은 잠시 문노를 바라보며 미소 짓다가 이번에는 하후량, 하후령 형제를 바라봤다.

"설영이 잘 부탁해. 너희들이 아마 많이 수고해야 할 거야."

두 형제는 정중히 포권을 취했다.

"명을 받듭니다."

단유강은 그 말을 끝으로 일행을 한 번 쭉 훑어본 후, 고개를 끄덕였다.

"좋아. 그럼 다녀오지."

단유강이 몸을 돌리자, 늘어선 사람들이 모두 당황했다.

"대, 대주님! 지금 당장 가시려고요?"

"할 일도 없는데 그냥 가지, 뭐."

지금까지 길길이 날뛰며 사람 진을 다 빼놓은 것치고는 너무나 허무했다. 이렇게 당장 갈 거면서 이런 일은 대체 왜 했단 말인가.

하지만 이내 그들은 따뜻한 미소를 지었다. 왠지 단유강의 생각을 알 것 같았기 때문이다. 그들은 문을 넘어 사라져 가는 단유강의 등을 하염없이 바라봤다.

"응? 그런데 백철이 너는 안 가?"

제갈무군의 말에 연백철이 화들짝 놀라며 득달같이 달려갔다.

"대, 대주님! 같이 가요!"

연백철이 달려가자, 이번에는 모두의 시선이 담교영에게로 향했다. 담교영은 사람들의 시선을 받으며 배시시 웃었다. 그 웃음에 모두의 고개가 옆으로 돌아갔다. 차마 정면으로 담교영의 웃음을 받아넘길 수가 없었다.

담교영은 묵묵히 면사를 착용했다. 그리고 사람들을 향해 조용히 고개를 숙였다.

"그동안 감사했습니다."

간단한 인사였지만 마음이 담겨 있었다. 담교영은 이곳에 있으면서 정말로 즐거웠다. 담교영의 신형이 문을 넘어 사라져 갔다.

그렇게 단유강이 무림맹을 향해 길을 떠났다.

"벌써 호남이네요."

담교영은 아쉬운 목소리로 중얼거렸다. 그녀는 조금 더 오랫동안 일행과 함께하고 싶었다. 하지만 단유강과 연백철은 무림맹의 공문을 받고 움직이는 중이었기에 시간을 많이 빼앗을 수는 없었다.

사실 단유강은 별로 상관하지 않았다. 아니, 오히려 되도록 늦게 가고 싶어했다. 괜히 일찍 도착해 봐야 귀찮기밖에 더 하겠는가. 담교영도 단유강의 그런 분위기를 은연중 느끼긴 했다. 하지만 연백철의 조급한 표정이 눈에 보였기 때문에 발걸음을 서두를 수밖에 없었다.

"너무 힘들어서 안 되겠다. 우리 근처 어디 조용한 주루에 가서 술이나 한잔 마시고 가자."

단유강의 말에 연백철의 눈이 휘둥그레졌다. 그리고 담교영의 얼굴에 살짝 기쁨이 어렸다.

연백철은 그냥 서두르자고 말하려다가 담교영의 눈빛을 보고는 목구멍까지 올라온 말을 꿀꺽 삼켰다.

단유강은 연백철이 아무런 반대도 하지 않자 의미심장한 미소를 짓고는 휘적휘적 걸어갔다.

마을에서 가장 큰 주루를 찾는 건 그리 어렵지 않았다. 한 눈에 알 수 있었다. 주루나 기루, 객잔이 잔뜩 모인 거리에서도 가장 눈에 띄는 주루가 있었다.

취선루(醉仙樓).

겉보기에도 화려했는데 안으로 들어가니 몇 배는 더 훌륭했다. 단유강은 빙긋 웃으며 고개를 돌려 이곳저곳 둘러봤다.

"술맛 나겠군."

연백철은 조금 불안한 눈으로 단유강의 표정을 살폈다. 아무리 봐도 이곳은 너무 비싸 보였다.

'술 한 잔에 은자 한 냥이나 하는 비싼 주루도 있다고 하던데……'

물론 그 값어치를 하긴 하겠지만 그래도 너무 비싸다. 연백철이 보기에 이곳이 바로 그런 주루였다. 잠시 불안에 떨던 연백철은 단유강을 힐끗 쳐다보고는 이내 고개를 끄덕였다.

'하긴 돈이 썩어날 정도로 많은 분이니까.'

단유강이 얼마나 돈이 많은지는 모른다. 하지만 미고현에 가지고 있는 상가만 해도 손가락으로 다 꼽지 못할 정도이고, 상단까지 가진 사람이니 이런 고급 주루에서 술을 마신다고 주머니가 다 털리거나 하지는 않을 것 같았다.

그렇게 대충 납득을 한 연백철에 비해 담교영은 전혀 그렇지 못했다. 그녀는 놀란 눈으로 주위를 한 번 둘러보고는 단유강의 팔을 살짝 잡았다.

"저… 대주님, 여기 너무 비쌀 것 같은데……"

청검산장이 비록 꽤 괜찮은 문파라고는 하지만 그래도 이런 곳에서 마구 돈을 뿌릴 정도는 되지 못한다. 호남(湖南) 장사(長沙)는 십여 개의 문파가 치열한 각축전을 벌이는 곳이다. 풍족할 정도로 돈이 들어오긴 하지만 문파를 유지하는 데도 만만치 않은 돈이 필요하다.

그러니 담교영도 사치스런 생활을 할 수는 없었다. 물론 그녀의 성정이 사치스럽지 않기도 했지만 말이다.

담교영의 걱정 어린 눈길에 단유강은 그저 빙긋 웃으며 그녀의 손목을 잡고 안으로 들어갔다. 담교영은 살짝 당황하며 단유강이 이끄는 대로 따라 들어갈 수밖에 없었다.

조금 안으로 들어가자, 어느새 점소이가 다가와 정중히 인사를 하고 일행을 안내했다. 점소이는 일행을 주루의 삼층으로 안내했다. 물론 단유강의 요청이 있었기 때문이다.

취선루는 총 삼 층이었는데, 위로 올라갈수록 더욱 화려했고, 가격도 비쌌다. 단유강은 망설임 없이 삼층의 가장 좋은 자리에 앉았다. 그리고 주루에서 가장 자신 있어 하는 요리와 술을 시켰다.

담교영과 연백철은 살짝 부담스러운 표정을 지었다.

"왜? 내가 너무 돈을 물 쓰듯 하는 거 같아?"

단유강의 말에 두 사람은 어색한 미소를 지으며 고개를 저었다. 대답은 아니라고 하지만 실제 속마음은 그렇지 않다는 걸 표정으로 드러내고 있었다.

단유강은 연백철을 바라보며 말을 이었다.

"잘 보고 배워둬. 여기 이 근방에서는 제일 장사를 잘하는 곳이야. 호남에서도 손가락 안에 끼는 주루라고. 내 말, 무슨 뜻인지 알겠어?"

연백철의 눈이 화등잔만 해졌다. 생각해 보니 자신은 지금 단가객잔을 맡고 있다. 아직 이렇다 할 성과는 없지만 그럭저럭 현상 유지 중이었다. 하지만 단가 객잔의 요리나 분위기를 보면 그 정도로 만족해선 안 된다.

'하지만 여긴 주루인데⋯⋯.'

객잔과 주루는 엄연히 다르다. 이곳의 장사 방법을 눈여겨 보면 도움이야 되겠지만 그러려면 차라리 유명한 객잔으로 가는 것이 훨씬 낫지 않겠는가.

연백철은 의아한 눈으로 단유강을 바라봤다. 단유강은 여전히 의미심장한 미소를 지은 채 연백철을 보고 있었다. 연백철은 마치 단유강이 자신에게 눈빛으로 뭔가를 말하고 있는 듯한 느낌이 들었다.

잠시 침묵의 시간이 지났다. 그러다 연백철은 퍼뜩 놀란 표정으로 벌떡 자리에서 일어났다.

"헉! 설마!"

단유강이 그제야 만족스런 표정으로 고개를 끄덕였다. 그리고 마침 나온 술과 요리로 시선을 돌렸다.

"자, 어디 맛은 어떤가 볼까?"

단유강은 담교영에게 이것저것 권하며 즐겁게 술을 마셨다. 담교영도 처음에는 부담스러웠지만 이내 편안한 표정으로 면사를 풀고 술과 요리를 즐기기 시작했다.

두 사람이 그렇게 술과 요리를 먹고 마시는 동안에도 연백철은 한참이나 선 채로 단유강의 얼굴을 멍하니 바라봤다. 연백철은 알 수 없다는 듯한 표정으로 고개를 절레절레 저었다.

'분명히 단가주루도 내게 맡기려는 걸 거야. 대체 왜……'

연백철은 단가객잔을 맡으며 새로운 사실 몇 가지를 더 알 수 있었다. 천망칠십오대의 대원들은 대부분 자신과 비슷한 상황이었다. 백설영은 단가기루를 맡고 있었고, 하후량, 하후령 형제들은 현재 백설영과 함께 단가상단을 짊어지고 있었다. 그리고 최근 만드는 중인 단가표국을 맡을 예정이기도 했다.

아무것도 맡지 않은 사람은 제갈무군과 문노뿐이었다.

연백철은 고개를 갸웃거리며 단유강을 바라봤다. 그리고는 슬며시 자리에 앉아 술을 조금씩 마시기 시작했다.

'맛있군.'

술도 요리도 괜찮았다. 하지만 그뿐이었다. 연백철은 새삼스러운 눈으로 단유강을 다시 바라봤다. 요리를 먹으니 확실히 알 수 있었다. 단가객잔의 요리가 얼마나 대단한지를 말이다. 단유강이 단가객잔에 상당히 신경을 썼다는 뜻이다.

‘그런 객잔을 내게 맡겨? 그리고 주루까지? 천망단에 들어온 지 고작 몇 달밖에 안 되는 나를 어찌 믿고······.’

연백철은 더 이해하기 어려웠다.

‘배포가 큰 건지, 아니면 바보인 건지······.’

당연히 전자라고 판단했다. 연백철이 지금까지 겪은 단유강은 결코 바보가 아니었다. 아니, 오히려 천재에 더 가까웠다. 모든 면에서 말이다.

“에라, 모르겠다. 일단 먹고 보자.”

연백철은 더 생각하기 싫다는 듯 고개를 세차게 젓고는 술과 요리에 열중하기 시작했다.

세 사람의 입으로 연방 술과 음식이 넘어갔다. 적당히 취기가 올랐고, 분위기가 훨씬 더 부드러워졌다.

그렇게 세 사람은 이곳에서 이틀을 더 머물렀다.

“대주님, 너무 늑장을 부리는 거 아닙니까?”

연백철이 약간 조급한 표정으로 물었다. 사천을 떠나온 지가 벌써 한 달 가까이 되었는데, 이제 고작 장사 근방이다. 바로 호북으로 갔어도 모자랄 판에 호남으로 와 유유자적 여행하듯 걷고 있으니 애가 탈 만도 했다.

“여유를 가져라. 내가 보기에 백철이 너는 너무 급해. 사람이 쉴 때는 좀 쉬고 그래야 하는데 말이야. 내가 전에도 말했듯이 쉬지 않고 수련만 한다고 좋은 게 아니라니까. 휴식은 꼭 필요한 거라고.”

단유강의 말에 연백철은 속이 터져 나갈 것 같았다. 적당한 휴식이 좋다는 건 이제 인정할 수 있었다. 자신도 직접 경험해 봤으니까 말이다. 하지만 그건 말 그대로 적당한 휴식일 때의 얘기다. 지금 상황은 절대 적당하지 않았다.

“죄송해요. 저 때문에 시간이 많이 지체되었죠?”

담교영이 미안한 얼굴로 말하자, 연백철이 급히 손사래를 쳤다.

“아닙니다! 그런 뜻으로 말한 게 아닙니다. 전 그저…….”

“아니긴 뭐가 아니냐? 내가 듣기에도 딱 그렇더만. 백철아, 내가 예전부터 말하지만 너무 그렇게 팍팍하게 살면 안 된다. 그리고 눈앞에서 그런 얘기를 하는 건 실례지.”

단유강의 말에 연백철이 입을 떡 벌렸다. 어찌 사람을 이렇게 몰아갈 수 있단 말인가. 너무 늑장을 부린 건 사실이지 않은가. 그리고 늑장을 부린 게 누군가?

“파리 들어간다. 입 닫아라.”

연백철이 입을 다물었다. 그리고 조심스런 눈으로 담교영을 바라봤다. 면사를 쓰고 있었지만 눈빛만은 확실히 볼 수 있었다. 그녀의 눈빛은 쓸쓸했다.

“아니, 저, 담 소저……. 그러니까 제 말은…….”

담교영이 애처로운 미소를 지었다.

“알아요. 무슨 말씀이신지. 그나저나 어느새 벌써 장사에 도착했네요."

청검산장은 장사 인근에 있다. 담교영과의 동행은 딱 여기까지였다. 그 생각을 하니 연백철도 왠지 아쉬워졌다.

담교영은 아련한 눈으로 장사가 있는 쪽을 바라봤다. 앞으로는 또 예전과 같은 생활로 돌아가야 한다. 그녀의 입가에 작은 한숨이 흘렀다.

"자자, 일단 가자고. 여기까지 데려다 줬는데, 설마 하루 정도는 재워줄 거지?"

단유강의 말에 담교영이 빙긋 웃었다.

"물론이죠. 어서 가요."

담교영은 그렇게 말하고 앞장서서 걸어갔다. 그녀의 주위에 어렸던 쓸쓸한 분위기가 낳이 희석되었다. 뒤에서 그 모습을 가만히 지켜보던 단유강이 갑자기 고개를 돌려 연백철을 쳐다봤다.

"왜, 왜 그러십니까?"

심상치 않은 눈빛에 움찔 몸을 떤 연백철이 떨리는 목소리로 묻자, 단유강이 빙긋 웃었다.

쾅!

"커억!"

연백철은 뒤통수에서 갑자기 느껴지는 격통에 그대로 뒷머리를 감싸고 주저앉았다. 너무나 아팠지만 뭐라고 한마디도 할 수가 없었다.

“눈치없는 자식.”

단유강이 남긴 말이 연백철의 가슴을 무겁게 짓눌렀다.

청검산장은 장사에서 조금 떨어진 산 아래에 위치해 있었다. 장사에서 느긋하게 걸어서 이각이면 충분히 도착할 수 있을 정도로 가까웠다.

“호오, 분위기가 제법인걸?”

청검산장의 단아한 분위기에 단유강이 나직이 탄성을 흘렸다. 그리 규모가 크지는 않았지만 느껴지는 분위기나 기세가 만만치 않은 곳이었다. 만일 이대로 규모만 더 키운다면 손꼽히는 무가로 발전할 수도 있을 듯했다.

“들어오세요.”

담교영은 청검산장 안에 들어선 후에도 면사를 벗지 않았다. 그녀가 면사를 벗을 수 있는 공간은 내원에 국한되었다.

정문을 지키던 무사 두 명은 담교영이 낯선 사내 둘을 데리고 들어오자 의아한 표정을 지었다. 하지만 그들은 그것을 상관하지 않았다. 그들의 임무는 보고만 하면 끝이었다.

“출출하네. 밥은 언제 먹어?”

단유강의 질문에 연백철이 기겁을 했다. 근처에는 청검산장의 무사들도 많았고, 일하는 사람들도 더러 보였다.

“대, 대주님, 그런 질문은 좀 나중에 하시는 것이…….”

단유강이 이상하다는 눈으로 연백철을 쳐다봤다.

"왜 이래? 너답지 않게."

단유강은 그렇게 말한 후, 담교영 옆으로 바짝 붙어서 걸어 갔다. 뒤에서 그 광경을 보니 마치 다정한 연인 같았다.

"에휴, 내가 우리 대주님 때문에 늙는다. 진짜."

연백철이 나직이 한숨을 내쉬며 그 뒤를 쫓아갔다.

담교영은 직접 두 사람의 거처를 마련해 줬다. 외원과 내원 의 경계 부근에 있는 전각으로 데려가 그곳에서 일하는 시비 들에게 제대로 모시라고 신신당부를 했다. 그렇게 조치를 취 한 후에야 청검산장의 장주이자 그녀의 아버지인 담무군을 만나러 갔다.

단유강은 담교영이 내원으로 들어가는 모습을 가만히 바 라보다가 이내 방으로 들어가 침상에 몸을 뉘였다.

"그러고 보니 이것도 오랜만이구나."

이리저리 침상을 뒹구는 단유강의 모습을 연백철이 멍하 니 바라보고 있었다.

"어서 오너라. 고생이 많았겠구나."

담무군은 그렇게 말하며 눈을 빛냈다. 면사를 벗은 딸의 얼 굴은 한층 더 아름답게 변해 있었다. 날이 갈수록 점점 미모 가 더해지는 딸의 모습에 담무군은 흐뭇한 표정을 감추지 못 했다.

"그나저나 생각보다 늦었구나. 무슨 일이라도 있었던 것이냐?"

"잠시 세상을 조금 둘러봤습니다."

담무군이 크게 고개를 끄덕였다.

"그렇구나. 가끔 그렇게 세상을 둘러보는 것도 괜찮지. 한데 너 혼자 돌아다니는 건 상당히 위험한 일이다. 함께 사천으로 갔던 호위무사들도 그냥 돌려보냈더구나. 무사히 돌아와서 다행이긴 하지만 앞으로는 절대 그러지 말거라. 알겠느냐?"

"예."

담교영의 대답에 담무군이 잠시 뜸을 들이다 진짜 궁금한 걸 물었다.

"한데 함께 온 손님이 있다고 들었다."

"사천에서 우연히 알게 된 분들입니다. 저를 염려해 이곳까지 함께 동행해 주셨습니다."

"허어, 고마운 분들이로구나. 그래, 어떤 가문의 분들이냐?"

담무군은 벌써 담교영과 함께 온 사람들에 대한 대략적인 보고를 받았다. 나이는 대략 이십대 초중반으로 보인다는 것과 그중 한 명이 굉장한 미남이라는 것, 그리고 담교영이 그 두 사람에게 상당히 호감을 보이고 있다는 말까지 들었다.

"무림맹분들입니다."

"호오, 무림맹이라… 대단하구나. 하면 직책은 어떻게 되느냐?”

담교영은 살짝 눈살을 찌푸렸다. 만일 천망단의 대주와 대원이라고 대답하면 담무군의 표정이 어떻게 변할지 너무나 잘 알기 때문이었다. 하지만 어차피 금방 드러날 사실을 감출 수는 없었다.

“천망단의 대주님이세요.”

담무군이 즉시 얼굴을 찌푸렸다.

“천망단? 고작 그런 사람들을 사귀려고 사천까지 간 게냐?”

당가주의 회갑연에 참석한 자들의 면면은 정말로 놀라웠다. 게다가 당가의 힘이 만천하에 드러났다. 담무군은 적어도 당가의 자제 정도는 인연으로 엮일 거라 기대했다. 한데 고작 천망단이라니 실망이 너무나 컸다.

“고작 천망단의 대주가 어찌 널 호위하겠느냐? 네가 그들을 보호하며 여기까지 왔겠지. 쯧쯧.”

담무군의 말에 담교영이 그게 아니라고 말하려 했지만 담무군은 손을 들어 그녀의 말을 막았다.

“총관!”

담무군의 부름에 문이 열리고 총관이 조심스럽게 안으로 들어와 조용히 고개를 조아렸다.

“교영이와 함께 온 자들에게 적당히 사례금을 집어주고 내보내게. 원한다면 밥이나 한 끼 먹고 가라 하게.”

총관이 고개를 숙이고 밖으로 나가자, 담교영이 다급히 말했다.

"그러시면 안 돼요! 총관님! 잠시만 기다려 주세요!"

담교영의 외침에 총관이 문 앞에서 걸음을 멈추고 뒤돌아섰다. 하지만 담무군의 태도는 단호했다.

"안 되긴 뭐가 안 된단 말이냐! 총관! 뭐 하나! 어서 가보지 않고!"

총관이 다시 고개를 숙이고 몸을 돌렸다. 담교영이 거듭 총관을 불렀지만 총관은 더 이상 걸음을 멈추지 않았다.

"쯧쯧, 대체 언제 정신을 차릴 생각이냐? 네 어깨에 우리 청검산장의 미래가 달렸거늘, 언제까지 능력도 미래도 없는 자들에게 신경을 쓸 것이냐?"

담무군의 말에 담교영이 입을 다물었다. 하고 싶은 말이 많았지만 어떤 말을 해도 소용없다는 걸 그녀는 너무나 잘 알고 있었다. 사실 연백철의 무공이 굉장하며, 단유강은 더 강할지도 모른다는 얘기를 해봐야 담무군은 믿지도 않을 것이다.

'사례금이라니.'

담교영이 쓴웃음을 지었다. 여기까지 오면서 단유강이 쓴 돈을 다 합하면 금으로 백 냥이 넘을 것이다. 청검산장의 재력으로 줄 수 있는 사례금이라는 건 거의 정해져 있다. 아마 은자로 다섯 냥 정도를 내밀 것이다.

'받긴 하실까?'

담교영은 속으로 그렇게 중얼거리며 자리에서 조용히 일어났다.

"이만 물러가겠습니다."

담무군이 못마땅한 표정으로 그녀를 바라봤다.

"허튼 짓을 할 생각은 말아라. 조만간 좋은 소식이 올 테니 거처에서 꼼짝하지 말고 기다리거라."

담교영은 고개를 살짝 숙인 후 밖으로 나갔다. 그녀의 표정이 차갑게 굳었다. 예전처럼.

"젠장, 그렇게 안 봤는데."

연백철은 연방 투덜거리며 청검산장의 정문을 나섰다. 연백철 옆에는 단유강이 은자를 짤그락거리며 걷고 있었다.

"대주님은 뭐가 좋다고 그런 돈을 그냥 넙죽 받아오신 겁니까?"

연백철의 말에 단유강이 피식 웃었다.

"한 달 동안 땅을 파봐라. 은자 다섯 냥이 나오나. 요즘 느끼는 건데, 백철이 배가 불렀어."

연백철이 발끈했다.

"제 말은 그게 아니잖습니까! 아니, 어떻게 우리에게 이럴 수 있습니까? 담 소저가 이럴 줄은 정말 몰랐단 말입니다!"

"쯧쯧, 나이를 어디로 먹은 건지. 넌 아직도 세상일을 그냥 눈에 보이고 귀에 들리는 대로만 믿는 거냐?"

단유강의 말에 연백철이 입을 다물었다. 단유강은 고개를 저으며 말을 이었다.

"네 믿음이 원래 그 정도였던 거지. 고작 이런 작은 일에 흔들릴 거면 아예 처음부터 믿지 않는 게 좋아."

연백철은 왠지 화가 치밀었지만 아무런 말도 할 수 없었다. 단유강의 말에 한마디도 반박을 하지 못했다.

"자자, 골치 아픈 일을 더 생각해서 뭐 하겠냐? 그냥 갈 길이나 가자. 인연이 된다면 또 만날 수 있겠지. 뭐, 그냥 앉아서 인연을 기다릴 녀석으로 보이진 않았지만."

단유강은 그렇게 말하며 손에 든 은자 다섯 냥을 위로 던졌다 받았다. 짤그락거리는 소리와 함께 단유강의 눈이 빛났다.

"가자. 이 돈으로 우리 술이나 한잔하자."

연백철이 그럼 그렇지 하는 표정으로 고개를 절레절레 저었다.

"한 사흘은 더 있고 싶었는데……."

아쉬움 가득한 단유강의 말에 연백철이 어이가 없다는 듯 바라봤다. 연백철뿐 아니라 그 옆에 있던 사내도 연백철과 똑같은 표정을 지었다.

'대체 이런 사람이 어떻게 천망단의 대주가 된 거지?

아무리 천망단이 무림맹 내에서는 그리 대우를 못 받는다지만, 그래도 아무나 받아들이지 않는다. 어느 정도 실력이 있어야 하고, 과거가 지저분하지 않아야 한다.

'내가 보기엔 대원도 과분한 것 같은데…….'

사내는 속으로 그렇게 생각하며 발걸음을 서둘렀다.

"조금 더 빨리 갑시다. 나도 여기서 한가하게 이럴 시간 없단 말이오."

사내는 장사에 있는 천망단의 부대주였다. 장사같이 중요한 곳에 위치한 천망단에는 단원의 수가 꽤 많았다. 백 명이 훨씬 넘을 정도였으니, 대주 혼자서 감당하기에는 무리가 따랐다. 그래서 그런 곳에는 부대주가 존재했다.

유중영은 장사의 천망단인 천망삼십대에 있는 두 명의 부대주 중 한 명이었다.

천망삼십대는 얼마 전 무림맹으로부터 공문 하나를 받았다. 한데 그 공문의 내용이라는 것이 너무나 어이가 없었다.

장사에서 떠날 생각을 하지 않는 천망단의 대주 한 명과 대원 한 명을 찾아 무림맹까지 데려오라는 명령서였다. 처음에는 천망단원 중에 그런 간 큰 자가 있을 리 없다는 생각을 했지만, 막상 단유강을 만나고 보니 무림맹에서 굳이 공문까지 보낸 이유를 알 수 있었다.

"좀 더 빨리 걸을 수 없소?"

유중영은 마음 같아선 경공으로 빨리 달려가고 싶었지만 단유강이 한사코 그럴 수 없다고 우기는 바람에 걸어가야만 했다. 오랫동안 경공을 펼치기 어려울 정도로 내공이 부족하다는데 어쩌겠는가.

'아무리 그래도 반 각 정도 경공을 전개하면 세 시진을 쉬어야 한다니, 그게 말이 돼?'

유중영은 단유강의 말을 믿지 않았다. 하지만 거짓말이라고 우길 수도 없기에 그냥 그러려니 했다. 물론 울화통이 터지긴 했지만 꾹 눌러 참을 수밖에 없었다. 같은 천망단끼리 싸우면 무거운 징계를 피할 수 없기 때문이다.

"그런데 혹시 우리를 왜 불렀는지 아시는 거 있소?"

연백철이 급히 나서서 유중영의 시야에서 단유강을 가리며 물었다. 단유강의 느릿한 걸음을 보고 있으면 연백철도 가슴이 답답할 지경이니, 차라리 못 보게 하고 관심을 다른 곳으로 돌리는 게 훨씬 나았다.

유중영도 연백철의 의도를 어렴풋이 눈치채고는 헛기침을 몇 번 하고 대답했다.

"크흠, 크흠. 뭐, 확실히는 모르오. 하지만 대강 소문을 듣자 하니 무슨 사건을 맡길 모양이오."

"사건? 무슨 사건 말이오?"

"글쎄, 거기까지는 나도 모르겠군. 뭐, 무림맹 근처에서 벌어지는 사건이 어디 한둘이겠소? 원래 이런 큰 조직에는 바람 잘 날이 없는 법이오."

연백철이 수긍한다는 듯 고개를 끄덕였다.

"하긴, 그건 그렇소. 그런데 좀 이상하지 않소? 무림맹에 인재가 없는 것도 아니고 나나 우리 대주님 같은 천망단을 굳이 불러서 사건을 맡길 이유가 없는데. 안 그렇소?"

유중영도 의아한 표정으로 고개를 끄덕였다.

"하긴, 좀 이상하긴 하오. 혹시 무림맹에 무슨 대단한 뒷배라도 있는 거요? 공을 세우게 해서 위로 끌어올려 주려는 걸 수도 있는데. 예전에 우리 삼십대에 있던 대원 하나도 그와 비슷한 방법으로 본맹에 들어가는 걸 봤거든."

"호오, 그런 수도 있단 말이오? 난 무림맹은 절대 그런 비리가 없다고 생각했는데, 그런 것도 아닌 모양이오?"

유중영이 피식 웃었다.

"훗, 무림맹이 무슨 신선들 모임도 아니고, 그럴 리가 있겠소? 여기도 다 사람이 모여서 사는 곳이오."

"그건 그렇지만……. 아무튼 이상하긴 이상하군. 난 그런 뒷배가 전혀 없는데……."

연백철은 그렇게 말하며 슬며시 고개를 돌렸다. 그의 시선이 멈춘 곳에 단유강이 여전히 느릿하게 걷고 있었다.

"그런 눈으로 보지 마라. 나도 그딴 거 없으니까. 너도 들었으면 알 거 아니냐."

"누가 뭐라고 했습니까?"

연백철은 그렇게 말하며 다시 고개를 앞으로 돌렸다. 그의 표정에 어린 의아함이 점점 짙어졌다. 아무리 생각해도 무림맹에서 자신들을 부를 이유가 없었던 것이다.

"아, 거! 좀 빨리빨리 갑시다!"

연백철은 유중영이 소리치자 퍼뜩 정신을 차렸다. 어느새 딴생각에 빠져 걸음이 느려진 모양이었다.

"아, 미안하오."

연백철은 그렇게 말하며 걸음을 서둘렀다. 몇 걸음을 걷자 단유강의 말이 그의 귓가에 살짝 스쳤다.

"머리 터지겠다. 쓸데없는 생각은 그만해라. 아마 사마자혜가 벌인 일일 거다."

단유강의 말에 연백철이 묘한 표정을 지었다. 사마자혜가 떠나기 전 자신에게 했던 말이 떠올랐다. 그녀는 연백철이 무림맹에서 더 큰일을 하길 원했다. 꿈에 그리던 청룡단에 넣어주겠다고 했다.

'내가 왜 그걸 거절했을까?

당시 연백철은 그 제안을 거절했다. 청룡단에 들어가는 게 그의 꿈이긴 했지만 당시는 왠지 그것이 그리 대단하게 느껴지지 않았다. 연백철의 시선이 힐끗 돌아가 단유강을 슬쩍 쳐다봤다.

'대주님 때문인가?

어쩌면 그럴 것이다. 당시 사마자혜에게 그 제안을 들었을 때 가장 먼저 떠오른 것이 단유강이었으니까. 단유강은 언제든 그가 원할 때 청룡단으로 갈 수 있을 거라고 했다. 당시 그 말을 들었을 때는 말도 안 되는 소리라고 비웃었지만, 지금은 그렇지 않았다.

'청룡단이라······.'

연백철의 입가에 슬쩍 미소가 떠올랐다.

"이상하네. 천망단이 청룡단보다 더 좋아 보이니 말이야."

연백철의 중얼거림에 그 옆에서 걸어가던 유중영이 이상한 눈으로 처다봤다.

"그 무슨 말도 안 되는 소리를 하는 거요? 당연히 청룡단이 좋지. 설마 댁도 처음 천망단에 들어갈 때 들었던 그 말을 믿는 거요? 무림맹의 꽃은 천망단이니 뭐니 했던 그따위 얘기들 말이오."

유중영의 말에 연백철은 대답하지 않고 그저 빙긋 웃을 뿐이었다. 연백철의 시선이 다시 단유강에게로 향했다. 단유강의 입가에 연백철의 것과 아주 똑같은 미소가 맺혀 있었다.

第二章
냉혼비검 살인 사건

태룡전

당미려는 보고서 한 장을 읽으며 못마땅한 표정을 지었다.

"흐음, 너무 수상해. 우리 당가의 정보력으로도 고작 이게 한계란 말이지?"

보고서에 적힌 내용은 천망칠십오대에 대한 것이었다. 그들의 과거에서부터 현재에 이르는 모든 사항이 총망라되어 있었다. 하지만 정작 중요한 것들은 하나도 파악하지 못했다.

"일단 미고현에 있는 주요 상가들은 모두 단유강이라는 자의 소유가 확실하고……. 무림맹을 물 먹인 진법의 대가가 제갈무군인 줄 알았는데 아니란 말이지?"

당미려는 제대로 된 정보를 알아오라고 신신당부를 했다.

그렇게 해서 받은 보고서였지만 전혀 마음에 차지 않았다.

"이름없는 무가의 후손에 무공은 일류 초입? 흥, 고작 이 정도 정보만으로 무림맹에 들어갈 수 있었다고?"

무림맹 천망단은 아무나 들어갈 수 있는 곳이 아니었다. 적어도 과거가 깨끗하지 않다면 절대 들어가는 것이 불가능했다. 과거가 불분명한 경우에도 마찬가지였다.

당미려는 조금 더 자료를 뒤적였다. 단유강의 행적이 단편적으로 드러났다. 그것들을 모아보니 그럭저럭 단유강에 대해 나왔다. 아마 무림맹은 이 정보를 토대로 단유강의 입맹을 결정한 모양이었다.

"이걸로만 보면 아무런 하자가 없군. 지나칠 정도로 깨끗해."

당가의 정보원들은 여러 가지 방법을 동원해 정보를 습득한다. 이렇게 인물의 뒷조사를 하는 경우 탐문을 기본으로 하여 그의 행적을 면밀히 되짚어 나간다.

당미려는 고개를 저으며 다른 대원들의 보고서도 쭉 훑었다. 특별한 것은 없었다. 다만 무공 수위가 확실치 않았다. 그리고 문노에 대한 정보도 단유강의 것과 비슷한 느낌을 받았다.

"수상해. 어떻게 이렇게 정보가 모자랄 수 있지? 아무리 정보 단체를 가졌고 꽤 대단한 재산을 보유하고 있다지만 이 정도로 정보를 차단할 수는 없는 법이야. 이건 차단이 아니라 원래 정보가 거의 없어서 그런 거야."

당미려는 그렇게 잠정적으로 결정을 내리고 고민에 빠졌
다.

이번에 미고현을 압박해서 단유강이 가진 정보 조직을 흡
수한다는 계획이 보기 좋게 실패한 이후, 몇 번이나 다시 시
도를 했다. 하지만 그 이후로는 더더욱 흡수가 어려워졌다.

백설영이 정보 조직을 강화한데다가, 미고현의 움직임도
상당히 달라져 압박이 불가능해졌다.

"상단에다가 표국까지 만들었으니."

얼마 전 단가상단을 습격하러 갔던 당가의 무사들이 전멸
을 당했다. 그들은 상단을 채 기습하기도 전에 발각되어 몰살
당했다. 게다가 누가 어떻게 그들을 물리쳤는지 아무것도 파
악된 것이 없었다. 그저 단가상단에 대단한 조력자가 있다는
것 정도를 짐작할 뿐이었다.

그 이후, 미고현에 단가표국이 등장했다. 그들은 대대적으
로 표사를 모집해 순식간에 활동을 시작했다. 미고현을 중심
으로 사천 내에 한정한 표행을 주로 했다.

표국에 상단까지 존재하는 곳을 압박할 수단은 습격 말고
는 없었다. 하지만 조력자가 누구인지 모르는 상황에서 섣불
리 습격을 단행해선 안 된다.

"대체 뭐지? 고작 천망단 따위가 어떻게 이럴 수가 있는 거
야?"

당미려의 얼굴에 짙은 패배감이 스쳤다. 원하던 대로 미고현을 압박하지도 못했고, 그들에 대해 알아내지도 못했다. 게다가 천망칠십오대는 여전히 장막에 가려 있었다.

"이렇게 물러날 수는 없지."

당미려는 이를 악물었다. 다른 곳도 아니고 사천에 있는 자들이다. 당가가 아우르지 못한 정보 조직이 있다는 사실도 용납하기 어려웠다.

"좀 더 역량을 집중시켜야겠어. 아무래도 예감이 좋지 않아. 이대로 놔두면 반드시 독이 될 거야."

얼마 전 당가를 발칵 뒤집어놓은 사건도 아직 완전히 수습하지 못한 상황이었다. 그래서 또 일을 벌이는 게 부담스럽긴 했지만 그래도 그냥 넘어갈 수는 없었다. 지금까지 당미려는 감만으로 움직인 적이 한 번도 없었다. 하지만 이번에는 기분이 너무 좋지 않았다.

"처음이자 마지막이 되도록 해야지."

너무 감에만 의존하면 결국 좋은 결론을 얻기 힘들다. 나중에는 반드시 파탄을 드러낸다. 당미려는 그 사실을 다시 되새기며 미고현을 어떻게 처리할지 고민하기 시작했다.

"호오, 무림맹, 무림맹 하기에 얼마나 대단한가 했더니, 이건 생각보다 훨씬 굉장한데?"

단유강이 턱을 쓰다듬으며 감탄하자, 옆에 있던 유중영이 자랑스러운 얼굴로 입을 열었다.

"천하를 품에 안은 곳이오. 이 정도야 당연하지 않겠소?"

"천하라……."

단유강은 의미심장한 표정으로 무림맹 정문을 바라보다가 이내 안으로 들어섰다. 정문을 지키던 다섯 무사가 안으로 들어서는 세 사람을 끝까지 지켜봤다.

"살벌한 곳이군."

단유강이 그렇게 중얼거리자 유중영이 당연하다는 듯 말했다.

"천하의 정점에 서 있는 곳이오. 하루에도 어중이떠중이가 수백 명은 찾아와 귀찮게 한단 말이오. 정문을 지키는 무사들은 강하고 살벌해야 하는 게 당연하지 않겠소?"

"하긴."

단유강은 대충 고개를 끄덕여 주고 안으로 더 들어갔다.

연백철은 말없이 계속 그 뒤를 따라가다가 결국 궁금증을 이기지 못하고 물었다.

"그런데 우리가 지금 대체 어디로 가고 있는 거요?"

"나도 모르오. 난 명령을 받았을 뿐이니까. 당신들을 비검당으로 데려오라는 명을 따를 뿐이오."

"비검당?"

"무림맹의 은밀한 일을 처리하는 곳이오. 뭐, 듣기에는 여러 가지 일을 한다고 하지만 사실 정확히 무슨 일을 하는 곳인지는 나도 모르오."

연백철이 고개를 갸웃거리는 사이 세 사람은 어느새 비검당 앞에 도착했다. 육 층이나 되는 커다란 전각에 용사비등한 필체로 '비검당(秘劍堂)'이라고 적힌 현판이 걸려 있었다.

"전각도 끝내주는군."

단유강은 그렇게 중얼거리며 비검당 안으로 들어갔다. 유중영은 처음 명령받은 대로 비검당 육층에 있는 방 앞까지 두 사람을 데려갔다.

문 앞에는 두 사람의 무사가 석상처럼 서 있었다.

"천망칠십오대 대주 단유강과 대원 연백철을 데려왔습니다."

유중영이 문 앞에서 보고를 하자, 문이 스르륵 열렸다. 안에는 한 여인이 앉아서 미소 띤 얼굴로 문밖에 서 있는 세 사람을 바라보고 있었다.

단유강은 그녀를 보고는 역시나 하는 표정으로 고개를 끄덕였다.

"어째 예상에서 한 치도 벗어나지 않으니 불길하군."

단유강과 연백철이 안으로 들어가자, 유중영은 안도의 한숨을 내쉬며 돌아갔다. 그럭저럭 무사히 명을 수행했으니 적당한 인상을 남겼을 것이다.

'게다가 방금 본 그 여자야말로 앞으로의 실세가 될 확률이 다분하지.'

유중영의 얼굴에 미소가 떠올랐다.

방 안으로 들어선 단유강은 적당한 자리에 가서 앉았다.

"침상이 있었으면 더 좋았을 텐데 아쉽군."

단유강의 말에 연백철이 기겁을 했다. 미고현에서라면 몰라도 여기는 무림맹이다. 말을 함부로 하다가는 어떻게 될지 아무도 모른다.

연백철이 슬며시 눈치를 살피자 두 사람의 앞에 앉아 있던 여인, 사마자혜가 빙긋 웃었다.

"그렇게 불편해하실 필요 없어요. 예전처럼 편하게 대해 주세요. 궁금한 게 있으면 물어보셔도 되고요."

사마자혜의 말에 연백철은 조금 용기를 내서 단유강 옆자리에 앉았다. 그리고 조심스럽게 물었다.

"우리를 왜 부르셨습니까? 보아하니 무림맹의 높은 자리에 앉은 것 같은데."

사마자혜가 빙긋 웃었다.

"그러니까 천망칠십오대 덕분에 이 자리에 앉았는데 뭐가 부족해서 불렀느냐, 이건가요?"

너무나 직설적인 말에 연백철은 입을 다물었다. 연백철이 불쾌한 눈으로 고개를 슬쩍 돌렸다. 왠지 기분을 상하게 만드는 말투였다.

"제게 기회가 또 왔거든요. 제 기회도 살리고, 또 두 분께 기회를 드리고 싶기도 했어요."

기회라는 말에 연백철이 다시 고개를 돌려 사마자혜를 바라봤다. 이제부터 진짜 중요한 말이 튀어나올 게 분명하니 집중이 필요했다.

"말씀하시죠."

사마자혜는 연백철과 단유강을 번갈아 보며 말을 이었다.

"제가 있는 이 자리는 비검당의 부당주 자리예요."

연백철은 무림맹의 비검당이 무슨 일을 하는 곳인지도 모르고 얼마나 대단한 위세를 갖춘 곳인지도 모른다. 그저 부당주라고 하니 높은 자리구나 할 뿐이었다.

사마자혜는 친절하게 그에 대한 설명을 덧붙였다.

"비검당은 대외적으로 알려지기로는 무림맹의 궂은일을 하는 곳으로 되어 있어요."

"대외적으로?"

"네. 대외적으로는 그래요. 별의별 일을 다 하죠. 어떨 때는 잡일이라고 느껴지는 일까지 맡아서 해요. 그래서 비검당에 있는 무사들은 두 부류로 나뉘죠."

사마자혜는 눈을 빛내는 연백철과 단유강을 바라보며 말을 이었다.

"비검당의 실체를 모르는 잡일 전문의 무사들과 진짜 비검당 무사들로 나뉘죠."

"그럼 비검당이 진짜 하는 일이 뭡니까?"

사마자혜는 그제야 빙긋 웃으며 서류 한 장을 건넸다. 연백철은 잠시 단유강의 눈치를 살피다가 그 서류를 받아 들었다.

"비검당 부당주 냉혼비검 윤천묵 살인 사건?"

연백철은 조금 당황한 눈으로 사마자혜를 바라봤다.

"읽으신 대로예요. 전임 부당주가 죽어서 그 빈자리를 제가 차지한 거죠."

연백철은 당황한 표정을 간신히 지우고 서류를 마저 읽었다. 그것은 그 사건에 대한 모든 것을 사마자혜에게 일임한다는 서류였다.

"이걸 제게 보여주시는 이유가……."

"도움이 필요해서 불렀어요."

사마자혜의 얼굴에 드리운 미소가 더욱 짙어졌다. 연백철의 얼굴에 다시 당황이 떠올랐고, 단유강은 귀찮은 표정으로 고개를 절레절레 저었다.

"그러니까 여기서 시체가 발견되었다, 이건가?"

"그래요."

사마자혜는 기대에 찬 눈으로 단유강을 살폈다. 단유강은 윤천묵의 시체가 있던 자리를 살피고 있었다. 그렇게 한참을 살피던 단유강은 대수롭지 않다는 듯 툭 말을 던졌다.

"뭐, 하나도 모르겠군."

단유강의 말에 사마자혜의 얼굴에 당황이 어렸다.

“그, 그런 말씀 마시고 좀 자세히 살펴보세요.”

“자세히 살피면 내가 아나? 백철아, 네가 좀 봐야겠다.”

단유강의 말에 연백철이 화들짝 놀랐다.

“예? 제, 제가요?”

“추적술에 일가견이 있다고 하지 않았던가? 원래 추적술 잘하는 놈들이 이런 흔적 살피고 사건을 유추하는 능력이 뛰어난 법이지.”

단유강의 말에 연백철이 어기적거리며 다가가 근처를 살폈다. 다가갈 때의 표정과는 달리 막상 흔적을 살피는 모습은 진지하기 그지없었다.

“시체가 발견된 지 얼마나 지났습니까?”

“두 달이 조금 넘었어요.”

사마자혜의 말에 연백철이 고개를 갸웃거리며 물었다.

“시체 외에 이 방에서 치운 물건이 있습니까?”

“시체만 치웠을 뿐, 그날 이후로 이 방에 들어온 사람조차 별로 없어요.”

연백철은 다시 주위를 면밀히 살폈다. 시간이 두 달이 넘게 흘렀는데도 워낙 잘 보존해 뒀기에 당시의 상황을 유추하는 데는 별 문제가 없었다.

“핏자국이 없군요?”

“당연하죠. 독살당했으니까요.”

“독살이라…….”

연백철이 눈살을 찌푸렸다. 독살이라면 시체를 뒤적이는 것 외에는 딱히 흔적을 찾을 방법이 별로 없다.

"하면 그 독을 분석해서 범인을 유추하는 게 가장 빠르지 않겠습니까?"

사마자혜가 고개를 저었다.

"이미 해봤어요. 냉혼비검의 몸에서 찾아낸 독은 절혼독(絶婚毒)이에요. 십 년 전만 해도 구하기 어려운 독이었겠지만 지금은 누구나 돈만 있으면 충분히 구할 수 있는 독이죠."

절혼독을 처음 만든 곳은 독왕곡이라는 곳이다. 물론 독왕곡은 사라진 지 수백 년이나 된 곳이지만 그들이 만들었던 독 몇 가지는 아직도 여기저기 흘러다녔다. 절혼독도 그중 하나였다.

십 년 전만 해도 절혼독은 상당히 무서운 독이었다. 특히 무림인들에게는 더더욱 무서웠다. 절혼독을 복용하면 무공을 익히지 않은 사람의 경우 두 시진을 버틸 수 있지만, 만일 무공을 익힌 사람이 내공을 운기하면 반 각 만에 죽음의 문턱을 넘어야 했기 때문이다.

그렇게 무섭던 독이었지만 무림맹 의약당에서 해독약을 만들어내는 바람에 쓸모없는 독으로 전락해 버렸다. 무림맹에서 해독약 제조법을 조건 없이 공개해 버렸기 때문이다.

사실 그 이면에는 당시 절혼독으로 무림맹을 압박해 보려던 몇몇 문파들과 얽힌 정치적인 이유가 있었지만, 당시 그 사건으로 인해 절혼독의 제조법까지 세상에 나돌게 되어버렸다.

덕분에 절혼독은 가장 구하기 쉬우면서도 그다지 쓸모가 없는 독이 되어버렸다. 절혼독의 해독약은 근처 아무 의방에 가더라도 충분히 구할 수 있었다.

연백철은 이해할 수 없다는 듯 고개를 갸웃거렸다. 다른 독도 아니고 절혼독에 중독되어 죽었다는 말을 도저히 믿을 수가 없었다. 그것도 비검당의 부당주나 되는 고수가 말이다.

"비검당의 진짜 임무가 미궁에 빠진 사건을 해결하는 거라고 하지 않으셨습니까?"

"맞아요. 지금 우리가 하고 있는 일을 주로 하는 곳이에요."

"그런 곳의 부당주라면 당연히 독에 대해서도 꽤 해박하지 않겠습니까?"

"그래서 이상하다고 하는 거예요. 아무리 생각해도 고작 절혼독에 당하실 분이 아니거든요."

연백철은 조금 더 방 안을 살폈다. 하지만 특별한 것을 발견할 수는 없었다. 그동안 무림맹의 유능한 사람들이 이곳을 살피고서도 아무것도 발견하지 못했는데 지금에 와서 별다른 것이 발견될 이유가 없었다.

"아무래도 이 사건은 조금 다른 방향에서 풀어가야 할 것 같습니다."

연백철의 말에 사마자혜가 눈을 빛내며 물었다.

"다른 방향이라고요? 어떤 방향을 말하는 거죠?"

"그걸 이제부터 연구해 봐야죠."

사마자혜의 눈에 살짝 실망이 어렸다. 사실 크게 기대한 것은 아니었다. 하지만 어느 정도 사건을 풀어나갈 실마리를 제시할지도 모른다고 생각했다. 사마자혜가 눈을 돌려 단유강을 바라봤다. 단유강은 지금까지 내내 입을 다물고 있었다.

"단 대주님께서는 뭔가 하실 말씀 없으신가요?"

"글쎄, 백철이가 알아서 잘하겠지."

단유강의 대답도 실망스럽기 그지없었다.

"하아, 알았어요. 오늘은 이만하죠. 그렇지 않아도 피곤하실 테니."

사마자혜는 시비 한 명을 불러 두 사람을 숙소로 안내시켰다.

"이 아이가 두 분께서 앞으로 묵을 방으로 안내해 줄 거예요. 당분간은 이곳 비검당에서 지내셔야 하니 그렇게 알고 계세요."

사마자혜는 말을 마치고 방에서 나가 자신의 집무실로 갔다. 그녀가 완전히 사라지자 단유강은 시비를 재촉해서 방으로 향했다.

"오래간만에 침상에서 뒹굴 수 있겠군."

단유강의 속편한 말에 연백철이 고개를 절레절레 저었다.

연백철은 대체 사마자혜가 무슨 속셈으로 자신들을 불렀는지 곰곰이 생각했지만 결국 답을 구할 수 없었다.

다음날, 단유강은 침상에서 뒹굴며 연백철이 뭔가를 뒤적이는 모습을 바라봤다.

"그게 뭐냐?"

"사마 소저한테 얻어온 겁니다."

"그러니까 뭘 얻어왔는데?"

"그저 몇 가지 사항을 정리한 겁니다."

"그런 걸 뭐 하러 가져온 거야? 귀찮게."

"그래도 임무를 맡았으면 시늉은 해야 할 것 아닙니까?"

연백철의 말에 단유강이 빙긋 웃었다.

"그래, 그럼 시늉을 해서 뭔가 건진 건 있고?"

"글쎄요. 아직 좀 더 봐야 확실한 걸 알 수 있을 것 같습니다."

연백철의 말이 의외였는지라 단유강이 눈을 빛냈다.

"호오, 그럼 뭔가가 있긴 있단 말이로군?"

"그러니까 좀 더 봐야 한다니까요."

연백철은 그렇게 대꾸해 준 후 서류 뭉치를 이리저리 뒤적이며 집중했다. 그렇게 반 시진 정도 더 서류를 살피던 연백철이 고개를 갸웃거렸다.

"이상하군요. 이 냉혼비검이라는 자, 상당한 호인입니다."

"그게 뭐가 이상한데?"

"원한을 살 일이 없다는 거죠. 쩝, 시체를 내가 살펴봤으면 뭔가 다른 게 나왔을 텐데, 아깝군요."

"왜? 그냥 독살이 아닌 것 같아서?"

"당연합니다. 절혼독을 먹고도 해독을 하기 어려울 정도의 상황에 처했기 때문에 당한 겁니다. 아니면 절대 당하기 어려운 독이죠. 저라도 그런 독에는 안 당합니다."

"그래? 그럼 그 방법이 뭔데?"

"그러니까 아깝다는 거 아닙니까. 시체를 살펴보면 뭔가가 나올 것 같은데 말이죠."

연백철은 거기까지 말하고는 또 고개를 갸웃거렸다.

"그런데 정말로 이상한 건, 냉혼비검이 죽은 날은 아무도 그의 거처에 방문한 사람이 없다는 점입니다."

"누군가 몰래 들어가 죽였겠지."

"그렇다고 보기엔 너무 흔적이 깨끗합니다. 이건 마치……."

"마치 뭐?"

"마치 그냥 앉아서 자살을 한 것 같단 말입니다."

"그래? 그럼 그럴 수도 있겠네."

단유강의 말에 연백철이 피식 웃었다.

"그게 말이 됩니까? 냉혼비검 같은 자가 뭐가 아쉬워서 자살을 합니까? 보아하니 가족도 없고, 누군가 협박을 할 일도 없어 보이는데 말입니다."

"그것참, 이상하구나. 그래서 넌 앞으로 어떻게 할 생각이
냐?"

"어떻게 하다뇨?"

연백철은 단유강의 난데없는 물음에 눈을 크게 뜨고 반문
했다.

"계속 무림맹에 있으면서 그 살인 사건을 해결할 거냐고
묻는 거다."

"방법이 없잖습니까. 명령인데요."

"방법이 없긴, 능력이 부족하다고 말하고 고사하면 되지."

"하지만 그건……."

연백철이 말을 더 잇기도 전에 단유강이 단칼에 끊어버렸
다.

"됐다. 하고 싶은 생각이 있는 모양이니 한번 해봐라. 누가
아냐? 이 사건 잘 해결하면 청룡단에 들어갈 수 있을지?"

단유강이 묘한 웃음을 지으며 그렇게 말하자, 연백철이 살
짝 얼굴을 붉혔다. 청룡단에는 갈 마음이 없다고 말하고 싶었
지만 차마 그 말을 단유강 앞에서 꺼낼 수가 없었다. 불과 얼
마 전까지만 해도 청룡단에 들어가려고 아등바등하던 모습만
보여주지 않았던가.

단유강은 연백철의 표정을 보며 부드럽게 웃었다. 그리고
힘차게 몸을 일으켰다.

"으차, 그럼 슬슬 나가볼까?"

연백철이 눈을 동그랗게 뜨고 단유강을 바라봤다.

"어딜 가시려고 그러십니까? 설마 미고현으로 돌아가실 생각은……."

"왜? 나 혼자 갈까 봐 겁나냐?"

"그, 그게 아니라……."

연백철의 얼굴이 또 붉어졌다. 단유강이 너무 정곡을 찔렀기 때문이다. 조금 전에 연백철은 마치 자신이 버림받는 듯한 느낌이 들었다.

"걱정하지 마라. 끝까지 남아서 구경할 생각이니까. 그 먼 곳까지 혼자 무슨 재미로 가겠냐?"

그제야 연백철의 안색이 펴졌다. 연백철은 환한 얼굴로 단유강을 향해 고개를 꾸벅 숙였다.

"그럼 다녀오십쇼, 대주님."

"오냐."

단유강은 연백철의 인사를 받으며 손을 한 번 흔들어주고는 밖으로 나갔다.

연백철은 단유강이 밖으로 나가자, 다시 서류를 들추며 머리를 싸맸다.

그렇게 무림맹에서의 둘째 날이 지나갔다.

단유강은 무한 구석구석을 쏘다녔다. 사실 이렇게까지 할 생각은 없었다. 하지만 연백철이 익숙하지도 않은 서류를 붙잡고 씨름을 하고 있는 걸 그냥 두고 보자니 왠지 안쓰러웠다.

"하여간 부하 하나 잘못 둬서 이게 무슨 꼴인지."

미고현에서 무림맹까지 오며 연백철을 살펴보니 청룡단에 들어갈 생각은 없는 듯했다.

"그런데도 이렇게 열성적으로 일을 돕는다, 이거지."

단유강의 입가에 의미심장한 미소가 걸렸다. 굳이 무림맹의 명령 때문이라면 이렇게까지 할 이유가 없다. 분명히 딴마음이 있는 것이다.

"내가 도와주는 수밖에."

단유강은 그렇게 중얼거리며 느긋하게 걸었다. 그가 향하는 곳은 무한 외곽에 위치한 작은 객잔이었다. 술을 마시기 위함도 아니고, 하룻밤 묵어가기 위함도 아니었다. 그 객잔이 바로 월영단의 무한 지부였다.

백설영은 월영단을 운영하면서 지부를 몇 개 만들었다. 그 지부들이 위치한 곳은 무림이나 상계에 거대한 영향력을 끼치는 단체의 근방이었다.

무림맹의 정보력이 대단하긴 하지만, 그들이라고 모든 걸 다 파악할 수는 없다. 그리고 사실상 무림맹의 정보력은 거대하긴 하지만 세밀한 부분에서는 조금 떨어질 수밖에 없다. 천하를 아우르고 있으니 당연했다.

그래서 사천에서는 오히려 당가가 무림맹보다 훨씬 뛰어난 정보력을 가지는 것이다. 물론 월영단 역시 마찬가지였다. 사천에 국한한다면 월영단도 무림맹보다 더 뛰어난 정보력을 가진다.

"아마 꽤 재미있는 것들이 있을지도 모르지."

무영의 표정에 살짝 기대감이 어렸다. 무한에서만큼은 그 어떤 단체도 무림맹보다 많은 정보를 가질 수 없다. 무림맹의 영향력이 집중된 곳이기에 더 그랬다. 하지만 그렇지 않은 부분이 딱 하나 있다. 바로 무림맹의 정보다.

무림맹은 자신의 정보를 가질 필요가 없다. 하지만 다른 문파나 단체들은 절대 그렇지 않다. 그들은 끊임없이 무림맹을 살피고 파악한다. 그렇게 얻은 정보를 최우선 순위로 가공하고 정리한다.

월영단도 당연히 무림맹에 대한 정보를 가지고 있다. 무한에 있는 그 어떤 정보 조직보다 더 많은 정보를 보유하고 있을 것이다. 월영단 무한 지부는 오로지 무림맹에 대한 정보만을 취급하니 당연한 일이었다.

월영객잔.

단유강은 객잔에 붙은 현판을 보며 쓴웃음을 지었다. 객잔 이름을 지은 사람은 당연히 백설영이다.

"이거, 너무 날 따라 하는 거 아냐?"

월영단의 지부를 굳이 월영객잔이라고 이름 지을 필요는

없다. 하지만 단유강은 이내 고개를 끄덕였다.

"하긴, 이름 짓는 게 꽤 귀찮고 어려운 일이긴 하지."

그렇게 스스로 자기 합리화를 한 단유강은 객잔 안으로 들어갔다. 객잔은 무한 외곽에 위치했음에도 손님이 꽤 있었다. 음식이 맛있다는 뜻이었다. 단유강은 들어가자마자 자리에 앉아 손을 번쩍 들며 음식을 주문했다.

"여기 만두랑 소면!"

그렇게 주문을 한 단유강은 잠시 객잔 안을 둘러봤다. 음식은 순식간에 나왔다. 단유강은 만두과 소면을 음미하듯 먹으며 고개를 끄덕였다.

"흠, 맛은 꽤 괜찮군."

상당히 훌륭한 수준이었다. 손님이 많은 게 이해가 갔다. 월영단 지부는 이런 식으로 자금을 충당했다. 정보활동을 하려면 돈이 많이 필요하다. 하지만 이렇게 자체적으로 그 돈을 해결하면 한결 운영이 편해진다.

음식을 다 먹은 단유강은 소면 국물을 손가락으로 찍어 탁자 위에 뭔가를 슥슥 써 내려갔다.

그 광경을 힐끗 지켜보던 점소이가 단유강에게 다가갔다.

단유강은 곧 눈을 빛내며 자리에서 일어났다. 그리고 점소이에게 소면과 만두 값을 치른 후, 밖으로 나갔다. 밖에는 어느새 평범한 인상의 사내 한 명이 준비 중이었다. 사내는 단유강을 보자마자 어딘가로 걷기 시작했고, 단유강은 말없이 그 뒤를 따랐다.

　월영단에서 모아둔 정보는 상당히 많았다. 별의별 시시콜콜한 것까지 다 긁어모았기 때문에 그것을 정리하는 것만도 상당한 일이었다. 하지만 단유강은 전혀 걱정하지 않았다. 그 대신 일해줄 사람들이 쌓였는데 뭐가 걱정이겠는가. 다만 월영단 무한 지부가 몇 시진 동안 마비 상태에 빠졌을 뿐이다.

　단유강은 원하는 정보를 얻은 후, 다시 무림맹으로 향했다. 단유강은 흥미로운 눈으로 정보를 몇 번이고 살폈다.

　"이거 꽤 재미있는 내용인데? 이걸 과연 사마자혜는 알고 있을까?"

　당연히 모르고 있을 것이다. 만일 알았다면 냉혼비검이 그대로 비검당 부당주 자리에 앉아 있을 리가 없으니까 말이다.

　"그나저나 또 적련이로군."

　냉혼비검 윤천묵은 비검당의 정보를 주기적으로 적련에 제공했다. 비검당은 일종의 수사 기관이다. 즉, 무림맹의 치부를 많이 알고 있다는 뜻이다. 그 치부 중 일부가 적련으로 흘러들어 간 것이다.

　"어떤 정보를 넘겼는지 모르는 건 좀 아쉽군."

　아마 적련은 그 정보들을 이용해 뭔가를 획책하고 있을 것이다. 하지만 그것만으로 대체 뭘 할 수 있는지는 좀 생각해 봐야 할 문제다. 단유강은 이리저리 머리를 굴려봤지만 뾰족한 것이 없었다.

어떤 정보를 넘겼는지는 모르지만 무림맹에서 벌어진 사건에 대한 내용이라는 건 확실하다. 비검당이 줄 수 있는 제대로 된 정보는 그것뿐이니까.

"뭐지? 장사하는 놈들이 대체 무림맹의 작은 치부들을 들춰서 뭘 어쩌겠다는 거야? 돈이 되지도 않을 텐데……."

치부의 중심에 선 자들은 대부분 권력이나 직책을 잃기 마련이다. 그들을 포섭해 봐야 별 이득을 얻지 못한다.

"이상하네."

적련이 왜 그런 정보를 샀는지는 모르지만, 일단 그것을 알게 되니 윤천묵이 왜 죽었는지는 어렴풋이 감이 잡혔다.

"문제는 어떻게 엮어내느냐 하는 건데……."

단유강은 윤천묵이 죽은 게 공범 때문이라고 판단했다. 아직 확실치는 않지만 그런 일을 혼자서 처리했을 리는 없었다. 적어도 방수가 두 명은 더 있어야 들키지 않고 은밀하게 정보를 빼돌릴 수 있었다.

사실 몇 가지 의문이 아직 남아 있었다. 윤천묵이 그런 행동을 할 이유를 찾지 못했다. 가족도 없을뿐더러 친하게 지내는 지인도 없다. 돈을 쓸 일도 별로 없으니 돈 때문에 벌인 일은 아닐 것이다.

"공범이 죽인 건 꼬리 자르기인가?"

지금으로선 그것이 가장 유력했다. 그렇다면 윤천묵보다

윗선에서부터 이 정보 유출 사건이 시작되었다는 뜻이다.

"말을 안 들어서 쳐냈을 수도 있지. 그래도 정보를 보면 그냥 죽어줄 사람은 절대 아닌 것 같은데 말이지. 뭔가 약점이라도 잡혔나?"

하지만 윤천묵에게는 특별히 약점이랄 만한 게 없었다. 단유강은 연방 고개를 갸웃거렸다. 사건은 점점 미궁 속으로 빠져 들어갔다.

"그러니까 윤 부당주님이 적련에 정보를 빼돌렸다고요?"

사마자혜는 믿을 수 없다는 듯 연백철을 바라봤다. 연백철의 눈은 전혀 흔들림이 없었다. 확신한다는 뜻이다. 사마자혜는 의미가 없다고 생각하면서도 질문을 할 수밖에 없었다.

"그 말씀, 자신하시나요?"

"물론입니다."

사마자혜는 손으로 이마를 짚었다. 이건 정말로 생각지도 못한 일이다. 아니, 자신보다 먼저 이 사건을 맡은 사람들 중에는 아마 그런 방향으로 수사를 진행한 사람도 있을 것이다. 하지만 아무도 그런 것을 밝혀내지 못했다. 사마자혜는 서늘한 눈으로 연백철을 다시 바라봤다.

'대체 그런 정보를 어디서 얻어온 거지?'

"이름이 알려진 정보 단체에서는 이미 파악한 지 오래입니다."

“그런 정보 단체가 아는 걸 무림맹이 몰랐다는 건 말이 안
돼요.”

“오히려 무림맹 내부의 일이라서 무림맹은 모를 수 있다고
하더군요.”

연백철의 말에 사마자혜는 멈칫할 수밖에 없었다. 등하불
명(燈下不明)이라 했다. 가장 잘 안다고 생각했지만 어쩌면 아
무것도 모르고 있을 수도 있다. 지금의 상황이 딱 그랬다.

“좋아요. 그럼 그렇다고 쳐요. 한데 그게 지금 와서 무슨
의미가 있죠?”

사마자혜는 그렇게 물으면서도 자신이 억지를 쓰고 있다
고 느꼈다. 왜 그러는지는 스스로도 알 수 없었다. 아마도 무
림맹의 치부를 들춰낸 연백철에게 묘한 반발심이 들었기 때
문이리라.

연백철이 대답하지 않자 사마자혜는 졌다는 듯 손을 들어
올리며 한숨을 내쉬었다.

“하아, 알았어요. 한데 또 알아낸 건 없나요?”

“더 알아낸 건 없지만 공범이 있을 가능성을 발견했습니
다.”

사마자혜는 당연하다는 듯 고개를 끄덕였다.

“그렇겠죠. 무림맹에서 정보를 빼낸다는 건 아마 혼자서는
거의 불가능할 테니까요.”

사마자혜는 그렇게 말하다가 안색이 변했다.

“생각했던 것보다 상황이 심각하군요.”

만일 공범이 꼬리 자르기를 한 거라면 진짜 주범은 비검당 부당주보다 더 높은 자리에 있는 자라는 뜻이다. 아니면 실력을 숨긴 고수라거나. 하지만 후자일 가능성은 거의 없다.

‘대체 누구지? 아니, 정말로 공범이 있었을까? 하지만……’

공범이 없다고 하기에는 일처리가 너무나 은밀했다. 하지만 공범을 가정하자니 너무 일이 커지는 것 같았다. 잠시 고민하던 사마자혜는 이내 결연한 표정으로 이를 악물었다.

‘망설일 시간이 없어.’

공범이 또 무슨 일을 꾸밀지 알 수 없다. 무림맹의 정보가 술술 새나간다는 것은 정말로 치명적인 일이었다.

사마자혜는 그러면서도 한편으로 드는 의문을 버릴 수 없었다. 그것은 단유강이 가졌던 것과 똑같은 의문이었다.

하지만 그런 의문을 해결하는 것보다 공범을 잡는 것이 그녀에겐 훨씬 더 급한 일이었다. 그리고 아마 그 공범이 윤천묵을 죽인 범인이거나 최소한 관계된 사람일 것이다.

사마자혜는 자리에서 벌떡 일어났다. 일단 길이 생겼으니 푸는 건 쉬웠다.

“수고하셨어요. 이만 돌아가서 쉬고 계세요. 나머지는 제가 알아서 하죠.”

사마자혜가 밖으로 나가자, 연백철이 멍한 표정으로 그녀의 뒷모습을 바라봤다. 그리고 그녀가 완전히 사라지자 이내 고개를 절레절레 저었다.

"이건 뭐, 미고현에서 볼 때와는 하늘과 땅 차이네. 사람이 이렇게 달라져도 되는 거야?"

연백철은 그렇게 중얼거리며 방에서 나갔다.

第三章
범인

태룡전

단유강은 멍하니 앉아 있는 연백철을 보며 눈살을 찌푸렸다.

"백철아, 배고프다. 밥 좀 가져와라."

연백철이 고개만 돌려서 단유강을 바라봤다. 초점이 없던 눈에 서서히 빛이 돌아왔다.

"예? 밥이요?"

연백철은 잠시 멍하게 생각하다가 얼굴을 와락 구겼다.

"아니, 여기까지 와서도 대주님 밥을 갖다 바쳐야 합니까?"

"여기에선 내가 대주가 아니냐?"

"그, 그건 아니지만……."

"그럼 잔말 말고 갔다 와."

단유강은 그렇게 말하며 은자 한 냥을 손가락으로 튕겨 던졌다.

"쳇."

연백철은 불만스런 표정으로 그것을 받아 들고 문으로 향했다. 불만일 수밖에 없는 것이, 단유강이 원하는 밥을 가져오려면 무한 외곽까지 가야 했기 때문이다.

"거, 꼭 월영객잔인지 뭔지 하는 곳의 요리를 드셔야겠습니까?"

"거기 요리가 입맛에 딱 맞더라고."

"입맛은 개뿔."

연백철은 투덜거리면서 문을 열고 밖으로 나갔다. 단유강은 그 모습을 보며 빙긋 웃었다. 투덜거리긴 하지만 결국은 요리를 들고 다시 나타날 걸 알기 때문이었다.

"자, 그럼 밥이 올 때까지 좀 살펴볼까?"

연백철의 기척이 멀어지자, 단유강은 품에서 종이 뭉치를 꺼냈다. 월영단에서 또 가져온 정보였다. 단유강은 이번 일을 윤천묵 한 명에게 국한시키지 않았다. 뭔가 더 큰일이 뒤에 도사리고 있는 것 같았다.

그래서 월영단을 시켜 좀 더 여러 가지 정보를 모았다. 그 중에는 아직 무림맹이 해결하지 못한 사건들도 포함되어 있었다. 단유강은 그 사건들을 살펴보고 있었다.

"확실히 좀 이상하군. 최근 몇 달 사이에 일어난 사건들은 뭔가 수상한 구석이 있어."

윤천묵 살인 사건도 그중 하나였다. 그와 비슷한 시기에 벌어진 사건들은 하나같이 무림맹의 정보망에서 교묘히 비껴나 있었다. 아마 무림맹에서는 모를 것이다. 그들의 정보망을 비껴나 있으니 당연히 파악이 어렵다.

"이거 잘하면……."

단유강은 그 사건들의 공통점을 어렵지 않게 발견할 수 있었다. 월영단이 다른 정보 조직을 통해 돈을 주고 구입한 정보들까지 모두 망라하고서야 간신히 찾아낸 공통점이었다.

"적련이로군. 이거 재미있어졌는데?"

그 대부분의 사건에 적련이 개입되어 있었다. 적련으로 정보를 팔아먹다가 죽은 자는 윤천묵뿐이 아니었다. 게다가 무림맹이 뒤를 봐주는 표국이나 상단이 피해를 입은 경우 대부분이 간접적으로 적련과 관계가 있었다.

단유강은 흥미로운 표정으로 턱을 쓰다듬었다. 적련이 자신의 이익을 위해 무림맹을 이용한 게 확실했다. 잠시 그렇게 고개를 끄덕이던 단유강은 이내 의아한 표정을 지었다.

적련은 바보가 아니다. 무림맹 하나를 상대로 이렇게 치밀하게 계획을 짜는 걸 보면 굉장한 능력을 가지고 있음이 분명하다. 천하에서 다섯 손가락 안에 드는 상단이니 그 정도 힘과 능력은 가지고 있으리라.

한데 그런 대단한 능력을 가진 자들이 이렇게 허술하게 빈틈을 보였다는 게 이상했다. 아직 무림맹에서는 알아내지 못했지만 그래도 조금 더 시간이 지나면 분명히 알려질 것이다.

만일 그 사실이 명백하게 드러난다면 적련은 결코 무사할 수 없다. 무림맹이 가진 힘은 적련 따위가 감히 넘볼 수 있을 정도로 녹록하지 않다.

무력도 무력이거니와, 돈으로 해도 상대가 안 된다. 천하제일상단인 천하상단이 바로 무림맹의 것이었으니까.

"아무리 무림맹의 이목을 피했다고는 하지만 마음만 먹으면 알아내지 못할 것도 없을 텐데……."

일단 무림맹의 이목은 피했지만, 그렇게 하기 위해 드러나게 된 일들이 더 많다. 그것들 역시 은밀하긴 하지만 다른 여타 정보 조직의 이목을 모조리 배재하지는 못했다. 한 가지 사건에 최소한 하나의 정보 조직이 얽혀 있었다. 그것들을 모두 모으면 일목요연하게 정황이 드러날 것이다.

"아니야. 그렇게 단순하지 않아. 분명히 뭔가 다른 게 있어."

단유강은 그렇게 생각하며 한참이나 자료를 살폈다. 연백철이 다시 돌아올 때까지 살폈지만 결국 원하는 바를 찾아내진 못했다.

단유강이 종이 뭉치를 다시 품에 넣자, 문이 열리며 연백철이 들어왔다. 그는 커다란 접시 하나를 든 채 안으로 들어왔다.

"밥 가져왔습니다."

연백철이 요리를 탁자에 내려놓자, 단유강이 느긋하게 그것을 먹기 시작했다. 연백철은 그 모습을 바라보며 한숨만 푹푹 내쉬었다.

"땅 꺼지겠다. 한숨 좀 그만 쉬어라."

"에휴우."

연백철은 단유강의 말에도 여전히 한숨을 멈추지 않았다. 단유강은 그 모습을 힐끗 한 번 보고는 여전히 느긋하게 요리를 먹었다. 완전히 요리를 다 먹은 단유강은 그때까지도 한숨을 쉬고 있는 연백철을 바라보며 빈 접시를 가리켰다.

"치워라."

너무나 당당한 단유강의 말에 연백철은 한숨을 쉬는 것도 잊고 멍하니 단유강을 바라봤다. 하지만 이내 고개를 절레절레 저으며 접시를 집어 들고는 밖으로 나갔다.

연백철이 나가자, 단유강은 다시 품에서 종이 뭉치를 꺼냈다.

"백철아."

단유강의 부름에 연백철이 고개를 돌려 그를 바라봤다. 연백철의 입은 잔뜩 튀어나와 있었다.

“왜 그러십니까? 또 배가 고프십니까?”

약간 비꼬는 듯한 연백철의 말투에 단유강이 피식 웃었다. 심통이 잔뜩 난 모습을 보니 왠지 즐거워졌다.

“진척은 좀 있는 거냐?”

“보면 모르십니까? 감감무소식입니다.”

“무소식?”

“아, 사마 소저가 알았다고 한 다음부터 부르질 않는단 말입니다!”

“아하, 그래서 그렇게 골이 났군.”

“골이 나긴 누가 났다고 그럽니까? 저 그렇게 속 좁은 놈 아닙니다.”

“골나는 거랑 속 좁은 거랑 무슨 상관이냐?”

단유강은 턱을 쓰다듬으며 묘한 눈으로 연백철을 바라봤다. 연백철은 단유강의 눈길에 자기도 모르게 주춤주춤 뒤로 물러났다.

“왜 그런 눈으로 쳐다보시는 겁니까? 저한데 뭐 원하는 거라도 있습니까?”

“그게 아니라, 지금 고민 중이다.”

“예? 대주님도 고민 같은 게 있습니까?”

연백철이 놀란 눈으로 물었다. 그가 보기에 단유강은 평생 고민이랑은 인연이 없는 사람이었다. 정도를 훌쩍 넘은 낙천적인 성격에 게으르긴 또 어찌나 게으른가. 고민하는 것조차 귀찮아할 사람이 바로 단유강이었다.

"나라고 왜 고민이 없겠느냐. 사람은 다 고민 속에서 사는 법이다."

연백철이 의심스런 눈으로 단유강을 바라봤다.

"설마 절 놀리려고 밑밥 까시는 건 아니죠?"

단유강의 눈이 살짝 커졌다.

"백철이 진짜 많이 컸구나. 제법 똑똑해졌어."

단유강의 말에 연백철이 그럼 그렇지 하는 표정으로 고개를 절레절레 저었다. 하지만 이어지는 단유강의 말에 결국 눈이 화등잔만 하게 변했다.

"범인을 공개해야 하나 말아야 하나 고민이다."

연백철은 화등잔만 해진 눈으로 단유강을 바라보다가 이내 침을 꿀꺽 삼켰다. 대체 어떻게 알아냈단 말인가. 그동안 단유강이 한 일이라고는 침상에 누워서 이리 뒹굴 저리 뒹굴 하다가 자신이 밥을 가져오면 그것을 먹고 또 뒹굴거리는 것뿐이었다.

"대, 대, 대체 어떻게 알아내신 겁니까?"

"먼저 범인이 누구냐고 묻는 게 보통 아니냐?"

"마, 마, 맞습니다. 대체 범인이 누굽니까?"

"그러니까 그게 고민이란 말이다. 그걸 말해야 하나 말아야 하나."

연백철은 애가 탔다.

“아, 당연히 말해야죠! 그걸 지금 말이라고 하시는 겁니까?”

단유강이 고개를 끄덕이며 연백철을 바라봤다.

“확실히 그렇겠지?”

“물론입니다. 당연합니다. 그러니 어서 말씀 좀 해주세요. 대체 범인이 누굽니까?”

연백철의 너무나 열광적인 반응에 단유강은 잠시 뜸을 들이며 미소를 지었다.

“말해주면 당장 달려가서 말할 생각이군?”

단유강의 말에 연백철이 흠칫 놀라며 상체를 살짝 뒤로 젖혔다. 그대로 정곡을 찔려 대꾸조차 할 수 없었다.

그 모습에 단유강이 피식 웃었다.

“전창언이다.”

“예? 전창언이라면…….”

연백철은 그가 누군지 알 수 없었다. 이름만 듣고 알 수 있는 사람이 세상에 몇이나 되겠는가? 십대고수나 무림맹주 정도라면 모를까, 전창언이라는 사람은 아니었다.

“비검당주 말이다.”

단유강의 말에 연백철은 눈을 몇 번 껌뻑였다. 그러다가 경악한 표정으로 소리쳤다.

“예에? 비검당주가 범인이라고요?”

잠시 놀라던 연백철이 순식간에 표정을 굳히고는 고개를

갸웃거렸다.

"이상한데요? 윤천묵이 죽었을 때 비검당주는 당가에 있었는데요? 당가주의 회갑연에 무림맹 대표로 간 사람이 바로 그 사람 아닌가요?"

"응. 그 사람이야."

"그럼 범행이 아예 성립이 안 되잖습니까."

"사람을 죽이는 데 꼭 그 자리에 있어야 하는 건 아니거든."

연백철이 의아한 표정으로 바라보자, 단유강이 설명을 덧붙였다.

"죽을 수밖에 없는 상황을 만들어주기만 하면 되지 않겠어? 예를 들어 약점을 쥐고 협박을 한다거나."

"예? 윤천묵은 약점 같은 건 없던데요?"

"있어. 무림맹에서만 모를 뿐이지."

"그게 뭐죠?"

"전창언이 얼마 전에 제자를 하나 들였어. 워낙 제자 들이는 걸 즐기는 사람이라 이상할 건 하나도 없는 일이지. 그 사람 제자가 아마 다 합하면 열둘은 될 거야."

"많군요."

"많지. 그런데 그 제자 이름이 윤금련이야. 나이는 한 열다섯쯤 됐나?"

"윤… 씨로군요."

단유강이 고개를 끄덕였다.

"그래. 이제 감이 좀 잡혀?"

"그럼 그 여자가 윤천묵의 딸이란 겁니까?"

연백철은 혼란스러웠다. 무림맹에서 조사하기로, 윤천묵에게는 전혀 가족이 없었다. 혼례를 올린 적도 없으니 자식이 있을 리도 없다. 일가친척도 전혀 없었다. 한데 어찌 갑자기 딸이 생길 수 있단 말인가.

"절혼독으로 죽었다는 건 자신의 죽음을 조금 파헤쳐 달라는 뜻이 섞여 있었을 거야. 아무도 생각하지 못한 것 같지만."

연백철이 질린 얼굴로 단유강을 바라봤다.

"대체… 대체 대주님은 그런 걸 어떻게 알아내신 겁니까? 계속 침상에 누워 있었으면서……."

단유강은 대수롭지 않게 대답했다.

"뭐, 감이지."

연백철은 그 대답에 잠시 어이가 없었지만 이내 심각한 표정으로 단유강을 바라봤다. 감으로 이런 사실을 알아낼 수 있을 리 없다.

연백철이 자신을 빤히 바라보자 단유강이 살짝 눈살을 찌푸렸다.

"뭐 해?"

"예?"

"뭐 하냐고?"

"저는… 그냥……."

"가서 보고 안 할 거야? 사마자혜 만날 기회잖아? 그럭저럭 도움도 됐으니 이제 좀 달리 볼 텐데?"

단유강의 말에 연백철의 얼굴이 화끈 달아올랐다. 그동안 감춘다고 감췄는데 어느새 알아차린 모양이었다. 연백철은 고개를 꾸벅 숙여 인사를 한 후, 황급히 밖으로 나갔다.

"으하하하핫!"

단유강의 유쾌한 웃음소리가 밖으로 퍼져 나갔다.

사마자혜는 부드러운 눈으로 연백철을 바라봤다. 그녀의 눈빛 속에는 약간의 경탄도 섞여 있었다.

"연 대협 덕분에 사건을 해결했어요. 정말 감사드려요."

사실 사마자혜는 이렇게까지 큰 도움을 줄 거라고는 기대하지 않았다. 그녀가 연백철에게 기대한 것은 자신의 곁에 남아서 힘이 되어주는 것이었다. 연백철의 무력이 탐이 났던 것이다.

이런 쪽의 일은 차라리 단유강에게 좀 기대를 했다. 자신을 몰아붙이던 실력이면 뭔가 분명히 도움이 될 거라 여겼다. 한데 엉뚱하게 연백철이 사건을 해결해 버렸다.

"제가 한 일이 뭐가 있겠습니까. 다 사마 부당주님께서 애쓰신 덕이죠."

사마자혜가 고개를 저은 후, 감탄 어린 눈으로 연백철을 바라봤다. 이번 일로 연백철을 정말로 다시 보게 되었다.

"아니에요. 연 대협이 없었더라면 전 아직도 미궁 속을 헤매고 있었을 거예요."

연백철은 그저 웃었지만 내심 마음이 그렇게 편하지는 않았다. 이 모든 일은 단유강이 한 것이다. 자신이 한 일이라고는 그저 단유강이 내민 종이 한 장을 사마자혜에게 넘긴 것뿐이었다.

사마자혜는 그 종이에 쓰인 내용을 토대로 범인을 잡았다. 직접적으로 범인이 전창언이라고 쓴 건 아니었지만, 충분히 그것을 유추해 낼 수 있도록 정보와 정황을 나열해 놨다.

전창언은 벌써 잡아서 무림맹의 뇌옥에 가뒀고, 지금은 그 배후를 캐고 있는 중이었다. 전창언의 배후에 적련이 있다는 사실은 꽤 명백했다. 하지만 적련 전체를 옭아매기에는 증거가 좀 부족했다. 지금은 정말로 적련이 관여했는지, 아니면 적련의 몇몇 사람이 독단적으로 처리한 일인지를 확인하는 중이었다.

"대체 어떻게 이런 사실들을 알아내신 거죠? 전 정말로 놀랐어요. 무림맹도 미처 알아내지 못한 것들을……."

사마자혜의 질문에는 약간의 의심도 섞여 있었다. 무림맹의 정보력은 천하에서 가장 뛰어나다고 해도 과언이 아니다. 한데 연백철이 가져온 정보는 무림맹조차 미처 짚어내지 못한 것들뿐이었다.

물론 직접적으로 조사 대상을 정해놓고 파고든다면 못 알아낼 것도 없지만 말이다.

"사실 무한에는 정보 조직이 상당히 많습니다. 그들에게 의뢰해서 얻어낸 것들입니다."

"정보 조직이라고요?"

사마자혜의 눈에 서린 의심이 조금 더 짙어졌다. 무한에 정보 조직이 많다는 건 그녀도 잘 알고 있다. 하지만 그저 이름뿐인 정보 조직일 경우가 많았다. 그들은 인원도 많지 않고 취급하는 정보도 아주 하급에 불과했다.

"고작 하급 정보나 취급하는 조직에서 이런 일들을 알아냈단 말인가요?"

연백철은 사마자혜의 질문에 감탄했다. 단유강이 미리 예측한 질문이었기 때문이다.

'대체 대주님은…….'

연백철은 잠시 뜸을 들이다가 사마자혜의 눈빛이 변하려는 찰나, 입을 열었다. 이 역시 단유강이 지시한 대로였다.

"제가 드린 정보들이 그렇게 대단한 정보였습니까?"

사마자혜는 그 말에 멈칫했다. 생각해 보면 그렇게 대단한 정보들은 아니었다. 하지만 무림맹이 모르고 있던 정보라는 게 중요했다.

"대단하지는 않지만……."

“그 대단치 않은 정보를 얻어낸 겁니다. 물론 돈은 좀 들었습니다만…….”

사마자혜가 즉시 말했다.

“경비를 신청하세요. 맹에서 전액 지급해 드릴 거예요.”

사마자혜는 아직 원하는 걸 얻지 못했다. 그녀의 눈빛이 더욱 날카로워졌다. 연백철은 그것을 보며 내심 고개를 저었다. 이것조차 단유강이 미리 말했던 대로였다.

‘그러니까 고작 그 경비를 얻어내려고 시킨 일이로군.’

만일 연백철이 뜸을 들여 사마자혜를 자극하지 않았다면 이렇게 간단히 경비를 지급받지 못했을 것이다. 게다가 사마자혜는 급한 나머지 실수 하나를 저질렀다. 얼마나 많은 경비가 들어갔는지 확인하지 않은 것이다.

“제가 의뢰한 건 아주 단순했습니다. 무림맹의 정보를 달라고 했습니다.”

“매, 맹의 정보를 얻었다고요?”

“보셨으면 아실 텐데요.”

사마자혜는 그 말에 연백철이 주었던 서류를 떠올렸다. 그 안에 든 정보들은 모두 무림맹과 직접적으로 관계가 된 정보들이었다. 사마자혜는 등골이 오싹해졌다.

‘무림맹의 일인데 오히려 무림맹이 더 모르고 있었단 뜻인가?’

이건 어쩌면 심각한 문제일 수도 있다. 무림맹은 그동안 너무 오래 천하에 군림해 왔다. 이건 시간이 만들어낸 자연스러운 자만심이었다. 스스로를 돌아보지 않는 조직은 언젠가 무너지기 마련이다.

사마자혜는 새삼스러운 눈으로 연백철을 바라봤다. 정말로 대단한 인재였다. 예전에는 뛰어난 무공이 눈에 들어왔지만 지금은 그따위는 떠오르지도 않았다.

'대단한 기지(奇智)다. 정보 조직에 무림맹을 조사할 생각을 하다니. 게다가 그 많은 정보들을 추려내 중요한 것만 뽑아내는 통찰력까지. 이런 인재가 천망단에서 썩는 건 낭비야.'

사마자혜의 눈빛이 한껏 부드러워졌다. 연백철은 그 부드러운 눈빛에 흠칫 몸을 떨었다. 분위기가 갑자기 변한 걸 느낀 것이다.

"정말로 대단하군요. 어때요? 이번 기회에 본맹으로 들어오시는 건?"

"예? 보, 본맹으로 말입니까?"

연백철이 당황해 말을 더듬자, 사마자혜가 빙긋 웃으며 고개를 끄덕였다.

"그래요. 전 제 임무를 성공적으로 끝냈어요. 연 대협 덕분에 말이죠. 연 대협의 공을 제대로 맹주님께 보고할 생각이에요. 그 정도 공이라면 꽤 괜찮은 상을 받으실 거예요."

사마자혜는 그렇게 말하며 연백철에게 얼굴을 좀 더 가까이 가져갔다. 사이에 탁자가 있긴 하지만 숨소리가 들릴 정도로 얼굴이 가까워졌다. 연백철의 눈빛과 표정을 제대로 살피기 위해 한 행동이었다. 하지만 연백철은 순식간에 얼굴을 붉혔다. 그렇지 않아도 당황했는데 사마자혜의 갑작스런 행동에 어찌할 바를 몰라 허둥지둥했다.

'훗, 순진한 구석도 있네?'

그렇게 대단한 일을 처리한 사람답지 않게 얼굴을 붉히며 당황하는 모습을 보니 꽤 귀엽다는 생각마저 들었다.

"좋아요. 연 대협께서도 생각하실 시간이 필요하겠죠."

사마자혜는 그렇게 말하며 다시 뒤로 살짝 물러났다. 얼굴이 멀어지긴 했지만 한 번 붉어진 연백철의 얼굴은 다시 원래대로 되돌아오지 않았다. 시간이 꽤 필요할 듯했다. 사마자혜의 얼굴에 살짝 미소가 어렸다.

"비검당의 부당주 일은 저도 오늘로서 끝이에요. 원래 임시직이었거든요. 그리고 조만간 무림맹에 새로운 부서가 생길 예정이에요. 비조각(飛鳥閣)이라는 부서인데, 정보를 관리하는 곳이죠. 전 그곳의 각주로 취임할 거예요."

사마자혜의 말에 연백철은 서서히 안정을 되찾아가는 얼굴에 미소를 만들며 고개를 살짝 숙였다.

"축하드립니다."

사마자혜가 의미심장한 눈으로 연백철을 바라봤다.

"어때요? 딱 연 대협께 어울리는 곳이라고 생각하지 않으세요? 연 대협의 능력을 제대로 발휘할 수 있는 부서예요. 부각주 자리를 비워뒀어요.”

연백철은 너무나 갑작스러운 말에 정신을 차릴 수 없었다. 하지만 이내 사마자혜가 하는 말의 의미를 깨닫고 눈이 화등잔만 해졌다. 사마자혜는 지금 자신을 원하고 있었다. 연백철의 눈에 고민과 갈등이 어우러졌다.

“후우, 죄송합니다.”

연백철은 결국 그렇게 대답하고 말았다. 사마자혜가 원하는 것은 자신의 능력이다. 하지만 지금 보여준 것은 자신의 능력이 아니라 단유강의 능력이다. 이 상태로 비조각에 가 봐야 파탄만 드러낼 뿐이다. 그렇게 할 수는 없었다.

사마자혜는 연백철의 대답에 충격을 받은 얼굴로 입을 다물지 못했다. 설마 자신의 제안을 거절할 거라고는 꿈에도 생각지 못했다. 어떻게 이런 파격적인 조건을 거절할 수 있단 말인가.

“어, 어째서죠? 왜 거절을 하시는 거예요? 아, 제가 너무 성급했군요. 아직 시간이 필요하시겠죠. 알았어요. 며칠 말미를 드리죠. 그러니 깊이 생각해 보세요. 연 대협의 날개를 활짝 펼 수 있도록 해드릴 테니까요.”

사마자혜는 그렇게 말하고 몸을 돌렸다. 더 이상 대답을 듣지 않겠다는 의지의 표명이었다. 연백철은 한숨과 함께 고개를 숙이고 자리에서 일어났다.

밖으로 나가는 연백철의 뒷모습을 사마자혜가 불안한 눈빛으로 바라봤다. 그녀가 대답을 듣지 않으려 한 이유는 연백철이 제안을 일언지하에 거절하는 것이 두려웠기 때문이다. 조금 전에 본 연백철의 눈빛은 분명히 그렇게 말하고 있었다.

"며칠 지나면 달라질 거야. 그렇고말고. 그 자리가 어떤 자리인데."

사마자혜의 나직한 독백이 방 안에 머물렀다 흩어져 갔다.

"휴우우우."

단유강은 눈살을 찌푸리며 연백철을 슬쩍 노려봤다. 하지만 연백철은 단유강에게는 눈길조차 주지 않고 또 한숨을 내뱉었다.

"에휴우."

단유강의 얼굴이 와락 일그러졌다.

"땅 꺼지겠다."

"에휴우우우우."

단유강은 자신의 말에도 아랑곳하지 않고 더욱 길게 한숨을 내쉬는 연백철을 한껏 노려봤다. 하지만 연백철은 단유강이 자신을 노려보든 말든 신경도 쓰지 않았다.

"에휴우우우."

결국 단유강은 침상에서 또다시 몸을 일으킬 수밖에 없었다.

"대체 뭐가 문제야? 말을 해야 알 것 아냐?"

단유강의 말에 그제야 연백철의 고개가 조금 돌아갔다. 연백철의 눈 주위가 시꺼멓게 죽어 있었다.

"쯧쯧, 어찌 하루 만에 사람이 그렇게 변할 수가 있는 건지. 그래, 말을 해봐라. 대체 뭐가 문제야?"

연백철은 잠시 단유강을 바라보다가 다시 고개를 푹 숙였다.

"휴우우우우."

결국 단유강의 이마에 힘줄이 불끈 돋아났다.

쾅!

"커억!"

연백철은 뒤통수를 부여잡으며 바닥을 데굴데굴 굴렀다.

"자꾸 궁상떨래?"

단유강의 말에 연백철은 한참이나 바닥을 구르다가 부스스 일어났다. 그리고 처연한 눈으로 단유강을 바라보며 말했다.

"대주님은 왜 그걸 저한테 시키셔서……."

단유강은 의아한 표정을 지었다.

"왜? 사마자혜가 눈치라도 챘어?"

"에휴우, 그게 아닙니다."

"그럼?"

"저더러 오라더군요."

단유강이 더욱 의아한 표정을 지었다.

"그런데 뭐가 문제야? 원하던 대로 다 됐잖아?"

연백철은 다시 단유강을 바라봤다. 그리고 한숨을 길게 내쉬었다.

"하아아아, 비조각이랍니다."

"비조각? 뭐 하는 덴데? 뭐, 새처럼 날아서 먹이를 채 오는 그런 부서로구나?"

연백철이 힘없이 고개를 끄덕였다.

"비슷합니다. 정보 조직이라더군요. 제 능력에 반했답니다. 부각주 자리를 줄 테니 와서 일 좀 해달라더군요."

"잘됐네. 그럼 하면 되지 뭐가 문제야?"

연백철이 원망스런 표정으로 단유강을 바라봤다.

"제가 대주님입니까? 사마 소저가 처음에 줬던 서류인지 뭔지를 보는 것만도 대가리가 빠개지는 줄 알았는데, 그보다 훨씬 어려운 일이 기다리는 걸 뻔히 알면서 어떻게 그 자리에 앉습니까?"

"흐음, 그거 참 안됐구나."

단유강은 턱을 쓰다듬으며 그렇게 말했다. 연백철이 황당한 표정으로 단유강을 멍하니 바라봤다.

"에휴우우우."

연백철이 한숨을 내쉬었다. 단유강이 인상을 찌푸렸다. 그일이 정확히 일곱 번 반복되었을 때, 결국 단유강이 고개를 절레절레 젓고 말았다.

“안타깝지만 나도 더 이상 어떻게 해줄 수가 없다. 내가 무슨 신도 아니고 네 머리를 갑자기 좋아지게 만들 수는 없는 거 아니겠냐.”

그건 누구보다 연백철이 더 잘 알고 있었다. 자신은 결코 단유강처럼 할 수 없다는 것을 말이다. 단유강은 정말 아무것도 안 하는 것처럼 침상에 누워 뒹굴거리면서 모든 걸 알아냈다. 절로 괴물이라는 소리가 나올 정도였다.

사마자혜가 바라는 것은 바로 그런 능력이다. 자신이 평생을 갈고닦아도 절대 가질 수 없는 그런 능력 말이다.

“후우.”

연백철은 가볍게 한숨을 내쉰 후, 벌떡 몸을 일으켰다. 이러고 있어봐야 변하는 건 없다. 그리고 아직 완전히 끝난 건 아니다. 그저 비조각에 들어갈 수 없는 것뿐이다. 기회는 여전히 남아 있었다. 물론 쉽진 않겠지만.

단유강은 연백철이 기운을 차린 듯하자 빙긋 웃으며 다시 침상에 누웠다.

“가끔은 말이야, 생각을 좀 바꿔볼 필요가 있어. 그러면 꽤 재미있어지거든.”

난데없는 단유강의 말에 연백철이 어리둥절한 표정을 지었다.

“그게 무슨 말씀입니까?”

“넌 지금 너무 수동적인 생각으로 가득 차 있다고. 계속해서 널 움직일 생각만 하잖아. 넌 가만히 있고, 주변을 움직이면 훨씬 편하지 않겠어?"

연백철이 어이없다는 표정으로 단유강을 바라봤다. 주변을 움직이는 게 더 쉬울 리 없지 않은가.

'하긴, 대주님 같은 분들은 그게 더 쉬울지도 모르지.'

연백철의 표정으로 생각을 대번에 읽어낸 단유강이 피식 웃었다.

"왜? 못할 것 같아? 아니면 생각하기가 귀찮아?"

단유강의 말에 연백철이 잠시 생각에 빠졌다. 그저 생각만 하는 건 얼마든지 할 수 있다. 어차피 남는 시간인데 잠깐 생각한다고 해서 손해날 건 없을 듯했다.

'가만있자. 날 가만두고 주변을 움직이라고? 지금 상황에 대입하면 내가 비조각에 들어갈 필요 없이 비조각이 나에게……. 그건 말 자체가 아예 안 되고. 내가 원하는 건 사마 소저뿐이니까 사마 소저가 비조각에 안 들어가면 되겠군. 그런데 각주로 내정이 되어 있으니까 그럴 수도 없고…….'

연백철은 꼬리에 꼬리를 무는 생각에 정신을 차릴 수 없었다. 평소라면 이렇게 한 가지 생각에 집중할 수 없었을 것이다. 무공 수련이라면 모를까, 이런 종류의 생각은 해본 적도 거의 없었다.

"으아악!"

연백철이 결국 양손으로 머리를 쥐어뜯으며 괴성을 질렀

다. 생각이 꼬이고 꼬여 복잡해지기만 했다. 머리가 터질 것 같았다.

"으하하핫!"

단유강은 그런 연백철을 바라보며 유쾌하게 웃었다. 언제나 연백철이 관계되면 이렇게 즐거워진다. 한참을 웃던 단유강은 연백철이 한껏 일그러진 얼굴로 자신을 바라보고 있다는 걸 확인하고는 웃음을 멈췄다.

"그래, 네가 얻은 결론이 뭐냐?"

연백철이 체념하듯 말했다.

"그냥 포기하는 겁니다."

"재미있는 결론이구나. 만일 나라면 조금 다른 결론을 낼 것 같은데 말이야."

연백철이 반사적으로 고개를 들어 단유강을 바라봤다. 단유강은 손가락 하나를 들어 올리며 간단히 말했다.

"나라면 비조각을 없애 버린다."

"예에?"

연백철이 황당하다는 표정을 지었다. 자신이 생각했던 어떤 것보다 현실성이 없는 결론이었다.

"그게 말이 됩니까?"

"왜 말이 안 돼? 쓸모없는 조직을 굳이 만들 필요는 없지 않을까?"

"비조각이 왜 쓸모가 없습니까? 무림맹에서 만드는 정보 조직인데."

단유강이 혀를 차며 손가락을 좌우로 흔들었다.

"쯧쯧, 무림맹에 정보 조직이 몇 개나 있는지 알고 있어?"

"그, 글쎄요."

"겉으로 드러난 것만 두 개다. 천망단까지 합하면 세 개. 그리고 드러나지 않은 정보 조직도 두 개나 있지. 그중 하나가 비검당이고."

연백철의 눈이 화등잔만 해졌다. 대체 그걸 언제 조사했단 말인가.

"그런데 굳이 비조각을 만들려는 이유가 뭘까?"

"그, 글쎄요. 뭘까요?"

"그건 이번 사건 때문이다. 비검당 부당주 냉혼비검 윤천묵 살인 사건."

연백철의 눈이 호기심으로 빛났다. 단유강은 그 눈빛을 바라보며 빙긋 웃고는 말을 이었다.

"무림맹에 흐르는 정보 조직 간의 빈틈을 메우기 위한 조직이야. 그래서 널 원한 거다. 통찰력도 필요하고 정보처리 능력도 필요하거든."

"그, 그렇습니까?"

"그리고 예상컨대, 비조각이라는 조직을 계획한 건 사마자혜다. 그것도 아마 너랑 얘기하면서 떠올렸을 거다."

"예에?"

　연백철은 정말로 놀랄 수밖에 없었다. 사마자혜에게서 그런 낌새는 전혀 알아채지 못했다. 마치 무림맹에서 이미 결론이 난 사실을 얘기하는 듯했기에 연백철은 얼떨떨한 표정을 감추지 못했다.

　"그러니까 막을 기회는 아직 충분하단 뜻이야. 어때? 내가 막아줄까?"

　단유강의 말에 연백철은 심각한 표정을 지었다. 그저 고개만 한 번 끄덕이면 단유강의 말대로 될 것 같았다. 단유강은 충분히 그럴 능력이 있는 사람이었다.

　무림맹에 무슨 연줄을 가지고 있거나 한 건 아니었다. 확신은 못하지만 만일 그랬다면 무림맹에서 단유강에 대해 이렇게 아무것도 모르고 있을 리 없었다. 단유강은 그저 무림맹 천망단의 일개 대주일 뿐이었다.

　하지만 연백철은 단유강이 원한다면 그대로 이루어질 거라고 믿었다. 이것은 논리적인 믿음이 아니었다. 오히려 감에 더 가까웠다.

　연백철이 단유강을 바라봤다. 단유강은 살짝 미소를 걸친 채 연백철을 묵묵히 보고 있었다. 이내 연백철이 고개를 저었다.

　"아닙니다. 됐습니다. 그냥 제가 포기할랍니다."

　단유강의 입가에 맺힌 미소가 조금 더 짙어졌다.

　"왜?"

"사마 소저의 기대를 굳이 이렇게 박살 낼 필요는 없지 않겠습니까. 뭐, 나름대로 잘할 것 같기도 하고. 물론 전 함께할 수 없겠지만 말입니다."

단유강이 침상에서 몸을 일으켰다. 그리고 연백철에게 다가가 어깨를 가볍게 두드려 주었다.

"내가 이래서 널 좋아한다니까."

단유강은 빙긋 웃으며 말을 이었다.

"가자. 오늘은 가서 술이나 잔뜩 마시자. 그리고 내일 상쾌하게 돌아가자."

단유강의 말에 연백철이 힘차게 고개를 끄덕였다.

"좋죠! 술은 대주님이 사시는 거 맞죠?"

"으하하핫! 당연하지!"

단유강은 연백철의 어깨를 감싸 안으며 밖으로 나갔다.

두 사람은 그날 무한에서 가장 크고 좋은 기루에서 밤이 새도록 술을 마셨다. 마치 모든 것을 떨쳐 버리려는 듯이.

"허어, 설마 비검당주가 범인일 줄이야."

무림맹주 혁무길의 탄식에 사마자문이 송구스럽다는 듯 고개를 살짝 조아렸다.

"제 불찰입니다. 맹의 내부를 좀 더 단속했어야 하는데……"

혁무길이 고개를 저었다.

"아닐세. 그게 어찌 군사의 잘못이겠나. 무림맹을 어찌해 보려는 자들이 너무 많은 탓이지."

혁무길은 그렇게 말하곤 사마자문을 바라보며 물었다.

"그나저나 자혜가 이번에 대한한 공을 세웠다면서?"

사마자문이 당치 않다는 듯 고개를 저었다. 하지만 얼굴에 드러난 뿌듯한 감정은 지울 수 없었다.

"아닙니다. 그저 다른 사람이 하던 일을 받아 마무리한 것뿐입니다."

"허허허, 그렇게 칭찬에 인색할 필요 없네. 다른 사람들이 손도 못 댄 사건을 단번에 해결하지 않았나."

"그저 운이 좋았을 따름입니다."

"허허허허, 운이라… 운도 실력인 게지. 그래, 정보 조직을 만들겠다고 했다던데, 어쩔 생각인가?"

사마자문의 표정이 다시 원래대로 돌아왔다.

"보고서를 읽어보니 나름대로 타당성을 가지고 있어 긍정적으로 검토 중입니다."

혁무길이 고개를 끄덕였다.

"한데 정보 조직이 더 필요하겠나?"

"자혜가 만들려는 비조각은 맹 외부가 아닌, 내부의 정보를 주로 수집하는 조직입니다."

혁무길의 안색이 살짝 변했다.

"내부 말인가?"

사마자문이 그렇다는 듯 고개를 살짝 숙이자, 혁무길도 이내 고개를 끄덕였다.

"하긴 안을 단속하는 의미도 있겠지. 하지만 조심해야 할 걸세. 나야 상관없지만 민감하게 생각하는 사람들도 많을 테니까 말일세."

사마자문이 고개를 숙이며 대답했다.

"물론입니다. 자혜도 잘 알고 있을 것입니다."

"하긴, 똑똑한 아이이니 알아서 잘하겠지."

잠시 침묵이 흘렀다. 혁무길과 사마자문의 표정이 무거워졌다. 먼저 입을 연 것은 혁무길이었다.

"적련에 대해서는 어찌 되었는가?"

"심증은 확실한데 물증이 모자랍니다. 몇몇 이어진 끈은 찾았습니다만… 그뿐입니다. 적련을 압박할 수는 없을 듯합니다."

"적련이 대체 무슨 생각으로 이러는 것 같은가?"

"저도 모르겠습니다. 설마 들키지 않을 거란 생각은 아닌 듯한데, 결국 이렇게 되면 자신의 목을 조르는 결과가 되리라는 걸 누구보다 잘 알고 있을 적련이 왜 이러는지 이해할 수가 없습니다."

혁무길이 무거운 표정으로 고개를 저었다.

"조짐이 좋지 않네. 마인들에 대한 일도 그렇고, 적련의 움직임이 너무 심상치 않아."

"그들도 생각이 있다면 섣불리 움직이지는 못할 것입니다."

"그랬으면 좋겠네. 지금의 무림은 지나칠 정도로 평화에 길들여져 있네. 우리 탓이지. 이 평화가 깨지는 순간 걷잡을 수 없을 정도로 많은 피가 흐를 걸세. 그것만큼은 막아야 하지 않겠나?"

"맹주님께서 계신 한, 그런 일은 절대로 벌어지지 않을 것입니다."

사마자문은 진정으로 그렇게 믿었다. 혁무길은 그가 인정하는 천하제일인이었다. 천하에서 그를 당해낼 수 있는 사람은 천마신교의 교주인 천마 외에는 없었다.

'아니, 천마도 당해내지 못할 것이다. 결단코 그럴 것이다.'

혁무길은 사마자문의 표정을 보며 고개를 저었다.

"세상에 절대란 없네. 언제나 조심하고 준비하며 노력하는 자만이 그에 조금이나마 근접해 갈 수 있는 것뿐일세."

사마자문이 고개를 조아렸다.

"명심하겠습니다."

혁무길이 걱정스런 표정으로 한숨을 내쉬었다. 얼마 전부터 왠지 마음 한구석에 먹구름이 끼는 것 같았다. 실로 불길한 예감이 끊이지 않았다.

'부디 아무 일도 없어야 할 텐데……'

혁무길은 보고를 마치고 돌아가는 사마자문의 모습을 가
만히 바라보며 지그시 눈을 감았다. 그리고 조용히 명상에 잠
겼다. 불안하던 마음이 조금씩 가라앉아갔다.

第四章
청검산장

태룡전

사마자혜는 분통을 터뜨렸다. 설마 진짜로 이렇게 깨끗이 거절할 줄은 몰랐다.

"어찌 그럴 수가 있지? 내 부탁을 어찌……."

연백철은 오늘 아침 사마자혜를 찾아와 거절의 뜻을 밝히고 곧장 무림맹에서 나갔다. 마치 더 이상의 여지를 남기지 않겠다는 듯했다.

"고작 천망단에서 썩히기엔 너무 아까운 능력인데……."

사실 방법이 없는 건 아니다. 천망단 역시 무림맹에 속한다. 공문을 보내 인원을 차출할 수 있다. 청룡, 백호, 주작, 현무단의 경우 천망단에서 인원을 보충하기도 한다.

　그러니 비조각이라고 그렇게 하지 말라는 법은 없다. 하지만 사마자혜는 그렇게 하기 싫었다. 스스로 원해서 하는 일과 억지로 하는 일은 능률에서 성과까지 천지 차이가 나는 법이다.

　"그런 인재를 다른 곳에 넘길 수는 없지."

　그런 이유로 연백철에 대한 사항을 굳이 보고하지 않았다. 그런 대단한 인재를 무림맹에서 그냥 놔둘 리 없지 않은가. 아마 한 사람이라도 알게 되면 연백철은 즉시 본맹으로 올라와야 할 것이다.

　사마자혜는 문득 자신이 너무 유치한 생각과 행동을 하고 있다는 생각이 들었다. 고작 한 사람이 영입을 거절했을 뿐인데 이렇게 감정조차 다스리지 못하고 있으니 스스로가 한심해졌다.

　"하아, 내가 대체 왜 이러는 거지?"

　능력이 아깝긴 하다. 하지만 본인이 싫다면 어쩔 수 없다. 그리고 무공도 제법이니 청룡단이나 백호단에 언질을 넣어두면 금세 차출해 데려갈 것이다. 무림맹을 위해 힘을 쏟는 일이다. 아까워할 일이 아니지 않은가.

　사마자혜는 쓴웃음을 지었다. 생각은 그렇게 하지만 실제로 움직이긴 싫었다.

　"이건 마치……."

　마치 당과를 빼앗기기 싫어하는 어린애 같지 않은가. 사마자혜는 지금 자신이 꼭 그와 닮았다고 생각했다.

"유치하긴……."

유치했다. 하지만 어쩔 수 없었다. 사마자혜는 난생 처음
으로 자신의 마음을 제대로 이해하지 못하는 일을 겪고 있었
다.

"하아."

그녀의 한숨이 조금 더 깊어졌다.

"대주님, 그쪽은 사천으로 가는 길이 아닌데요?"

연백철이 의아한 얼굴로 묻자, 단유강이 빙긋 웃으며 대답
했다.

"그야 사천으로 가는 게 아니니 당연하지."

"예? 사천으로 안 가면 어디로 가는 겁니까?"

"장사."

"장사요? 거긴 호남 아닙니까? 굳이 그 쪽으로 돌아서 가실
필요가……."

연백철은 말을 마무리 짓지 못하고 뭔가가 떠오른 듯한 표
정으로 단유강을 바라봤다. 연백철의 눈이 반짝반짝 빛나고
있었다.

"설마 담 소저를 만나러 가시는 겁니까?"

"뭐… 겸사겸사."

"우헤헤헷! 겸사는 무슨 겸사입니까? 다른 일이 또 뭐가 있

다고. 우리 대주님 보기와는 달리 부끄럼도 타시나 봅니다?
우헤헤헤."

단유강은 연백철의 말이 눈살을 찌푸렸다. 지금 연백철의
웃음은 꼭 제갈무군 같았다. 마치 지금 이 순간 제갈무군의
혼이 연백철의 몸에 들어가 말만 하고 도망간 듯한 기분이었
다.

"그렇게 웃지 마라."

단유강이 주먹을 불끈 쥐며 그리 말하자, 연백철은 순식간
에 입을 다물고 얼굴에서 웃음기를 지웠다. 단유강의 주먹이
아프게 눈동자에 박혀들었다. 저걸로 맞으면 며칠은 몸을 못
가눌 것 같다는 예감이 심장을 콕콕 찔렀다.

"뭐, 그냥 그렇다는 겁니다. 예민하시기는."

연백철은 잠시 입을 다물었다가 슬며시 단유강을 눈치를
살폈다. 그러더니 눈가에 웃음을 머금고 다시 입을 열었다.

"한데 갑자기 담 소저는 왜 보러 가시는 겁니까? 그렇게 박
대를 당했는데도 간다는 건 아주 제대로 마음이 꽂혔다는 뜻
인데……. 그렇지 않습니까?"

"…쓸데없는 소리는 이제 그만해라. 겸사겸사 가는 거라고
하지 않았느냐."

"그러니까 그 겸사가 뭐냐니까요? 대답도 못하실 거면
서……. 쳇."

단유강이 얼굴을 와락 일그러뜨렸다. 오늘따라 연백철이

정말로 끈질기게 말꼬리를 물고 늘어졌다. 한바탕하려다가 생각해 보니 연백철은 바로 조금 전 사마자혜와 헤어지고 왔다. 왠지 그 마음이 조금 짐작되어 얼굴을 조금 폈다.

"그래, 교영이 만나러 간다. 이제 만족하느냐?"

연백철의 입가에 걸린 미소가 길게 늘어졌다.

"진작 그렇게 말씀하실 것이지. 알겠습니다. 그럼 조금 더 서두르는 게 좋지 않겠습니까?"

연백철이 능글능글한 표정으로 말하자 단유강은 고개를 절레절레 저었다.

"됐다. 내가 말을 말지."

대답은 그렇게 했지만 어느새 속도를 올렸다. 단유강이 갑자기 빨리 움직이자, 연백철이 황급히 그 뒤를 따랐다. 조금이라도 머뭇거리면 금세 보이지도 않을 것 같았다.

"대, 대주님! 너무 빠른 거 아닙니까?"

"네가 원했잖아. 잘 쫓아와 봐라."

단유강은 그렇게 말하며 더욱 속도를 높였다. 연백철은 기겁을 하며 내력을 다리로 집중했다.

"으아악! 대주님! 좀 천천히 가자고요! 으아아악!"

호남 장사는 열두 개의 큰 문파가 각자의 세력을 형성해 나눠 먹고 있는 형국이었다. 그리고 수십 개의 중소 문파들이 그 아래에서 이합집산을 이루며 치열하게 살아가고 있었다.

청검산장은 장사를 나눠 먹는 열두 개 대문파 중 하나였다. 무력만 놓고 보면 그들 중 으뜸이었지만, 재력이 모자라 냉정하게 평가를 하면 중간쯤이었다.

청검산장의 장주인 담무군은 야망이 큰 사람이었다. 그는 먼저 장사에서 누구도 넘볼 수 없는 문파로 올라선 후, 영향력을 호남 전체로 확장하려는 야심을 품고 있었다.

그러기 위해서는 충분한 금력이 반드시 필요했다. 담무군의 무공은 장사를 넘어 호남에서도 알아주는 실력이었다. 조금만 더 열의를 가지고 수련하면 호남제일검도 넘볼 수 있을 정도였다.

그런 무력을 가지고도 장사조차 완전히 장악하지 못했다는 것은 그에게 있어 상당한 치욕이었다.

담무군은 집무실에 앉아 심각한 표정으로 앞에 놓인 서류들을 읽었다. 현재 장사에 산재한 무림문파들의 상황과 청검산장의 상태에 관한 내용이었다. 읽으면 읽을수록 담무군의 표정이 심각해져 갔다.

탁.

서류를 모두 읽고 탁자에 던진 담무군은 눈살을 찌푸렸다.

"좋지 않군."

상황이 그다지 좋지 않았다. 청검산장에 줄을 댄 문파들이 조금씩 이탈할 기미가 보이고 있었다. 그리고 청검산장의 재정 상태도 날이 갈수록 나빠졌다. 물론 아직 심각한 정도는 아니지만 이대로 삼 년만 더 흐르면 파탄에 이르고 말 것이다.

"인재가 없어."

청검산장에는 무공에 재능이 뛰어난 자가 상당히 많다. 담무군이 말하는 인재는 무재(武才)가 아니라 상재(商才)였다. 청검산장은 문파의 규모에 걸맞게 여러 사업체를 거느리고 있었다. 한데 제대로 된 인재가 모자라 그 사업체들의 관리가 어려웠다.

또한 유능한 총관이 없기에 더더욱 어려움을 겪고 있었다.

처음에는 그런 것에 거의 신경을 쓰지 않았다. 무림문파는 강력한 무공과 힘만 있으면 모든 것이 해결된다고 믿었다. 그래서 힘을 키웠다.

하지만 그것은 문파의 규모가 작을 때의 얘기였다. 이렇게 문파가 커지고 나니, 오히려 무공보다 그런 능력이 더 중요했다.

"끄응, 내가 어떻게 청검산장을 키웠는데."

담무군이 어렸을 때는 청검산장은 그저 중소 문파에 불과했다. 장사에서도 그다지 영향력이 없었고, 무력도 그저 그런 평범한 문파였다. 담무군은 어린 나이에 문파를 물려받았고, 그때부터 이를 악물고 목표를 향해 달렸다.

그렇게 달린 지 삼십 년 만에 장사에서 손꼽히는 대문파가 될 수 있었다. 물론 그의 고강한 무공 덕분이었다.

"이럴 줄 알았으면 그때부터 이쪽으로도 신경을 좀 쓰는 건데, 쯧쯧.”

혀를 차며 안타까워했지만 이미 지난 일이다. 그보다는 앞으로의 일이 더 중요하다. 지금 청검산장에 필요한 것은 돈이었다. 문파를 유지할 수 있을 정도의 돈을 지속적으로 얻는 게 가장 중요했다.

청검산장 휘하에 있는 사업체들도 다들 어려웠다. 내일 당장 망하지는 않겠지만 그들이 내는 적자 폭이 점점 커지고 있기에 그 모든 것이 청검산장에는 부담으로 다가왔다.

“어디서 황금이 한 만 냥만 뚝 떨어졌으면 좋겠군.”

황금 만 냥이면 지금의 모든 어려움을 단숨에 해결하고도 앞으로 몇 년 동안은 청검산장을 유지할 수 있을 정도로 큰돈이다. 당연히 그런 돈이 나올 구석은 없다.

문득 담무군의 뇌리에 그의 딸인 담교영의 얼굴이 떠올랐다.

담교영은 천하제일미로 이름을 떨치고 있어 청검산장이 유명해진 데는 담교영의 역할도 상당히 컸다. 물론 담교영이 청검산장주의 여식이 아니었다면 이렇게까지 유명해지지 않았을지도 모르지만.

최근 여기저기서 혼담이 들어온다. 한동안은 마치 딸을 빼앗기는 듯한 기분이 들어 모든 혼담을 외면했지만, 지금은 그럴 수 없었다.

담무군은 자신이 확인한 혼담들을 기억에서 하나하나 끄

집어냈다. 다들 꽤 파격적인 조건을 함께 달았다. 그중 담무군의 뇌리에 가장 깊게 박힌 것은 당가에서 온 청혼이었다.

"당가주라……."

당가에서는 놀랍게도 가주와 혼례를 올리기를 원했다. 당가주가 얼마 전에 회갑연을 했으니 나이 차가 자그마치 마흔에 가깝다. 만일 보통 사람이 그런 짓을 했으면 단칼에 베어 버렸겠지만 상대는 당가주였다.

"흐음."

담무군은 심각한 표정으로 당가에서 온 청혼을 어찌해야 할지 고민했다. 당가주의 처는 오래전에 세상을 떠났다. 그 이후로 당가주는 오로지 가문만을 위해 살아왔다. 즉, 이번에 당가주와 혼례를 올리면 본처로 들어가게 되는 것이다. 당가주의 성격상 첩을 두지는 않을 듯하니 담무군의 입장에서는 꽤 매력적이었다.

"문제는 당가의 저력인데……."

금이야 옥이야 키워온 딸을 다 늙은 자에게 시집보내는 일이다. 그렇게까지 했는데도 얻는 게 별로 없으면 그야말로 바보짓이 따로 없다.

"좀 더 알아봐야겠군."

일단 확실히 알아봐야 한다. 최근 들리는 소문으로는 상당한 힘을 가졌다고 하지만 정확히 확인해야 한다. 하지만 담무군의 마음은 벌써 당가 쪽으로 상당히 쏠리고 있었다.

백검문(佰劍門)의 문주 원위천은 화려하게 펼쳐진 전각들을 바라보며 입가에 미소를 띠었다. 한밤중인데도 전각들은 모두 환하게 불이 켜져 있었다.

"잘 돌아가고 있군."

백검문은 장사를 대표하는 열두 문파 중 첫 손가락에 꼽히는 곳이었다. 백검문은 이름 그대로 검으로 일어난 문파였다. 일백 명의 검객이 힘을 모아 문파를 일으켰고, 그 후 이백 년이 지나면서 당당하게 장사에서 제일가는 문파가 되었다.

원위천은 창가에서 물러나며 몸을 돌렸다. 방 중앙에 총관이 공손한 자세로 서 있었다.

"청검산장에 대한 일은 어찌 되어가고 있는가?"

"계획대로 진행 중입니다. 다음 계획만 제대로 성사되면 청검산장은 석 달을 넘기기 힘들 것입니다."

원위천이 만족스런 표정으로 고개를 끄덕였다.

"그렇군. 한데 청검산장에는 변수가 있어. 알고 있겠지?"

총관이 고개를 조아렸다. 어찌 모르겠는가, 청검산장에 천하제일미 담교영이 있다는 사실을 말이다. 담교영은 그 하나만으로 판도를 바꿔 버릴 수도 있는 커다란 힘이었다. 자고로 미인은 나라도 망하게 할 수 있지 않았던가.

"파악하고 있습니다. 다른 곳은 별문제가 되지 않는데, 청혼자 중 당가주가 있다는 것이 조금 걸립니다."

원위천이 눈살을 찌푸렸다.

"당가주? 얼마 전에 회갑연을 하지 않았던가?"

"그렇습니다. 저희 쪽에서도 사람을 보냈었습니다."

"다 늙어서 주책을 부리는군. 그래, 만일 담무군이 미친 척하고 그쪽으로 시집을 보내 버리면 어찌 되겠는가?"

"당가의 힘은 아직 모두 드러나지 않았습니다. 최대한 파악하고 있지만 아직 완전치 않아 확실하게 말씀드릴 수는 없습니다. 하지만… 드러난 힘만으로도 결코 무시하지 못할 정도입니다."

"우리와 비교하면 어떤가?"

총관은 잠시 뜸을 들이다 조심스럽게 입을 열었다.

"장사의 십이대문파를 모두 통합하면 당가와 자웅을 결할 수 있을 것입니다."

원위천의 눈이 화등잔만 해졌다.

"설마 그 정도란 말인가?"

"그렇습니다. 아직 드러나지 않은 힘까지 감안하면 그 정도는 될 것입니다."

"심각하군."

장사의 십이대문파는 각자의 힘이 상당하다. 가장 약하다고 알려진 양천문만 하더라도 오백 명에 달하는 무사를 보유하고 있었다. 십이대문파 중 최고인 백검문은 천 명이 훨씬 넘는 무사를 보유하고 있다. 한데 그런 모든 문파를 합해야 상대할 수 있다면, 대체 당가의 힘이 얼마나 된단 말인가.

"담교영이 당가주와 혼례를 올린다면 어찌 되겠나?"

"힘들어지긴 하겠지만, 여긴 사천이 아니라 호남입니다."

원위천이 크게 고개를 끄덕였다. 당가도 아직 사천을 완전히 장악한 건 아니었다. 또한 무림맹의 눈치도 살펴야 한다. 청검산장에 무슨 일이 생기면 도와줄 수는 있겠지만 분명히 한계가 있다.

"그래도 그렇게 되면 청검산장을 집어삼킬 수는 없지 않겠나?"

"어차피 청검산장보다는 그 안에 있는 무사들이 필요한 것이니 굳이 청검산장을 집어삼킬 필요는 없습니다."

"그럼 굳이 당가를 끌어들일 필요도 없을지 모르겠군."

"다만 몇 가지 계획이 더 필요하게 될 뿐입니다. 천하제일미를 데려가는 일인데 당가에서 푼돈을 쓸 리는 없으니 말입니다."

"그야 그렇겠지. 그래도 그것 역시 한계가 있지 않겠나?"

원위천이 의미심장한 미소를 띠자, 총관이 고개를 조아리며 대답했다.

"물론입니다. 조금 길어지기야 하겠지만 일 년이면 충분합니다. 또한 청검산장이 조금 늑장을 부리면 당가에 딸을 보낼 시간도 없을지 모릅니다."

"호오, 그럴 수도 있겠군. 한데 그 딸이 그렇게 미인인가?"

　담교영은 항상 면사를 쓰고 다니기 때문에 얼굴을 확인한 사람이 드물다. 더구나 백검문은 청검산장과 그다지 사이가 좋지 않기 때문에 더더욱 볼 기회가 없었다.

　총관은 쓴웃음을 지었다.

　"본 사람마다 엄지손가락을 치켜세운다고 합니다. 당가주가 한눈에 반해 청혼을 할 정도 아닙니까."

　"그렇지. 가문이 망하면 헐값이 되겠지만, 그 정도 헐값은 나도 충분히 낼 용의가 있는데 말이야."

　원위천이 눈을 빛내며 그렇게 말하자 총관이 알아들었다는 듯 다시 고개를 조아렸다.

　"한 번 추진해 보겠습니다."

　원위천은 그제야 만족스런 표정으로 고개를 끄덕이며 손을 몇 번 휘저었다. 그러자 총관은 고개를 숙인 후 물러갔다. 총관이 밖으로 나가자 원위천은 다시 창가로 다가가 백검문의 전각들을 바라봤다.

　"역시 내 방을 가장 높은 곳에 만들길 잘했어. 아주 보기 좋지 않은가. 으하하하핫!"

　원위천의 웃음소리가 백검문의 밤하늘에 흩어졌다.

　단유강과 연백철은 무한을 떠난 지 사흘 만에 장사로 들어섰다. 칠백 리가 넘는 길을 고작 사흘 만에 주파한 덕분에 연백철은 그저 죽을 맛이었다. 밤에 잠자는 시간과 밥 먹는 시간을 제외하면 끊임없이 경공을 펼쳐야 했다.

그나마 잠을 오래 잤기에 망정이지 그렇지 않았다면 벌써 쓰러졌을 것이다.

'하여간 괴물은 괴물이야.'

연백철은 단유강의 멀쩡한 모습에 혀를 내둘렀다. 온통 먼지에 뒤덮인 채 숨을 헐떡이는 자신과 달리 단유강은 먼지 하나 묻지 않은 깨끗한 모습이었다.

"어때? 좀 얻은 건 있어?"

단유강의 물음에 연백철이 멍한 표정으로 바라봤다. 얻긴 뭘 얻었단 말인가.

"…먼지는 좀 얻은 것 같습니다."

"으하하핫! 하여간 재미있는 놈이라니까. 먼지는 털어내야지. 적당한 객잔으로 가자."

단유강의 말에 연백철은 속으로 투덜거리면서 뒤를 따랐다. 두 사람은 얼마 지나지 않아 장사에서 가장 큰 객잔을 발견해 안으로 들어갔다.

객잔 안에는 상당히 많은 사람이 있었다. 단유강은 일단 방을 잡고 들어가 침상에 몸을 뉘었다. 연백철은 그 모습을 보며 고개를 절레절레 저었고, 미리 점소이에게 말해 준비한 목욕물을 이용해 몸을 씻었다.

몸을 모두 씻은 연백철은 어느새 목욕통을 가린 천 앞에 놓여 있는 깨끗한 옷을 보곤 잠시 의아한 표정을 지었다. 하지만 먼지와 땀으로 더렵혀진 옷을 다시 입을 수는 없었기에 그 옷을 입었다.

옷을 입고 밖으로 나가니, 단유강이 침상에 누운 채로 연백철에게 말했다.

"밥 먹자."

단유강의 말에 연백철의 얼굴이 살짝 일그러졌다. 설마 여기까지 와서도 밥 심부름을 시킬 줄은 몰랐던 것이다.

연백철의 표정을 본 단유강이 심드렁한 얼굴로 말을 덧붙였다.

"내려가서 점소이한테 시켜라. 왜? 여기서 점소이 일이라도 하려고?"

그제야 연백철은 자신이 뭔가를 잘못 생각했다는 걸 깨달았다. 하지만 조금 후 더욱 비참한 표정이 되었다.

'이런 젠장, 그동안 하도 밥을 날랐더니 반사적으로 그렇게 생각했네. 이건 완전히 몸과 마음이 전부 점소이가 된 것 같잖아?'

연백철은 속으로 그렇게 투덜거리며 밖으로 나갔다.

두 사람이 머무는 방은 객잔 이층에 위치했다. 객잔의 일층은 상당히 규모가 큰 식당이었고, 사람들도 많았다. 연백철은 방에서 나와 난간 밖으로 보이는 식당의 광경을 바라보며 점소이를 찾았다.

점소이는 금방 찾을 수 있었다. 규모가 큰 객잔인만큼 점소이의 수도 많았다. 막 점소이를 부르려던 연백철은 아래층에서 들려오는 소리에 막 벌리려던 입을 다물었다.

"어쩌다 청검산장이 그 지경이 된 거야?"

"그러게 말이야. 설마 장사십이대문파 중 하나인 청검산장에 그렇게 빚이 많을 줄 누가 알았겠나."

"이번 달을 넘기기 힘들겠군?"

"아마 그럴 거야. 벌써 소문이 파다하게 돌 정도잖나. 원래 청검산장쯤 되는 문파에 대한 소문은 이런 식으로 쉽게 퍼지지 않는 법인데 말이야."

"하긴, 이젠 소문을 막을 힘도 남아 있지 않단 뜻이겠지."

"쯧쯧, 그나저나 청검산장이 무너지면 천하제일미는 어떻게 되는 건가?"

"어떻게 되긴, 팔려가는 거지."

"팔려가?"

"가문이 무너지게 생겼으니 몸을 팔아서라도 돈을 마련해야지. 노리는 곳이 한두 군데가 아닌 모양이던데."

"하긴, 그렇겠군."

두 사람의 대화를 유심히 들은 연백철은 굳은 표정으로 몸을 돌렸다. 이대로 있을 수는 없었다. 자신은 뭘 어찌해야 하는지 모르지만 단유강이라면 반드시 답을 찾아낼 수 있을 것이다.

순식간에 몸을 날린 연백철은 문을 박차고 방 안으로 들어졌다.

"대주님!"

단유강은 눈살을 찌푸리며 연백철을 바라봤다. 그에 상관 없이 연백철은 얼굴이 시뻘개져서는 단유강 앞으로 후다닥 달려갔다. 물론 문을 닫는 걸 잊지는 않았다.

"대주님, 큰일 났습니다."

"밥은?"

"아, 지금 밥 타령할 때가 아니라니까요. 담 소저가 팔려가 게 생겼답니다!"

단유강의 눈이 살짝 커졌다.

"팔려가?"

연백철은 단유강이 반응을 보이자, 방금 밖에서 들은 얘기 를 주르륵 읊었다. 얘기가 모두 끝나자 단유강이 고개를 끄덕 였다.

"그렇군. 한데 밥은?"

연백철의 얼굴이 사정없이 일그러졌다.

"아, 지금 이 와중에도 꼭 그렇게 밥을 찾으셔야 하겠습니 까?"

"일단 가서 밥부터 가져와."

단유강의 말에 연백철은 순식간에 흥분이 가라앉았다. 결 국 그는 냉혈한이라는 둥, 사람이 그러면 안 된다는 둥, 구시 렁거리며 밖으로 나갔다.

연백철이 밖으로 나가자, 단유강이 눈을 빛내며 중얼거렸다.

"청검산장이 무너져? 그리고 그게 소문으로 파다하게 나돈다고? 이거 재미있군."

"이젠 늦었을지도 모릅니다. 만일 담 소저가 팔려갔으면 다 대주님 책임이라고요."

연백철은 쉴 새 없이 투덜거렸다. 단유강은 연백철이 투덜거리든 말든 신경 쓰지 않고 유흥가로 향했다. 걷기 시작한 지 얼마 지나지 않아 두 사람은 주루와 기루가 잔뜩 늘어선 곳에 도착할 수 있었다.

"말씀 좀 해보세요. 어떻게 이리 냉정하실 수 있죠? 담 소저 보러 여기 오신 거 아니었습니까?"

연백철이 계속 투덜거리자, 결국 단유강이 걸음을 멈췄다. 그리고 고개를 돌려 한심한 눈으로 연백철을 바라봤다.

"너 어디 가서 천망단이라고 하지 마라."

"예? 그건 또 무슨 자다가 봉창 두드리는 말씀이십니까?"

"천망단이 소문에 휘둘린다는 얘기를 들으면 아마 세 살짜리 애도 비웃을 거다."

단유강의 말에 연백철이 입을 다물었다.

"청검산장에 빚이 많다고? 그 소문을 대체 누가 냈을 것 같아? 청검산장이 냈을까? 우리 빚더미에 앉았다고?"

“그, 그야……..”

그제야 연백철은 뭔가 이상하다는 생각이 들었다. 게다가 예전 장사에 왔을 때는 그런 기미도 없었다. 고작 얼마 지나지도 않았다. 그사이에 청검산장이 무너진다는 건 아무리 생각해도 이상한 일이다.

“그, 그러고 보니 좀 이상하긴 하네요.”

“쯧쯧, 어찌 저렇게 계속 철판을 닮아가는 건지……..”

단유강의 말에 연백철이 화들짝 놀랐다.

“그 무슨 무시무시한 말씀이십니까. 제가 왜 그분을 닮습니까? 차라리 백 소저라면 모를까. 전 적어도 보통 사람은 된다고요!”

단유강은 연백철을 묘한 얼굴로 잠시 바라보다가 아무 말 하지 않고 다시 걸음을 옮겼다. 연백철은 그 뒤를 따르며 애가 타서 계속 말했다.

“아니죠? 대주님, 농담하신 거죠? 그렇죠?”

두 사람은 그렇게 걸어가 어느덧 꽤 그럴듯한 기루 앞에 도착했다.

연백철은 높이 솟은 기루를 올려보며 침을 꿀꺽 삼켰다.

“서, 설마 여기서 놀자는 말씀은 아니시죠? 장사에는 담 소저가 있는데……..”

“싫으면 기다리던가.”

단유강은 즉시 기루 안으로 들어갔다. 연백철은 황급히 그 뒤를 따랐다.

"아니, 꼭 싫다는 건 아니고……."

단유강은 묘한 미소를 지으며 안으로 깊이 들어갔다. 기녀 몇 명이 나와 두 사람을 맞이했지만, 단유강이 그중 한 명의 귓가에 뭔가를 속삭이자 모두 물러갔다. 그리고 더 이상 아무도 다가오지 않았다.

연백철은 의아한 표정을 지었다. 보통의 기루와는 뭔가 많이 다른 듯했기 때문이다. 아무리 손님이 싫다고 해도 끝까지 한두 명의 기녀는 따라와야 했다. 그래야 손님이 원하는 걸 맞춰줄 것 아닌가.

그렇게 걸어간 두 사람은 복도 끝에 도착했다. 그곳에는 작은 문이 하나 있었는데, 단유강은 망설이지 않고 그 문을 열고 안으로 들어갔다.

연백철은 의아한 표정을 감추지 않고 단유강을 뒤따라갔다.

"어?"

문으로 들어간 연백철은 놀란 표정을 지었다. 문을 열고 나오니 다시 밖이었다. 두 사람은 기루를 통과한 것이다. 연백철은 얼떨떨한 표정으로 단유강을 바라봤다.

단유강은 기루 밖으로 나온 후, 더 이상 움직이지 않고 가만히 서 있었다.

"대주님, 여기서 뭐 하시는 겁니까?"

“조금만 기다려 봐.”

단유강의 말에 연백철은 연방 고개를 갸웃거렸다. 그렇게 기다린 지 반 각쯤 되었을 때, 앞쪽에서 누군가가 다가왔다. 온통 새까만 옷을 몸에 두른 사내였는데, 그는 단유강 앞에 서서 허리를 숙였다.

“가시지요.”

사내의 안내에 단유강은 다시 걷기 시작했다. 연백철은 그 뒤를 따르며 의아한 표정을 지었다.

세 사람이 도착한 곳은 허름한 집들이 모여 있는 골목이었다. 사내는 그중 한 집에 들어갔고, 단유강과 연백철도 뒤를 따라 그곳으로 들어갔다.

연백철은 집 안에 들어가며 상당히 놀랐다. 밖에서 보는 것과는 꽤 달랐기 때문이다. 밖은 허름했지만 안은 깔끔했다. 게다가 장식품이나 벽에 걸린 그림들이 왠지 꽤 대단해 보였다.

사내는 어느새 사라졌고, 단유강은 느긋하게 한가운데 있는 의자에 앉았다.

“너도 거기 서 있지 말고 와서 앉아라.”

단유강의 말에 연백철이 주춤주춤 다가가 단유강 옆에 있는 의자에 앉았다. 의자에 앉고 나니, 앞에 길게 쳐진 장막이 보였다. 연백철이 의문을 표할 새도 없이 장막 안에서 목소리가 들려왔다. 기품 어린 여인의 목소리였다.

"천망단의 대주님께서 이곳에 찾아오시다니, 꽤 의외로군요."

단유강이 아무런 말도 하지 않자, 장막 안에서 다시 목소리가 흘러나왔다.

"원하시는 걸 말씀해 주세요."

"청검산장."

단유강의 말이 의외였던지 장막 안의 목소리에 진한 호기심이 담겼다.

"천망단의 대주님께서 청검산장에 관심을 가지신다고요? 설마 천하제일미에 반하기라도 하신 걸까?"

"쓸데없는 얘기는 좀 뺐으면 좋겠는데."

잠시 침묵이 감돌더니 장막 안의 목소리가 차분해졌다.

"원하시는 정보의 수준을 정해주세요. 청검산장의 경우 다섯 단계가 있어요."

단유강의 눈이 빛났다.

"호오, 정말로 뭔가 있긴 있군?"

연백철은 옆에서 궁금해 죽을 것 같은 표정으로 단유강과 장막을 번갈아 쳐다보고 있었다. 그러다가 결국 참지 못하고 입을 열었다.

"그 다섯 단계라는 게 뭐요?"

연백철의 질문에 장막 안의 여인은 친절하게 설명해 주었다.

"청검산장에 대한 기본적인 사항이 첫 번째 단계예요. 두 번째는 그 안에 있는 주요 인물들에 대한 자세한 정보를 포함해요. 세 번째는 청검산장 안에 있는 모든 사람에 대한 정보. 네 번째는 청검산장과 관계된 외부 인물이나 문파에 대한 정보. 그리고 마지막 다섯 번째는 청검산장을 중심으로 벌어지는 사건에 대한 정보예요."

연백철의 눈이 화등잔만 해졌다. 그리고 고개를 돌려 단유강을 바라봤다. 단유강이 방금 한 말의 뜻을 이제 안 것이다.

"다섯 번째로."

단유강의 말에 장막 안의 여인이 손뼉을 다섯 번 쳤다. 그러자 두 사람을 이곳으로 안내했던 흑의사내가 나타나 두툼한 책자 하나를 단유강에게 건넸다.

"황금 오백 냥이에요."

여인의 말에 연백철은 하마터면 눈이 튀어나올 뻔했다. 고작 정보 하나에 황금 오백 냥이라니, 대체 누가 그 돈을 주고 정보를 구입한단 말인가.

하지만 단유강은 아주 당연하다는 듯 품에서 전표 한 장을 꺼냈다. 흑의사내가 그 전표를 받아 확인을 했다.

"천하전장의 전표입니다."

사내의 말에 장막 안의 여인이 호기심 어린 목소리로 말했다.

"천하전장의 전표라면 믿을 수 있죠. 그나저나 천망단의 대주가 그런 큰돈을 지불할 능력이 된다니, 정말로 관심이 가는군요."

말은 그렇게 했지만 단유강이 상당한 부를 축적하고 있다는 사실을 이미 알고 있는 듯했다.

"나중에 기회가 되면 또 보지."

단유강은 그렇게 말하고 자리에서 일어났다. 연백철은 몇 번이나 장막 쪽을 힐끔거리며 단유강의 뒤를 따랐다.

단유강과 연백철이 밖으로 나가자, 장막 안에 있던 여인이 천천히 자리에서 일어났다.

"정말로 흥미롭군. 아무리 그래도 황금 오백 냥을 서슴없이 내놓을 정도인 줄은 몰랐는데. 우리 정보망을 벗어난 뭔가가 있었단 말이지?"

연백철은 궁금증이 가득한 표정으로 단유강을 빤히 바라봤다.

단유강은 객잔에 다시 들어온 이후 침상에 누워 흑의사내에게 받아온 책자를 읽고 있었다. 책장은 빠르게 넘어갔다. 마치 모두 몇 장인가 세보는 듯했다.

연백철은 인내심을 가지고 단유강이 그것을 모두 읽을 때까지 기다렸다. 이윽고 단유강이 책장의 마지막 장을 넘겼다.

"다 읽으신 겁니까?"

"뭐, 대충은."

"대체 아까 거기가 어딥니까?"

"화영련(花影聯)."

"화영련이요?"

연백철은 금시초문이라는 듯 고개를 갸웃거렸다.

"기루를 중심으로 퍼진 정보 조직이야. 뭐, 시작이야 그랬지만 지금은 조직망이 꽤 넓고 튼튼하지. 아마 무림맹을 제외하면 따라갈 곳이 없을걸?"

연백철이 놀란 눈으로 단유강을 바라봤다.

"그렇게 유명한 곳입니까?"

단유강이 크게 고개를 끄덕였다.

"유명하지. 암, 유명하고말고. 비싸기로 아주 유명한 곳이지."

연백철이 입을 다물었다. 그곳에 주고 온 황금 오백 냥이 떠올랐기 때문이다. 황금 오백 냥이면 평생 호의호식할 수 있을 정도로 많은 돈이다.

"그렇게 비싼 곳에는 왜 가셨습니까?"

"뭔가 이상하니까."

"그래서 뭐가 이상한지는 알아내신 겁니까?"

"대충은."

연백철의 눈이 기대감으로 물들었다. 반짝이는 눈으로 단유강을 한참이나 바라보던 연백철이 다시 물었다.

"그럼 이제 어떻게 하실 겁니까? 저도 힘껏 돕겠습니다."

"일단 좀 자둘까?"

"예?"

연백철이 김샜다는 표정으로 단유강을 바라봤다. 하지만 단유강은 들고 있던 책자를 연백철에게 휙 던지고는 그대로 눈을 감아버렸다. 연백철은 황당하다는 표정으로 단유강과 손에 든 책자를 번갈아 바라봤다.

"총관! 총관, 어디 있나!"

담무군은 시뻘건 얼굴로 외쳤다. 총관이 그 소리를 듣고 부리나케 달려왔다.

"장주님, 무슨 일이십니까?"

담무군은 헐레벌떡 달려온 총관의 얼굴을 무서운 눈으로 노려봤다. 총관은 그 눈빛에 움찔 놀라 자신도 모르게 뒷걸음질쳤다.

"지금 장사에 파다하게 돌고 있는 소문을 들어봤나?"

"예? 소, 소문 말입니까?"

당연히 들어봤다. 최근 청검산장 안에서만 지내는 담무군의 귀에까지 들어간 소문이었다. 청검산장 안팎의 일을 모두 신경 써야 하는 총관이 그걸 모를 리 없었다. 총관은 당황한 표정으로 담무군을 바라봤다.

"우리 청검산장의 빚이 얼마나 되는지 아는 건 나와 자네뿐인 걸로 기억하는데, 내 말이 틀렸나?"

"그, 그건 그렇습니다만… 전 절대 아닙니다! 제가 왜 그런 소문을 퍼뜨리겠습니까?"

담무군의 눈빛이 스산하게 변했다.

"무사들이 이탈하고 있다고?"

"그, 그것이……."

청검산장이 무너진다는 소문이 워낙 파다하니 청검산장에 속한 무사들이 흔들리는 건 당연한 일이었다. 비록 청검산장의 무공을 익혀 강해지긴 했지만 미래가 없는 곳에서 머뭇거리다가 정작 큰 기회를 놓칠 수는 없지 않은가.

"배은망덕한 놈들. 제대로 보고하게. 몇이나 나갔나?"

총관은 머뭇거리다가 힘없이 입을 열었다.

"오늘부로 총 쉰일곱이 나갔습니다."

"앞으로 더 나갈 기미도 보이고?"

"그, 그렇습니다."

무사들이 동요하면 끝이다. 청검산장에 입은 은혜를 생각해 끝까지 남는 사람들도 분명히 있겠지만 그들만으로는 절대 이런 큰 규모의 문파를 유지할 수 없다. 이대로 무사들이 계속 빠져나가면 결국 청검산장은 명목만 남은 소문파가 되어버릴 것이다.

"동요를 잠재우려면 돈이 필요하겠군."

담무군은 결국 결심을 굳혔다. 그동안 지나치게 고민했다는 생각이 문득 들었다. 가문을 살리기 위한 일이다.

'교영이도 충분히 이해해 주겠지.'

담무군이 생각에 잠기자, 총관이 안절부절못하며 그의 안색을 살폈다. 자칫하면 오늘 경을 칠 수도 있을 듯했다. 그러다가 문득 오늘 장주에게 보고해야 할 일이 하나 남았다는 사실이 떠올랐다.

"저… 장주님."

담무군은 총관의 부름에 상념에서 벗어났다.

"뭔가?"

"오늘 적련에서 연락이 왔습니다. 더 이상 변제 기일을 미루기 어렵다고 합니다."

담무군의 표정이 와락 구겨졌다. 그동안 적련으로부터 몇 번이나 큰돈을 빌려왔다. 적련은 장사에서 상당한 힘과 영향력을 가진 청검산장에게 흔쾌히 돈을 내줬다.

"이제 우리가 망한다는 소문이 돌고 있으니 손을 끊자, 이거로군."

총관은 고개를 조아린 채 슬슬 눈치를 살폈다. 담무군은 그런 총관을 물끄러미 쳐다보다가 물었다.

"양천문에는 연락을 해봤나?"

"어렵다는 답변을 받았습니다."

양천문과 청검산장은 상당히 돈독한 관계를 유지해 왔다. 서로 어려운 일이 있을 때는 발 벗고 나서서 도와주었다. 양천문은 비교적 재력이 풍부했기 때문에 몇 번이나 돈을 빌려

주었지만 이젠 그것도 한계에 이르렀다.

담무군은 심각한 표정으로 총관을 바라봤다.

"교영이를 불러오게."

총관이 눈을 빛냈다. 드디어 담무군이 결단을 내린 것이다. 담교영을 이용하는 방법만이 이 난관을 타개할 수 있었다. 지금 청검산장에 남은 것은 오직 그것뿐이었다.

단유강은 서서히 눈을 떴다. 한숨 푹 자고 났더니 개운했다. 눈을 뜨고 몸을 일으켜 보니, 연백철이 낑낑대며 화영련에서 받아온 책자를 보고 있었다. 그 모습을 본 단유강의 입가에 피식 웃음이 걸렸다.

"뭐 하는 거냐?"

"어? 대주님, 일어나셨습니까?"

연백철은 뒷머리를 긁적이며 말을 이었다.

"저도 뭐 도움이 될 만한 게 없나 찾고 있었습니다."

단유강이 고개를 끄덕였다.

"좋은 자세로군. 얼마나 읽은 거냐?"

"이제 조금만 더 읽으면 다 끝나갑니다."

"일단 마저 보고 얘기하자."

단유강의 말에 연백철이 다시 책에 집중했다. 결국 반 시진이 더 걸려서야 연백철은 책자를 모두 읽을 수 있었다.

"그래, 읽어보니 어때?"

"그냥 다 때려 부숴 버리면 될 것 같습니다."

단유강의 표정이 대번에 변했다. 조금 전에는 기특한 눈으로 보고 있었는데, 이젠 한심한 눈이 되었다.

"철판 같은 소리 하고 있구나."

연백철의 표정이 확 일그러졌다.

"아, 진짜. 아니라니까요!"

단유강은 피식 웃으며 자리에서 일어났다. 연백철이 그 모습을 보고 눈을 빛냈다.

"어디 가시게요?"

"쉴 만큼 쉬었으니 이제 좀 움직여 봐야지. 밥도 먹고."

단유강이 그 말을 남기고 밖으로 나가자 연백철은 환한 얼굴로 그 뒤를 따랐다. 이제부터 어떤 일이 벌어질지 벌써부터 기대가 되었다.

연백철의 환한 표정이 유지된 시간은 그리 길지 않았다. 두 사람은 화려한 식사를 마친 후, 유람하듯 느긋하게 걸어 청검 산장에 도착했다.

"여긴 왜 오신 겁니까?"

연백철이 조금 불안한 얼굴로 물었다.

"교영이도 만나고 겸사겸사."

"그 겸사가 뭔지 저도 좀 미리 알면 안 될까요?"

"제일 확실한 방법을 쓰려고."

“그러니까 그게 뭐냐니까요?”

“돈이지.”

“예?”

연백철은 자신이 잘못 들은 줄 알았다. 돈이라니. 설마 청검산장의 빚을 대신 갚아주기라도 하겠단 말인가?

“가서 문 좀 두드려 봐라. 장주님 좀 만나겠다고 전해라.”

단유강의 말에 연백철은 머뭇거리며 청검산장의 정문으로 다가갔다. 정문을 지키는 무사들이 아까부터 두 사람을 살피고 있던 터라 연백철은 무사들에게 단유강의 말을 전했다.

두 사람은 얼마 지나지 않아 청검산장 안으로 들어갈 수 있었다. 정문을 지키는 무사들도 단유강과 연백철이 하는 말을 들었기 때문이다. 돈을 주러 왔다는데 장주가 마다할 리 없었다.

“어서들 오게.”

담무군은 단유강과 연백철을 반가이 맞이했다. 담무군은 설마 두 사람이 담교영과 함께 청검산장으로 돌아왔던 사람들이라고는 생각도 못했다.

“이쪽으로 앉게.”

단유강과 연백철은 담무군의 반응을 살피며 참으로 단순한 사람이라 생각했다. 속으로 생각하는 것이 겉으로 고스란히 드러나는 사람이었다.

담무군은 지금 애가 탈 지경이었다. 너무나 다급한 상황이었다. 적련은 채무의 상환을 독촉하고 있었고, 설상가상으로 양천문에서조차 은근히 빚을 갚으라고 압박을 하고 있었다.

아직 당가에는 연락조차 보내지 못한 상황이었다. 그 와중에 백검문에서 돈을 빌미로 담교영을 원한다는 연락이 왔다. 백검문이 제시한 돈은 딱 적련과의 채무 관계를 청산할 수 있을 정도의 액수였다.

고작 그 정도 돈으로 담교영을 팔아넘길 수는 없었다. 하지만 상황이 청검산장과 담무군을 궁지로 몰아가고 있었다. 그러던 와중에 단유강이 온 것이다.

"무슨 용건으로 날 찾았나?"

단유강이 빙긋 웃으며 대답했다.

"알고 계시지 않습니까."

담무군의 안색이 확연히 밝아졌다. 기대했던 것을 얻은 표정이었다.

"하면 정말로 돈을 융통해 주기 위해 왔단 말인가?"

"융통이라면 조금 그렇고, 거래를 하러 왔습니다."

"그게 그 말 아닌가. 그래, 뭘 원하나? 우리 청검산장에 바라는 게 뭔가?"

단유강은 잠시 침묵을 유지하다가 담무군을 똑바로 바라보며 말했다.

“교영을 천망단에 넣어주십시오.”

담무군은 멍한 눈으로 단유강을 바라봤다.

“다, 다시 말해주겠나? 내가 뭔가를 잘못 들은 것 같아서
말일세.”

단유강이 빙긋 웃었다.

“따님을 천망단에 넣어주십시오. 꼭 천망칠십오대로 와야
합니다. 제가 거기 대주거든요. 그렇게 해주시면 황금 만 냥
을 드리겠습니다.”

황금 만 냥!

담무군이 애타게 바라던 바로 그 금액이다. 그 정도 액수면
적련과 양천문의 채무를 완전히 정리하고도 몇 년 동안은 아
무런 걱정 없이 청검산장을 유지할 수 있다.

‘하지만… 왜 하필이면 천망단인가. 차라리 주작단이나 청
룡단이면 좋았을 것을.’

담무군이 조금 못마땅한 눈으로 단유강을 바라봤다. 얼굴
은 탄성이 나올 정도로 잘생겼지만 왠지 못미더웠다.

“돈이 있긴 한 겐가?”

담무군의 태도가 변하자 단유강은 그럴 줄 알았다는 듯 품
에서 전표 몇 장을 꺼내 바닥에 내려놓았다. 황금 천 냥짜리
전표 열 장이었다.

그것을 확인한 담무군은 자신도 모르게 침을 꿀꺽 삼켰다.
욕심이 솟아났다. 그리고 결정을 내렸다.

"조건을 받아들이겠네."

단유강이 자리에서 일어나 정중히 포권을 취했다.

"잘 생각하셨습니다."

다시 자리에 앉은 단유강은 미소를 지으며 말을 이었다.

"그리고 제가 조사를 해보니 청검산장이 보유한 상가들에 조금 문제가 있더군요. 그것도 나름대로 조치를 취해드리겠습니다. 마지막으로, 총관을 너무 믿지 마십시오."

단유강의 말에 담무군의 얼굴빛이 여러 번 변했다.

"그게 무슨 말인가?"

다른 건 다 그렇다 쳐도 마지막 말은 그냥 넘길 수 없었다. 총관은 청검산장과 함께한 지 벌써 십 년이 넘었다. 그런 자를 어찌 의심할 수 있단 말인가.

"그냥 그렇다는 것입니다. 조심해서 나쁠 건 없지 않겠습니까?"

담무군이 못마땅한 표정을 짓자 단유강은 얼른 자리에서 일어났다. 전표는 그대로 탁자 위에 놓은 채였다.

"슬슬 거래를 마무리하는 것이 어떻습니까?"

"크흠, 그렇게 하지."

담무군은 헛기침을 하며 전표들을 챙겼다. 천망단에 들어가야 하는 딸에게는 조금 미안하지만 고작 그 정도로 가문의 위기를 넘길 수 있다면 너무나 값싼 대가였다.

단유강은 담무군이 챙기는 전표의 절반을 재빨리 회수했

다. 담무군이 놀란 눈으로 쳐다보자, 빙긋 웃으며 말했다.

"오늘 당장 따님과 함께 떠났으면 합니다만……."

"설마, 자네와 천망칠십오대까지 함께 가야 한다는 건가?"

단유강이 빙긋 웃었다.

"물론입니다. 그래야 의미가 있지 않겠습니까?"

담무군의 표정이 심각해졌다. 하지만 이내 시선이 단유강의 손에 들린 전표로 향했다.

"하면 그 전표는……."

"따님을 만난 즉시 드리도록 하겠습니다."

담무군은 잠시 생각하는 척하다가 이내 고개를 끄덕였다.

"좋네. 그리하게."

어차피 걸리는 것도 없었다. 자신이야 지금 만나서 인사를 하면 되고, 담교영의 어머니이자 담무군의 아내는 이미 세상을 뜨고 없었다.

"아! 그러고 보니 기한을 정하지 않았군."

담무군이 퍼뜩 생각나 말하자, 단유강이 즉시 대답했다.

"기한은 따님이 돌아가고 싶을 때까지입니다. 중요한 건 본인의 의사여야 한다는 겁니다. 다시 말해 누군가의 압력이 없어야 한다는 뜻입니다. 만일 그런 일이 있다면 적절한 조치를 취하겠습니다."

단유강의 의미심장한 말과 눈빛에 담무군이 헛기침을 하며 대답했다.

"크흠, 크흠. 누가 뭐라고 했나? 괜찮은 조건이라고 말할 참이었네."

담무군은 앞으로 펼쳐질 화려한 미래가 눈에 선했다. 황금 만 냥, 자신 있었다.

第五章
귀로(歸路)

태룡전

담교영은 어안이 벙벙한 눈으로 담무군을 바라봤다. 담
무군은 고개를 슬쩍 돌려 담교영의 시선을 피했다.

"그러니까 저더러 천망단에 들어가라는 말씀이신가요?"

담무군이 고개를 한 번 끄덕였다. 빙빙 돌려 길게 말하긴
했지만 결론은 그것이다.

"그리고… 장원에 방문한 천망단 사람들과 함께 가줘야겠
다."

담교영의 눈동자가 살짝 흔들렸다. 원망스런 마음이 들었
다. 그들에게 자신을 팔아서 가문을 구한 것 아닌가. 게다가
이상한 점이 한두 가지가 아니었다. 세상에 고작 천망단이 황

금 만 냥을 즉시 내밀 수 있단 말인가. 그것도 고작 그런 조건으로 말이다.

'날 달라는 것도 아니고 그냥 천망단에 들어가라니. 하면 날 산 사람이 천망단이라는 건가?'

그건 아닐 것이다. 아무리 뛰어난 천망단원이라도 황금 만 냥을 아무렇지도 않게 쓸 수 있는 사람은 없을 것이다.

'설사 그 사람들이라 해도.'

담교영의 눈빛이 아련하게 변했다. 미고현에서 천망단 사람들과 함께 지내던 기억이 떠올랐다. 그때는 정말로 행복했다. 추억을 더듬다가 그녀는 문득 현실로 돌아와 담무군의 표정을 살폈다. 모든 근심이 사라진 편안한 표정이었다.

'아무리 생각해도 이상해. 대체 저의가 뭐지?'

담교영은 황금을 만 냥이나 써가며 청검산장을 도운 미지의 인물이 과연 무슨 속셈을 가지고 있는지 궁금했다. 아무리 생각해도 알 수 없었다. 청검산장의 힘을 원했다면 이런 얼토당토않은 조건을 내걸지 않았을 것이다.

"언제까지 천망단에 있어야 하는 거죠?"

담교영의 물음에 담무군의 표정이 대번에 밝아졌다.

"일단 천망단까지 가기만 하면 언제 돌아오든 상관없다. 네가 원한다면 가자마자 바로 돌아올 수도 있다."

담무군은 곧장 돌아오라고 당부하려다가 처음 했던 약속이 떠올라 가까스로 뒷말을 삼켰다. 만일 약속을 지키지 않으면 조치를 취하겠다고 했다. 그 조치가 전표의 무효화라는 걸 듣지 않아도 알 수 있었다. 그건 곤란했다. 전표를 쓴 이후에라도 만일 그렇게 되면 청검산장의 상황이 더욱 악화될 것이다.

담교영은 의아한 표정을 지었다. 더더욱 의심스러웠다. 이건 정말로 말도 안 되는 조건이다. 말 그대로 청검산장에 돈을 던져 준 꼴이다.

'대체 무슨 꿍꿍이지?

청검산장이 힘을 되찾는 것이 그들에게 뭔가 이득이 된다는 뜻이었다. 하지만 황금 만 냥이라면 차라리 그 돈으로 훨씬 효과적인 일들을 시도할 수 있다. 게다가 황금이 들어온다고 청검산장이 반드시 발전할 수 있는 건 아니지 않은가.

'적어도 지금 같은 상황이라면……'

청검산장의 문제는 돈이 들어온다고 해결될 정도로 간단하지 않았다. 근본적으로 뭔가가 잘못되어 있다. 담교영은 그 모든 문제의 중심에 담무군과 총관이 있다고 판단했다. 하지만 그녀가 할 수 있는 건 아무것도 없었다.

"알았어요. 오늘 당장 출발하도록 하죠."

담교영의 대답에 담무군이 환한 얼굴로 연방 고개를 끄덕였다.

"잘 생각했다. 그저 여행하는 셈 치고 가볍게 다녀오면 되지 않겠느냐? 허허허허, 네 안전을 위해 호위무사도 충분히 보내줄 테니 아무것도 염려하지 말거라. 허허허헛.”

담교영은 그 말에 살짝 한숨지었다.

‘이대로 두고 볼 수만은 없어. 일단 천망단에 다녀온 이후에 뭔가 조치를 취해야겠어. 그리고 천망단에 있으면서 그들의 의도도 알아봐야겠고.’

담교영의 눈빛이 결연하게 빛났다.

“자자, 더 이상 기다릴 것 뭐 있겠느냐. 어서 가보도록 하자. 그들이 아까부터 널 기다리고 있다.”

담무군은 마음이 조급해졌다. 어서 남은 전표 다섯 장을 받고 싶었다. 예전에는 결코 이렇게 돈에 목마른 적이 없었다. 하지만 이번에 일을 겪으면서 돈이 정말로 중요하다는 것을 깨달았다. 그리고 일단 깨닫고 나니 더더욱 애착이 생겼다. 아니, 집착이 생겼다.

담교영은 담무군의 모습에 속으로 한숨을 내쉬며 자리에서 일어났다. 지금은 더 이상 아무 말도 필요가 없었다.

“가죠.”

담무군이 조금 헤퍼 보이는 미소를 지으며 담교영을 따라 일어났다. 두 사람은 곧장 단유강과 연백철이 기다리고 있는 곳으로 향했다.

담교영은 열린 문 앞에서 더 이상 앞으로 가지 못하고 걸음을 멈춰 버렸다. 그녀는 놀라 커다래진 눈으로 자신을 바라보며 웃고 있는 두 사람을 하염없이 바라봤다.

담무군은 딸의 행동에 의아한 표정을 지었다.

"왜 그러느냐? 뭔가 문제라도 있느냐?"

담무군의 어투에는 걱정이 잔뜩 담겨 있었다. 아무리 딸을 이용해 돈을 벌었다지만 얼토당토않은 자에게 딸을 넘길 수는 없었다. 호위무사를 필요 이상으로 정해놓은 것도 그래서였다. 한데 지금 딸의 반응을 보니 아무래도 분위기가 심상치 않았다.

'설마 저 두 놈이 내 딸을 어찌해 볼 생각으로……'

담무군의 상상이 점점 도를 넘어서고 있을 때, 담교영이 억누르는 듯한 목소리로 입을 열었다.

"아니에요. 아무 문제도 없어요."

담교영이 방으로 들어가자, 담무군은 그제야 약간 안도하며 그녀를 따라 들어갔다. 하지만 경계심을 조금 더 고조시켰다. 여전히 분위기가 심상치 않았기 때문이다.

단유강은 자리에서 일어나 두 사람을 맞았다. 그리고 연백철에게 슬쩍 눈짓을 했다.

연백철은 알았다는 듯 서둘러 담무군에게 다가갔다. 그리고는 담무군에게 바짝 붙어 밖으로 나가자는 듯 가볍게 손짓을 했다.

담무군은 영문을 알 수 없었지만 연백철이 슬쩍 보여준 전표를 확인하고는 군소리 없이 연백철을 따라 나갔다. 딸 앞에서 돈을 받는 광경을 보여줄 수는 없었다. 오히려 그렇게 자신을 배려해 준 단유강과 연백철이 내심 고마웠다.

방 안에 둘만 남게 되자 담교영의 얼굴에 환한 미소가 드리워졌다. 그 미소는 정말로 눈부시게 아름다웠다.

"데려가려고 왔어. 괜찮지?"

단유강의 말에 담교영이 더욱 환한 미소를 머금으며 고개를 끄덕였다. 그녀의 눈에는 어느새 물기가 어렸다.

"물론이지요. 안 그래도 가고 싶었어요, 미고현에……."

단유강의 얼굴에 살짝 짓궂은 미소가 어렸다.

"미고현에 있으려면 천망단에 들어와야 하는데, 괜찮겠어?"

"저도 오래전부터 꼭 천망단의 일원이 되고 싶었어요. 무림맹의 꽃은 천망단 아니겠어요?"

"으하하하핫!"

단유강은 유쾌하게 웃은 후, 담교영에게 눈짓하며 밖으로 나갔다. 담교영도 단유강에게 미소를 한 번 더 지어준 후 따라 나갔다.

밖에서는 이미 연백철과 담무군이 은밀한 거래를 끝내고 두 사람이 나오기만을 기다리고 있었다.

딸의 표정이 생각보다 밝자 담무군은 다행스럽게 생각했다. 아무리 가문의 위기를 해소하기 위해서라지만 자신이 오늘 한 행동은 결코 당당하게 고개를 들고 얘기할 수 없는 부끄러운 일이었다.

"그럼 저희는 이만 가보겠습니다. 제가 했던 말, 그냥 넘기지 마시고 확인이라도 해보십시오."

단유강은 그렇게 말하고 휘적휘적 걸어갔다. 그러자 연백철이 그 뒤를 따라갔다.

담무군은 아직 떠나지 않고 남아 있는 담교영을 미안한 표정으로 바라봤다. 막상 떠나는 순간이 되자 여러 가지 감정들이 물밀듯 밀려왔다.

"면목이 없구나. 조금만 고생해라. 내 반드시 청검산장을 장사제일의 문파로 만들어놓을 테니까."

담무군의 말에 담교영은 잠시 침묵하다가 조용히 말했다.

"전 걱정하지 마세요. 아까 저분이 하신 말씀 꼭 명심하세요. 허튼소리는 절대 안 하시는 분이니까요. 한데 무슨 말을 해주신 건가요?"

담무군은 잠시 당황했다. 담교영의 말투가 영 적응이 되지 않았다. 갑자기 태도가 확 바뀌어 얼떨떨하기만 했다.

"으응? 초, 총관을 믿지 말라고 하더구나."

담교영이 심각한 표정으로 담무군의 눈을 똑바로 바라봤다. 그 시선에 담긴 기세에 담무군이 움찔 놀랄 정도였다.

"왜, 왜 그러느냐?"

그렇지 않아도 미안한 감정이 남아 있었는지라 담무군은 담교영에게 함부로 말하거나 행동할 수가 없었다.

"꼭 알아보세요. 아마 우리 가문이 이렇게 된 데에 총관이 어떤 식으로든 관계가 되어 있을 거예요."

담무군은 그저 무작정 고개를 끄덕였다.

"아, 알았다. 그렇게 하마."

담교영은 잠시 걱정스런 눈으로 담무군을 바라봤다. 이러니저러니 해도 아버지였다. 좋은 사람을 만난 덕에 위기를 잠시 해소하긴 했지만 앞으로 어떤 험난한 일이 남아 있을지 알 수 없다. 그 위기를 과연 담무군이 헤쳐 나갈 수 있을지 장담할 수가 없었다.

"하아, 그럼 저도 가볼게요. 아참, 호위무사는 필요 없어요."

담교영은 그 말을 남기고 서둘러 뒤돌아 달려갔다.

담무군은 멀어져 가는 딸의 뒷모습을 멍하니 바라보기만 했다.

"자, 그럼 우리는 이만 가볼까?"

단유강은 담교영이 청검산장에서 나오자, 빙긋 웃으며 걸음을 옮겼다.

담교영은 급히 단유강 옆에 따라붙으며 말했다.

"고마워요."

단유강이 고개를 돌려 그녀를 슬쩍 내려다봤다. 그리곤 씨익 웃었다.

"고맙긴. 난 내 사람한테는 아무것도 아끼지 않거든."

내 사람이라는 말에 담교영의 얼굴이 새빨개졌다. 그녀가 부끄러움과 놀람, 그리고 감동이 어우러져 눈가가 촉촉해지려는 순간, 연백철이 옆에서 크게 웃으며 굳이 하지 않아도 될 설명을 덧붙였다.

"으하하핫! 당당한 천망칠십오대의 대원이 되셨으니 이제 대주님의 사람이라는 거죠."

붉게 물들었던 담교영의 얼굴이 순식간에 제 색을 되찾았다. 그리고 막 젖으려던 눈가가 뽀송뽀송하게 말라붙었다. 담교영은 고개를 돌려 연백철을 한껏 째려봤다.

연백철은 갑자기 담교영이 째려보자 흠칫 놀랐지만 이내 헤벌쭉 웃었다. 담교영은 째려보는 모습도 너무나 아름다웠다. 아니, 오히려 무표정할 때보다 더 아름다웠다.

담교영은 연백철의 표정이 변하는 것을 보며 신경질적으로 면사를 꺼내 얼굴에 착용했다.

연백철의 눈에 아쉬움이 살짝 스쳐갔다.

"쩝."

연백철이 입맛을 다시자, 담교영이 한 번 더 째려봤다. 연백철은 급히 고개를 돌려 시선을 피했다.

담교영은 다시 시선을 돌려 단유강을 바라봤다. 그렇게 한참 동안 고마운 눈으로 단유강을 바라보다가 문득 궁금증이 생겨 물었다.

“그런데 우리 청검산장의 총관한테 무슨 문제가 있는 거예요?”

“의도적으로 적자가 나도록 조정하는 것 같더라고.”

담교영의 얼굴이 심각해졌다.

“의도적이라고요?”

의도적으로 적자가 나게 했는데도 아무도 몰랐다는 건 정말로 교묘한 방법을 썼다는 뜻이다. 그런 교활한 자를 담무군이 상대할 수 있을 리 없었다. 총관이 독하게 마음먹고 제대로 손을 쓰면 아무리 돈이 많아도 순식간에 무너지고 말 것이다.

“청검산장을 누가 노리는지는 알아?”

“백검문 아닌가요?”

단유강이 고개를 끄덕였다.

“잘 알고 있군. 하면 그 뒤에 누가 있는지는 알아?”

“그 뒤라고요?”

담교영도 거기까지 생각하지는 못했다. 설마 백검문 뒤에 또 다른 세력이 도사리고 있을 줄은 몰랐다. 아니, 백검문이 청검산장을 노리고 있다는 사실을 알고 있는 것만으로도 충분히 대단한 일이었다. 아직 담무군이나 청검산장의 주요 인물들은 그조차 파악하지 못하고 있었으니 말이다.

“적련이야.”

담교영의 눈빛이 크게 흔들렸다. 적련은 천하에서 열 손가락 안에 드는 상단이다. 그런 곳이 왜 고작 청검산장을 노린

단 말인가. 담교영은 이해할 수 없다는 듯 고개를 저었다.

"백검문 뒤에 적련이 있는 건 확실해. 아마 적련이 제대로 마음먹고 달려들면 청검산장이 무너지는 건 시간문제일 거야."

너무나 당연한 얘기다. 청검산장은 무림문파지 상단이 아니다. 아니, 설사 상단이라 해도 적련이 마음먹고 나서면 당해낼 수 없을 것이다. 고작 청검산장 정도의 힘으로는 말이다.

"그럼 어찌해야 하죠?"

"글쎄."

단유강이 눈을 빛내며 턱을 쓰다듬었다. 담교영은 애타는 눈으로 그 모습을 바라봤다. 대답을 재촉하고 싶었지만 꾹 참았다. 단유강이 뭔가를 생각하고 있는 듯했기 때문이다.

"세 가지 방법이 있군."

"세 가지나요?"

담교영이 기대에 찬 눈으로 단유강의 말을 기다렸다. 단유강은 그 시선을 살짝 즐기듯이 입을 열었다.

"첫째, 청검산장을 포기하는 거지."

담교영의 얼굴이 황당함으로 물들었다.

"예?"

"포기하면 편하다는 말도 있잖아."

담교영은 눈살을 찌푸리며 입을 다물었다. 말이야 맞지만 그렇게 할 리가 없지 않은가. 막 뭐라고 하려는 찰나, 단유강이 말을 이었다.

"둘째, 뛰어난 상재를 가진 인재를 포섭해 무지막지하게 돈을 때려 박는다."

담교영의 얼굴이 더 어이없게 변했다. 그걸 누가 모른단 말인가. 하지만 그런 인재는 어디서 구할 것이며, 또한 그럴 돈은 또 어디 있단 말인가. 절대 실현 불가능한 방법이었다.

"셋째."

담교영은 흥미가 다 떨어진 눈으로 살짝 고개를 돌렸다. 하지만 귀는 단유강을 향해 충분히 열어두었다. 혹시 지금까지는 장난이고 진짜가 나올지도 모르는 일 아닌가.

"적련을 박살 낸다."

담교영이 놀란 눈으로 고개를 돌려 단유강을 바라봤다. 살짝 미소 띤 단유강의 얼굴이 왠지 평소와는 조금 다른 느낌이었다. 그 미소를 바라보고 있으니, 왠지 단유강이라면 정말로 그렇게 할 수도 있을 것 같다는 생각이 들었다.

"그럼 조오타. 젠장."

담교영은 갑자기 뒤에서 들려온 말에 화들짝 놀라 시선을 돌렸다. 방금 전 자신이 단유강을 바라보던 눈빛이 어쩌면 심상치 않았을지도 모른다는 생각이 들어 많이 부끄러웠다.

연백철은 천천히 걷는 속도를 빨리해 두 사람의 뒤로 바짝 붙었다.

“누군 조오케따. 난 말도 제대로 못 꺼내보고 도망치듯 와
야 했는데.”

연백철이 심통 가득한 목소리로 투덜대자 단유강이 빙긋
웃으며 고개를 돌려 연백철을 바라봤다.

“너, 갈수록 철판이랑 닮아간다.”

단유강의 말에 연백철이 발끈했다. 하지만 이내 입을 다물
었다. 가만 생각하니 그런 것도 같았다. 예전의 자신이라면
이런 식으로는 절대 말하지 않았을 것이다. 연백철의 뇌리에
제갈무군의 뻔뻔한 얼굴과 행동, 그리고 말이 떠올랐다.

‘이런 젠장, 이거 설마, 물든 거 아냐? 얼마나 같이 있었다
고.’

연백철이 그렇게 혼자만의 상념으로 빠져들자, 단유강은
만족스런 표정으로 담교영을 바라봤다.

“조금 서두를까?”

“네? 네.”

담교영은 당황스런 표정으로 단유강을 바라봤다. 노을처
럼 붉어진 얼굴을 보인다고 생각하니 더 부끄러웠다.

“가, 가요.”

사실 아직 더 궁금한 게 많이 남아 있었다. 그 많은 돈이 어
디서 났는지, 또 무림맹에 갔던 일은 잘되었는지, 그리고 갑
자기 이곳 장사에 온 이유가 무엇인지. 또……

‘그런 건 차츰 알아가면 되겠지.’

담교영은 급하게 서두를 것 없다고 생각했다. 그녀는 환하게 웃으며 단유강에게 조금 더 바짝 다가갔다.

세 사람은 느긋하게 사천 미고현으로 향했다.

원위천은 무시무시한 눈으로 총관을 노려봤다.

"제대로 일을 추진하긴 한 건가?"

총관은 곤혹스러운 표정으로 고개를 조아렸다. 자신도 일이 이런 식으로 전개되리라고는 상상도 하지 못했다.

"죄송합니다. 설마 담무군이 그렇게 많은 돈을 갑자기 얻으리라고는 생각도 못했습니다."

원위천의 얼굴이 사납게 일그러졌다.

"몰랐다고? 청검산장이 적련에 진 빚이 무려 금 삼천 냥이야. 그걸 몽땅 갚은 것도 모자라 양천문에 빌린 금 천 냥까지 몽땅 갚았는데 그 정도의 돈이 들어온 걸 파악하지 못했다는 게 말이 된다고 생각하나?"

총관은 더욱 깊이 고개를 조아렸다.

"죄송합니다."

원위천은 몇 번이나 숨을 몰아쉬며 분노를 삭였다. 아무리 화가 나도 총관을 때려죽일 수는 없지 않은가. 백검문의 총관은 상당히 유능한 자였다.

"후우, 그래. 대체 어떻게 돈을 얻었고, 얼마나 얻은 건지 확인은 했나?"

“지금 알아보고 있습니다만, 생각보다 쉽지 않습니다. 의심이 가는 부분이 있긴 있습니다만, 조금 더 확인이 필요합니다.”

“의심이 가는 부분? 그게 뭐지?”

“천망단의 대주 한 명이 최근 청검산장에 잠시 들른 적이 있습니다. 그전까지 전혀 회생의 기미가 안 보이다가 그 이후 이렇게 되었으니 그들에게 뭔가가 있는 듯합니다.”

하지만 고작 천망단이 뭘 할 수 있겠는가. 총관이 확신을 하지 못하는 것도 이해가 가는 일이었다. 원위천의 눈빛이 묘하게 변했다.

“천망단이라고? 굳이 그들을 지목한 이유가 있나?”

“담교영이 그들과 함께 장사를 떠났습니다.”

원위천의 얼굴이 일그러졌다.

“딸을 팔아서 돈을 마련한 건가? 대체 어디에 팔았지? 그 천망단 놈들이 어디에서 온 건지는 확인했나?”

총관이 씁쓸한 표정으로 대답했다.

“아직 확인하지 못했습니다. 일단 은신에 능한 사람 몇 명을 붙여두긴 했습니다만…….”

끝까지 따라가다 보면 어디서 온 천망단인지 알 수 있을 것이다. 하지만 고작 그걸 확인하기 위해 사람을 몇 명이나 붙인다는 건 낭비다. 더구나 담교영은 꽤 고수다. 그녀의 이목이나 감각을 피하려면 상당한 수준의 은신술이 필요하다.

"끄응, 일단 그건 잘했군. 그나저나 일이 쉽지 않게 되었어. 다시 일을 벌여 청검산장을 무너뜨리려면 시간이 얼마나 필요하겠는가?"

"그것이……."

"왜? 또 무슨 문제가 있나?"

"청검산장의 총관이 제대로 일을 못하고 있습니다."

원위천이 분노 가득한 표정으로 소리쳤다.

"감히 그놈이! 날 배신이라도 한 건가!"

총관이 급히 고개를 저으며 손사래를 쳤다.

"아닙니다. 그게 아니라 입지가 좁아졌습니다."

"입지가 좁아져?"

"담무군이 뭔가 눈치를 챈 모양입니다. 총관의 입지가 좁아져 대놓고 활동을 하기가 어려워진 모양입니다."

그제야 원위천의 얼굴이 심각해졌다. 생각했던 것보다 상황이 좋지 않게 흘러가고 있었다. 이대로라면 제대로 일을 성공시킬 수 없었다.

"하면 청검산장을 공략하는 게 불가능하단 건가?"

"꼭 그렇지는 않습니다. 적련의 힘을 빌리면 그리 어렵지 않게 무너뜨릴 수 있습니다. 다만 시간이 걸릴 뿐입니다."

"대체 시간이 얼마나 필요한 건가?"

"그건 담무군이 돈을 얼마나 가지고 있느냐에 따라 다릅니다. 만일 빚을 모두 갚고도 황금이 삼천 냥 이상 남았다면 적어도 일 년이 넘는 시간이 필요합니다.”

“그렇게나 오래 걸린단 말인가?”

“최근 청검산장의 분위기가 많이 달라졌습니다. 사업체 관리가 점차 제자리를 찾아가고 있습니다. 우리도 서두르지 않으면 더 이상 손쓰기가 어려워질 수도 있습니다.”

“끄응.”

원위천은 손으로 이마를 짚었다. 상황이 너무 골치 아프게 변해 버렸다. 만일 이대로 청검산장이 위기를 넘어서 재력까지 튼튼해진다면 백검문은 더 이상 장사제일문으로 남아 있을 수도 없었다.

‘적련이 더 문제야.’

적련이 지금까지 백검문을 물심양면으로 도와준 것은 모두 투자였다. 그 투자가 실패한다면 아마 백검문은 남아나기 어려울 것이다. 생각만 해도 두려운 상황이었다.

“아무래도 안 되겠군. 조금 강수를 둬야겠어.”

원위천의 말에 총관이 불안한 눈으로 그를 바라봤다. 지금까지 원위천이 둔 강수 중에 제대로 된 것은 손에 꼽을 정도였다. 그것은 원위천의 단점 중 하나였다. 그는 상황이 어려워지면 도를 넘어설 정도로 과감한 일을 벌인다.

“최정예로 스물만 뽑아.”

“예?”

“장로도 세 명 정도 섞는 게 좋겠군. 그놈들에게도 조력자가 있을지 모르니까. 좋아. 장로 셋에 가장 강한 놈 스물로 하지."

"무, 무슨 말씀이신지……."

총관은 자신의 예상이 틀리기를 바라면서 물었다. 하지만 그의 예상은 한 치의 오차도 없이 맞아떨어졌다.

"그놈들을 잡아서 배후를 직접 캐봐야겠어. 돈을 얼마나 건넸는지도 알아내고."

"하지만 그들이 돈을 건넸다고 확신할 수는 없지 않습니까."

총관이 다급히 말하자 원위천이 대수롭지 않다는 듯 대답했다.

"최소한 관계는 있겠지. 아무튼 배후를 캐. 그리고 이참에 담교영도 잡아들여. 우리가 했다는 사실을 들키지만 않으면 돼."

만일 들키면 끝이다. 담무군이 화가 머리끝까지 나서 백검문으로 쳐들어온다면 백검문은 버티기 어려웠다. 무력으로만 따지면 청검산장이 장사 내에선 최고였으니까. 물론 결과는 양측의 공멸이 되겠지만 말이다.

"비밀 유지가 생명이다. 내 말, 무슨 뜻인지 잘 알겠지?"

원위천의 눈에 언뜻 비치는 광기에 총관은 다급히 고개를 조아렸다.

"시행하겠습니다."

장사를 벗어난 단유강 일행은 관도를 타고 느긋하게 걸어 갔다. 말을 이용해도 되지만 굳이 그렇게 하지 않고 천천히 걸어갔다. 마치 유람이라도 즐기는 듯한 모습이었다.

"미고현에 빨리 돌아가 봐야 하시는 거 아닌가요? 도착한 다음에 무림맹으로 보고를 올려야 하는 걸로 알고 있는데."

단유강은 담교영의 염려 섞인 말에 씨익 웃으며 대답했다.

"내가 그렇게 성실한 사람으로 보여?"

담교영은 할 말이 없었다. 나려타곤이라는 별호에 딱 걸맞은 사람이 바로 단유강이었다. 성실과는 가장 거리가 먼 사람이라고도 할 수 있다. 하지만 그녀는 단유강이 아무 이유 없이 이러는 건 절대 아닐 거라고 믿었다. 그렇지 않다면 지금까지 그가 보여준 것들을 설명할 수 없었다.

"왠지 그런 거 같아요. 대주님은 사실 엄청나게 성실하고 많은 노력을 해오신 분이 아닌가 하는 생각이 들어요."

단유강은 묘한 눈으로 담교영을 바라봤다. 지금까지 자신을 보며 이렇게 말해준 사람은 단 한 명도 없었다. 모두 단유강의 단편적인 모습만 보고 판단했다. 그렇지 않았다면 나려타곤이라는 별호를 얻지 않았을 것이다.

"기분 좋은 말이군."

단유강은 이 기분이 싫지 않았다. 그래서 새삼스러운 눈으로 담교영을 바라보았다. 담교영은 자신이 한 말이 어떤 파장을 일으켰는지, 또 어떤 의미를 담게 되었는지 전혀 모르는 얼굴로 생글생글 웃고 있었다.

단유강은 그 모습을 보며 불현듯 그녀의 머리를 헝클었다.

"꺄악, 이게 뭐예요?"

담교영이 작은 비명을 질렀다. 하지만 싫어서 그러는 건 아니었다. 그저 놀라서 그랬을 뿐이다. 이내 그녀도 조용히 단유강의 손길에 머리를 맡겼다.

단유강은 잠시 그렇게 담교영의 머리를 만지다가 고개를 돌려 연백철을 바라봤다.

"어때? 이제 느껴지냐?"

연백철은 단유강의 말이 무슨 뜻인지 몰라 멍한 표정을 지었다.

"예? 뭐가 말입니까?"

"쯧쯧, 아직 멀었군. 요즘 수련 게을리하지?"

단유강의 말에 연백철은 뜨끔한 얼굴을 했다.

"그, 그럴 수밖에 없지 않았습니까. 계속……."

"핑계 댈 것 없다. 수련을 못한 건 다 네 탓이니까. 그렇게 생각하지 않는 거냐?"

연백철은 고개를 푹 숙였다. 틀린 말이 아니었다. 이건 핑계였다. 어떤 상황에서든 수련은 할 수 있었다. 잠을 조금 줄이면 그만이고 걷다가 쉬는 동안 틈틈이 할 수도 있었다. 한데 그렇게 하지 않았다.

“자, 감각을 집중해 봐라. 뭐가 느껴지나.”

단유강의 말에 연백철이 결연한 표정으로 고개를 끄덕인 후, 눈을 감고 조용히 집중했다. 그렇게 얼마나 지났을까, 연백철이 갑자기 눈을 번쩍 떴다. 그의 표정은 놀람에 물들어 있었다.

“누, 누군가 다가오고 있습니다.”

“그게 누군지 말해야지.”

“그, 그러니까… 무공을 익힌 자들 같습니다.”

“수는?”

“스물세 명입니다.”

“스물셋이라……. 수준은?”

“모두 대단한 것 같습니다. 스무 명은 비슷비슷하고, 세 명은 그보다 훨씬 고수입니다.”

연백철은 그렇게 말하면서 단유강의 눈치를 살폈다. 사실 감각이 그렇다고 말했을 뿐, 확신할 수 없는 답이었다. 하지만 이내 연백철의 얼굴이 환해졌다. 단유강이 고개를 끄덕인 것이다.

“조금 더 수련하면 이 근처에 숨어 있는 다섯 명도 찾아낼 수 있을 거다.”

“예? 이 근처요?”

연백철은 놀란 눈으로 주위를 살폈다. 하지만 아무도 발견할 수 없었다.

"됐고, 오는 손님 맞을 준비를 해야지."

연백철이 불안한 눈으로 물었다.

"설마… 그 준비를 저 혼자 해야 하는 건 아니죠?"

단유강이 씨익 웃었다.

그 웃음에 연백철이 몸을 부르르 떨었다.

기만춘은 백검문의 장로들 중 가장 강한 자였다. 백검문주 원위천을 제외하면 그를 이길 수 있는 사람은 백검문 내에 없었다. 그러나 조용하고 빠르게 몸을 날리는 그의 표정은 상당히 굳어 있었다.

'이런 일을 해야 하다니.'

내심 자괴감이 들었다. 아무리 문파를 위한 일이라지만 파락호들이나 하는 일을 장로인 자신이 직접 나서서 해야 한다는 사실이 못내 마음에 들지 않았다.

기만춘은 슬쩍 고개를 돌려 따라오는 자들을 확인했다. 백검문 최고의 정예들만 모아 왔다. 게다가 장로가 자신까지 합해 셋이다. 이 정도 전력이면 십이대문파를 제외하면 장사에 있는 웬만한 문파는 완전히 무너뜨릴 수 있을 정도의 전력이다.

'고작 계집 하나 잡는 일로……. 쯧쯧.'

기만춘은 내심 혀를 찼다. 그리고 그 일을 잊으려는 듯 더욱 속도를 높였다. 따라가는 무사들 역시 정예 중 정예, 더 빨라진 그의 속도를 무리 없이 따라가고 있었다.

얼마나 달렸을까. 기만춘의 시야에 세 명의 남녀가 들어왔다. 기만춘은 더욱 속도를 높여 그들을 앞질렀다.

"멈춰라!"

기만춘의 말에 세 남녀가 멈춰 섰다. 그러자 순식간에 백검문 무사들이 그들을 에워쌌다.

"무슨 일이십니까?"

앞으로 나선 것은 단유강이었다. 단유강은 능글거리는 미소를 머금고 기만춘을 바라봤다. 기만춘은 그 웃음을 보는 순간 기분이 확 나빠졌다. 왠지 이런 일을 벌이는 자신을 비웃는 듯 느껴졌기 때문이다.

"우리와 잠시 가줘야겠다. 피를 보는 게 싫으니 말을 잘 듣는다면 결코 위해를 가하지 않겠다."

기만춘의 말에 단유강이 눈을 동그랗게 떴다.

"그러니까 지금 우리를 납치하겠다는 말로 들리네요? 맞습니까?"

단유강의 직설적인 말에 기만춘의 얼굴이 와락 구겨졌다. 기만춘은 무서운 눈으로 단유강을 노려봤다.

"지금 날 놀리고 있는 게로구나."

"그렇게 느낀 걸 보니 놀림당할 일을 한 모양이군요."

단유강의 말에 기만춘이 강렬한 기세를 피우며 한 발 다가갔다. 그의 손에는 어느새 번쩍이는 검이 들려 있었다.

"역시 말로 해선 안 되겠군."

기만춘이 한 발 더 다가가자, 단유강이 주위를 둘러보며 물었다.

"한데 모두 한꺼번에 덤빌 겁니까?"

"너 따위를 제압하는 데 다른 자의 손을 빌릴 필요 없다. 내 직접 네 혀를 잘라주마."

기만춘의 독설에 단유강이 빙긋 웃으며 연백철을 바라봤다. 연백철은 단유강과 눈이 마주치자마자 흠칫 놀라 자신도 모르게 뒤로 움찔 물러났다.

"자, 네 차례다. 혼자 한다잖아. 백검문의 장로니까 무림맹으로 치면 청룡단의 부단주보다는 조금 더 셀지도 모르겠네."

단유강의 말에 기만춘의 얼굴이 노기로 물들었다. 청룡단의 단주와 부단주는 그 차이가 엄청나다. 부단주가 비록 대단하긴 하지만 아무리 그래도 백검문의 장로보다는 못했다.

그러니 기만춘이 화가 나는 것도 당연했다. 자존심에 금이 가지 않았는가. 하지만 너무 화가 난 나머지 단유강이 자신의 정체를 단번에 알아봤다는 사실은 전혀 생각지 못했다.

"맹랑한 놈들이로군. 혼자서 날 상대할 수 있다고?"

기만춘이 검을 겨눴다. 연백철이 앞으로 나서며 검을 뽑았다. 마음속으로 한 가닥 불안감이 있긴 했지만 단유강이 할 수 있다고 하니 그렇게 믿었다.

"어디 한번 해봅시다."

연백철의 말에 기만춘은 귀에서 연기가 나는 것 같았다.

"하룻강아지가 범 무서운 줄 모르고 덤비는 구나!"

기만춘은 이 마음에 들지 않는 상황을 단번에 끝내고 싶었다. 그래서 더 듣고 볼 것도 없이 달려들었다. 그리고 벼락같이 검을 내리그었다.

쩡!

기만춘의 눈에 놀람이 어렸다. 비록 조금 방심하고 있었다지만 방금 전 일격에 쏟은 힘은 상당했다. 한데 그것을 연백철이 아무런 어려움 없이 막아낸 것이다. 표정도 전혀 변함이 없었다.

"제법 한 수가 있긴 했구나. 하지만 이제 끝이다!"

쉬쉬쉬쉭!

기만춘의 검이 날카로운 소리와 함께 움직였다. 마치 꽃이 만개하는 듯한 모습이었다. 수많은 검이 동시에 뻗어 나오는 것처럼 연백철의 몸을 난자했다.

쩌저저저정!

기만춘은 두 눈을 부릅떴다. 이건 있을 수 없는 일이었다. 방금 공격은 자신의 가장 강력한 초식이었다. 어떤 상황에서도 이 초식이 제대로 들어가면 누구라도 이길 수 있다고 자신했다.

한데 연백철은 그 공격을 너무나 수월하게 막아냈다. 단숨에 수십 번의 검격이 쏟아졌는데, 그것을 하나하나 모조리 쳐냈다. 그리고 그렇게 검과 검이 부딪칠 때마다 충격이 누적되어 기만춘에게 되돌아왔다.

'대, 대체 이게…….'

기만춘은 불신 가득한 눈으로 뒤로 물러났다. 그 자리에 있다간 그대로 목이 달아날 것만 같았다.

쉬각!

그의 그 예감이 목숨을 살렸다. 방금 전에 그의 목이 있던 자리를 날카로운 검광이 훑고 지나간 것이다. 기만춘은 등줄기에 식은땀이 흐르는 걸 느끼며 검을 더욱 굳게 쥐었다.

"으아아압!"

강렬한 기합과 함께 다시 기만춘의 몸이 화살같이 연백철을 향해 날아갔다. 그의 검끝이 정확히 연백철의 목을 노리고 쏘아져 나갔다. 그 순간, 기만춘은 믿을 수 없는 광경을 보았다.

연백철의 검이 빛살처럼 뿜어져 나온 것이다. 아니, 그것은 빛살이었다. 새하얗게 빛나는 길쭉한 빛의 화살이 기만춘의 검을 향해 똑바로 날아왔다.

콰앙!

폭음과 함께 자욱한 먼지가 사방에 깔렸다. 사람들은 자신의 시야를 가리는 먼지를 황급히 날려 보냈다. 그들도 방금 전 격돌의 결과가 궁금한 것이다.

먼지는 순식간에 사라졌다. 어디선가 불어온 바람 한줄기가 장내를 깨끗하게 정화했다.

사람들은 드러난 광경에 경악했다.

기만춘은 엉망이 된 몰골로 바닥에 널브러져 있었다. 옷은 마구 찢겨 형체를 알아보기 어려웠고, 옷이 찢어진 사이로 피가 흘러내리고 있었다. 그가 들고 있던 검은 검병만 남았고, 검신은 조각조각 부서져 근처에 흩어져 있었다.

반면 연백철은 아주 평온한 신색으로 조용히 검을 거두었다.

스릉.

납검(納劍) 소리가 잠시 찾아온 정적을 깼다.

"자, 또 덤비실 분 있습니까?"

단유강이 웃으며 말했다. 마치 자신이 상대를 물리친 듯한 표정이었다. 백검문 무사들의 표정이 대번에 안 좋아졌다. 마치 호가호위하는 듯한 단유강의 모습이 상당히 고까웠다. 하지만 기만춘을 물리친 연백철의 실력은 충분히 인정할 만했다.

채채채챙!

스무 명의 무사가 동시에 검을 뽑았다. 인정은 인정이고 임무는 임무다. 그들은 무슨 일이 있어도 담교영을 데리고 가야만 했다. 그리고 그녀와 함께 있는 두 사람은 죽이든지 제압해 끌고 가야만 했다. 물론 죽이는 걸로 결론을 내렸다. 이렇게 강한 자를 제압하는 건 결코 쉬운 일이 아니었다. 더구나 기만춘까지 이렇게 된 마당이니 그것은 불가능에 가까웠다.

　스무 명이나 되는 무사가 예리한 기세를 내뿜으니 그 압박감이 엄청났다. 세 사람은 그들에게 포위된 상태였으니 느껴지는 압박감은 더더욱 심했다.

　담교영은 살짝 눈살을 찌푸렸다. 그녀 역시 녹록치 않은 실력을 가졌다. 하지만 지금 눈앞에 보이는 스무 명의 무사는 결코 그녀의 아래가 아니었다.

　"어쩌죠?"

　담교영이 단유강을 바라보며 물었다. 그녀의 말투와 눈빛엔 걱정이 가득했다. 자신이야 이들이 죽이지 않을 것이니 일단 걱정이 없었지만 단유강과 연백철은 다르지 않은가.

　단유강은 빙긋 웃으며 담교영의 머리를 헝클었다.

　"걱정 안 해도 돼. 우리한테는 협의검(俠義劍) 연백철 대협이 계시잖아."

　담교영과 연백철이 그게 무슨 말이냐는 듯한 표정으로 동시에 단유강을 바라봤다. 단유강은 아무렇지도 않은 표정으로 말을 이었다.

　"불의를 보면 결코 참지 못하는 협의검에게 걸렸으니 이들도 참으로 운이 없다고 할 수 있지."

　단유강의 말에 백검문 무사들과 장로들의 얼굴이 살짝 붉어졌다. 그들 역시 자신들이 하는 일이 부끄러웠다. 방금 단유강은 그들에게 불의를 저지르고 있다고 말한 것이다.

　"우리에겐 의협(義俠)보다 명령이 우선이다."

　스무 명의 무사가 천천히 움직이기 시작했다. 그들은 이내 검진을 형성했다. 각자의 검에서 뿜어져 나오는 기운이 그물처럼 가운데 있는 세 사람을 옭아맸다.

　연백철은 처음 겪는 상황에 크게 당황했다. 담교영 역시 마찬가지였다. 두 사람은 이런 방식의 검진은 지금까지 한 번도 경험해 본 적이 없었다. 몸이 마음먹은 대로 움직이지 않았고, 내력을 끌어올려 대항하지 않으면 날카로운 칼에 베이는 듯한 고통이 밀려왔다.

　단유강은 살짝 눈살을 찌푸렸다. 상대가 설마 검진을 들고 나올 줄은 미처 예상치 못했기 때문이다. 더구나 이들이 펼치는 건 상당한 수준의 검진이었다. 무공에 비교하면 절정무공이나 다름없을 정도로 대단했다.

　"대단한 검진이군. 백검문에 이런 검진이 있다는 말은 들어본 적이 없는데……."

　단유강의 말에 장로 중 하나가 얼굴에 비웃음을 띠었다.

　"당연하지. 아직 아무에게도 선보이지 않았으니까. 적사검진(積沙劍陣)을 견식하게 된 걸 영광으로 알아라."

　"적사검진이라… 특이한 이름이군."

　단유강은 그렇게 말하며 의미심장한 표정을 지었다. 그리고 한 손을 가볍게 휘저었다.

　너무나 단순한 움직임이었다. 하지만 결과는 결코 단순하지 않았다. 물론 그 사실을 깨달은 건 단유강의 옆에 있던 두 사람, 연백철과 담교영뿐이었지만.

단유강은 연백철을 향해 고개를 돌렸다. 연백철은 얼떨떨한 표정으로 단유강을 바라봤다.

"뭐 하고 있어? 어서 협의를 만방에 떨치지 않고."

"예?"

단유강이 인상을 썼다.

"가서 싸우라고!"

단유강의 말에 연백철이 퍼뜩 정신을 차렸다. 몸을 압박하던 기운이 말끔히 사라졌다. 이제는 정말로 해볼 만하다. 연백철이 입가에 미소를 드리우며 검을 뽑았다.

스릉.

연백철은 즉시 몸을 날렸다. 일단 이 기묘한 검진을 와해시키는 것이 먼저였다.

쩌저저정!

연백철의 검이 거칠게 검진을 두드렸다. 하지만 검진은 끄떡도 하지 않았다. 단유강이 그 모습을 보며 한숨과 함께 고개를 저었다.

"네 상대는 거기가 아닐 텐데?"

단유강의 말에 연백철이 공격을 멈추고 뒤로 물러났다. 검진을 이루는 무사들은 아직 공격을 시작하지 않았기 때문에 크게 신경을 쓰지 않아도 그리 위험하지는 않았다.

"무슨 말씀이십니까?"

단유강이 눈짓으로 검진 밖에서 이쪽을 뚫어져라 쳐다보고 있는 백검문 장로들을 가리켰다.

"네 상대는 저들이야. 어떻게 해서든 혼자서 둘을 상대해 봐. 여긴 내가 알아서 할 테니까."

단유강의 말에 연백철이 난감한 표정으로 검진을 둘러봤다. 기묘한 기의 흐름은 끊겼지만 저 검진을 뚫고 나갈 자신이 없었다.

"뭘 고민해? 뛰어넘어."

연백철의 눈이 커졌다.

"예?"

"뛰어넘으라고. 왜? 무서워?"

연백철이 이를 악물었다.

"무서울 리 없잖습니까."

말을 마침과 동시에 연백철이 몸을 날렸다. 연백철은 검진을 구성하는 무사들을 향해 화살처럼 쏘아져 나갔다. 그리고 그들과 막 검을 부딪치기 전에 몸을 위로 뽑아 올렸다.

쉬아악!

연백철의 몸이 새처럼 하늘로 솟구쳤다. 그리고 가볍게 무사들을 뛰어넘어 검진 밖으로 빠져나갔다. 검진을 이루고 있던 무사들은 물론이고, 밖에서 구경하던 장로들 역시 경악에 찬 눈을 감추지 못했다.

'어떻게 적사검진을 뛰어넘을 수가 있단 말인가!'

　적사검진의 무서운 점은 바로 허공에 있었다. 허공에 빈틈이 있는 것처럼 유도해 그곳으로 검진을 벗어나려는 시도를 하게 만든다. 그리고 허공에 떠오른 순간, 그곳을 막은 기의 그물에 다시 튕겨나게 되어 있다. 상대는 큰 피해를 입은 채 검진 안으로 내팽개쳐지는 것이다.

　한데 연백철은 아무렇지도 않게 검진을 뛰어넘었다. 이건 절대 있을 수 없는 일이었다. 단유강이 무슨 짓을 했는지 모르는 이상 이들은 영원히 이 문제를 풀지 못할 것이다.

　아무튼 검진을 넘어간 연백철은 당황한 장로들에게 그대로 달려들었다. 곧 세 사람이 어우러진 치열한 싸움이 시작되었다. 연백철은 이를 악물고 독기 가득한 눈으로 쉴 새 없이 검을 휘둘렀다. 그의 손에서 천망검법이 와락 터져 나왔다.

　단유강은 연백철과 장로들이 싸우는 광경을 슬쩍 보고는 고개를 끄덕였다. 꽤 만족할 만한 수준이었다. 연백철은 아마 이번 실전을 통해 또 한 단계 앞으로 나아갈 수 있을 것이다.

　"자, 그럼 나도 슬슬 정리를 해볼까?"

　단유강은 그렇게 중얼거리며 검진을 펼친 채 막 공격을 시작하려는 백검문 무사들을 둘러봤다.

　단유강은 허리춤에 매달린 검을 슬쩍 쥐었다. 소리없이 검이 뽑혔다. 그 순간, 백검문 무사들의 검에서 날카로운 검기가 쏟아져 나왔다. 검기 다발이 순식간에 단유강을 뒤덮었다.

　담교영은 그 광경을 보며 손으로 입을 가리고 경악에 찬 눈으로 비틀거렸다. 마치 단유강이 검기에 산산조각 나버리는 듯했다.

휘이잉!

한줄기 바람이 불었다. 그리고 그 바람과 함께 검기가 눈 녹듯 사라져 버렸다. 담교영의 눈에 조금 다른 의미의 경악이 담겼다. 그리고 백검문 무사들도 경악과 당황이 어우러진 눈빛으로 단유강을 바라봤다.

단유강은 씨익 웃으며 한 바퀴 빙글 돌았다. 돌아가는 그의 몸을 따라 검도 돌았다. 검끝이 새하얀 선을 그렸다. 그렇게 선의 시작과 끝이 만나 원이 되는 순간, 그 원이 순식간에 팽창했다.

스걱!

한순간이었다. 새하얀 원이 팽창하는 것도, 뭔가가 잘리는 소리가 들린 것도, 그리고 그 원이 사라진 것도.

단유강은 담교영 옆에 다가가 어깨를 감싸 안았다. 그리고 어깨를 감쌌던 손으로 그녀의 눈을 가렸다.

"앗!"

담교영은 갑자기 시야가 가려져 깜짝 놀랐다. 부드러운 바람이 그녀의 몸을 한 바퀴 휘감았다가 사라졌다. 그리고 다시 시야가 돌아왔다.

담교영은 의아한 표정을 지었다. 아무것도 없었다. 스무 명이나 되던 백검문 무사들이 깨끗이 사라졌다. 그리고 상처

입고 쓰러져 있던 기만춘도 없어졌다. 남은 것은 연백철과 치열한 싸움을 벌이고 있는 장로 두 명뿐이었다.

"백철아! 배고프다! 빨리 끝내자!"

단유강의 외침에 연백철이 더욱 거칠게 검을 몰아쳤다.

쩌저저저정!

기가 잔뜩 담긴 검과 검이 부딪치는 소리가 사방에 휘몰아쳤다. 그렇게 싸움은 막바지로 흘러갔다.

第六章
미고현

태룡전

無龍傳

결국 백검문에서 달려온 스물세 명은 한 명도 돌아가지 못했다. 연백철은 장로 두 명을 상대로 힘겨운 싸움을 계속하다가 끝끝내 승리를 거두었다.

연백철은 싸움이 끝난 후, 남아 있는 상대가 한 명도 없다는 사실에 조금 놀라긴 했지만 그리 대수롭게 여기진 않았다. 워낙 싸움에 몰입해서 무슨 일이 벌어졌는지도 알지 못했다.

하지만 담교영은 상당히 놀랐다. 눈을 가리는 바람에 정확히 뭐가 어떻게 되었는지는 보지 못했지만 단유강이 그들을 모두 처리한 것만은 분명했다.

"보통 문제가 아니군요. 백검문이 정말로 작정을 한 것 같아요."

　담교영은 일단 눈앞의 위기가 해소되자 청검산장이 걱정되기 시작했다. 백검문이 작정을 했다면 청검산장이 버티기가 결코 쉽지 않을 것이기 때문이다.

　"뭐, 크게 걱정 안 해도 될 거야. 오늘 온 놈들이 보아하니 백검문의 정예인 것 같은데, 정예가 스물이나 빠지고, 장로도 세 명이나 빠져나간 백검문이 청검산장을 힘으로 어찌해 볼 수는 없지."

　단유강의 말에도 담교영은 마음이 놓이지 않았다.

　"어차피 백검문은 처음부터 우리 청검산장보다 무력 면에서는 뒤처졌어요. 문제는 돈이에요. 그들은 일단 싸움이 시작되면 오랜 시간 버틸 수 있는 자금이 있어요. 하지만 우리 청검산장은 그럴 수가 없죠. 이건 정말로 큰 차이예요. 게다가 백검문은 적련까지 뒤에 있잖아요."

　적련의 존재는 상당한 부담이었다. 특히 청검산장처럼 재정이 취약한 문파는 더더욱 그랬다. 아마 적련과 백검문이 제대로 마음먹고 달려들면 청검산장은 채 일 년도 버티지 못할 것이다.

　"대충 조치는 취해두고 왔으니 그렇게 걱정할 필요 없어. 아마 청검산장이 순식간에 무너지는 일은 없을 거야. 총관만 제대로 처리했다면 말이야."

　단유강의 말에 담교영은 한편으로는 마음이 놓이면서도

다른 한편으로는 대체 무슨 조치를 어떻게 취했는지 궁금해
졌다.

'그나저나 아버지가 과연 총관을 제대로 처리하셨을까?'

담무군은 생각보다 정에 많이 얽매이는 사람이다. 큰 죄를
지었어도 한두 번은 묻어두고 용서해 주는 경우가 많다. 하지
만 이번만큼은 결코 그래선 안 된다.

담교영이 걸음을 멈췄다. 그러자 단유강이 의미심장한 눈
으로 그녀를 바라봤다.

"아무래도 집에 다녀와야 할 것 같아요. 아버지께 분명히
말씀을 드리고 와야겠어요."

단유강은 그 말에 단호히 고개를 저었다.

"알아서 잘하실 거야."

담교영은 왠지 단유강의 말을 거스를 수가 없었다. 걱정은
사라지진 않았지만 결국 다시 걷기 시작했다. 가만 생각해 보
면 빚을 모두 갚고도 수천 냥에 달하는 황금이 남는다.

'그 돈을 가지고도 순식간에 무너진다면… 어쩌면 더 이상
문파를 유지할 이유가 없을지도 몰라.'

담교영은 속으로 그렇게 중얼거리며 고개를 푹 숙였다. 왠
지 비참해졌다. 어쩌면 단유강이 말린 이유가 그것 때문일지
도 모른다는 생각이 들었다. 담무군이 총관을 내치는 것은 어
쩌면 청검산장을 돕기 위한 최소한의 시험일지도 몰랐다.

단유강은 고개 숙인 담교영의 머리를 다시 한 번 헝클었다.

"걱정할 필요 없다고 했잖아. 내가 생각보다 능력이 좀 되거든. 이대로 청검산장이 망하게 두지 않을 거야. 일단 내 사람이 되면 난 노력을 아끼지 않는 편이라고."

'내 사람'이라는 말에 담교영의 얼굴이 살짝 붉어졌다. 자신이 방금 떠올린 그 의미가 아니라는 것은 알지만 그래도 마음이 설레는 건 어쩔 수 없었다. 담교영은 살짝 고개를 들어 단유강을 바라봤다. 단유강은 여전히 앞을 보며 열심히 걷고 있었다.

세 사람의 발걸음이 조금씩 빨라졌다. 어느새 그들은 경공에 준하는 속도로 이동하고 있었다.

백검문주 원위천은 기만춘을 비롯한 장로들과 무사들이 돌아오기를 목이 빠져라 기다렸다. 하지만 돌아와야 할 시간을 훌쩍 넘겼는데도 아무런 소식이 없었다.

"대체 어찌 된 거지?"

원위천은 심각한 표정으로 방 안을 서성였다. 담교영을 쫓아간 것은 세 장로와 최정예 무사 스무 명이다. 그들은 백검문 전력의 삼 할에 달한다. 만일 그들에게 무슨 일이라도 벌어진다면 상당한 타격이 될 것이다.

게다가 그들뿐 아니라 담교영 일행을 감시하고 있던 자들도 연락이 끊겼다.

"끄응, 골치 아프군. 대체 어떻게 된 상황인지 알아야 대처를 할 것 아닌가.”

고작 담교영이나 천망단의 대주 정도가 백검문의 정예를 상대할 수 있다고는 전혀 생각지 않았다. 하지만 그들이 뭔가 다른 세력에 얽혀 있다면 얘기가 달라진다.

“아무리 그래도 조력자를 구할 시간적 여유가 없었을 텐데…….”

원위천은 일이 생각지도 않은 방향으로 꼬여가는 듯하자 머리가 아파왔다. 만일 그들이 실패를 했고, 자신이 이런 일을 벌였다는 사실이 소문이라도 나면 백검문이 입을 피해는 정말로 상상을 초월할 것이다.

“적련이 어찌 나올지도 알 수 없고.”

백검문이 이렇게 발전할 수 있었던 이유는 바로 적련 때문이다. 적련이 뒤에서 상당한 힘을 실어주고 백검문의 운영에 막대한 도움을 주었기 때문에 장사에서 최고 자리를 차지할 수 있었다. 만일 적련이 등을 돌려 버린다면 백검문은 당장 곤란한 상황에 처하게 될 것이다.

“일단 다시 알아보는 수밖에 없겠군.”

원위천은 고개를 저으며 총관을 불렀다.

잠시 후, 총관이 들어오자 그에게 다시 지시를 내렸다. 모든 사람들의 종적을 찾으라고 말이다.

이제는 백검문의 일반 무사들을 동원할 수밖에 없었다. 수는 많으니 충분히 찾아낼 수 있을 거라 여겼다. 이제 더 이상

은밀히 행동할 필요가 없었다. 백검문의 장로와 무사들이 사라진 터였으니.

그날, 장사가 상당히 시끄러워졌다. 백검문에서 뛰어나온 수백의 무사들이 장사 곳곳을 들쑤시고 다녔기 때문이다. 그들은 장사뿐 아니라 장사 밖 전체를 이 잡듯 뒤졌다.

그 소란은 나흘이나 계속되었다.

원위천은 심력이 고갈된 표정으로 자리에 앉아 숨을 몰아쉬었다.

"후우, 전혀 종적을 찾지 못했나?"

"그렇습니다. 장사에서 사천으로 가는 길목까지는 흔적이 확실한데, 그 이후로 완전히 흔적이 끊겼습니다."

"죽은 건 아니고?"

총관이 고개를 저었다.

"알 수 없습니다. 다만, 누군가가 죽은 흔적이나 시체를 찾지는 못했습니다."

"그놈들은?"

"화영련에 의뢰를 넣었습니다."

화영련이라는 말에 원위천이 눈살을 찌푸렸다. 화영련을 움직이려면 얼마나 많은 돈이 드는지 잘 알기 때문이었다. 아주 간단한 정보를 얻으려 해도 황금 열 낭을 아무렇지도 않게 요구하는 자들이었다. 좀 제대로 된 정보는 황금 수백 낭을 갖다 바쳐야 한다.

하지만 원위천은 이내 힘없이 고개를 끄덕였다. 비싸긴 하지만 일처리는 확실한 자들이었기에. 일단 맡겼으니 믿고 기다리면 원하는 결과를 얻을 수 있을 것이다.

"그놈들 뒤에 무림맹이 있을 가능성은?"

"일단 화영련 측에 말은 해뒀습니다만, 상당히 회의적인 태도였습니다."

"회의적이라고?"

"일단 그 부분도 정리를 해서 주기로 했습니다."

"끄응, 어마어마한 돈이 깨져 나가겠군."

"어차피 적련에서 지원을 받으면 되지 않겠습니까?"

그건 그렇다. 하지만 원위천은 흔쾌히 고개를 끄덕일 수 없었다. 적련에게 받는 것이 많으면 많을수록, 또 크면 클수록 나중에 백검문에 떨어지는 몫은 작을 것이다. 아니면 그대로 적련에 먹힐 수도 있었다. 그만큼 적련은 무서운 곳이었다.

"좋아. 그놈들은 화영련에 맡기는 걸로 하지. 총관은 청검산장을 어떻게 할지나 궁리해."

"알겠습니다."

총관이 공손히 고개를 숙여 대답하자 원위천이 손짓을 했다. 총관은 공손히 인사하고는 밖으로 나갔다. 원위천은 총관의 기척이 완전히 사라지자 손으로 이마를 짚으며 한숨을 내쉬었다.

"예감이 좋지 않아. 점점 더 불길해지는군."

원위천은 대체 청검산장 뒤에 도사리고 있는 게 누군지 곰곰이 고민하고 또 고민했다.

단유강 일행은 어느새 미고현에 도착했다. 생각보다 짧은 여정이었다. 중간에 쉬는 시간은 거의 없었고, 이동할 때는 항상 경공이나 다름없는 속도로 달렸으니 빨리 도착할 수밖에 없었다.

연백철은 미고현에 들어서며 눈이 휘둥그레졌다. 고작 한 달여 떠나 있었을 뿐인데 그사이에 못 보던 건물들이 많이 생겼다. 마을도 더욱 커진 듯했다.

"여긴 한 달 전만 해도 허허벌판이었던 것 같은데……."

이곳은 엄밀히 말하면 미고현 밖이었다. 한데 지금은 집들이 옹기종기 모여 있었다. 게다가 곳곳에 그럴듯한 객잔과 주루들도 보인다. 아직 채 짓지 못해 한창 공사 중인 건물도 종종 눈에 띄었다.

"저도 놀랍네요."

담교영 역시 놀란 것은 마찬가지였다. 그녀 또한 한 달 전에는 이곳에서 지냈기에 이런 급격한 변화를 확인하면 누구나 놀라는 것이 당연했다.

단유강은 미고현의 활기찬 모습을 보며 고개를 끄덕였다.

"설영이가 그럭저럭 잘해 나가는 모양이군."

백설영의 능력은 정말로 대단하다. 혼자서 상단에서부터 정보 조직인 월영단까지 모두 아우르고 있다. 그 와중에 미고현 상계의 흐름도 조정했다.

"정말로 대단한 분이로군요."

담교영은 크게 감탄했다. 만일 자신에게 그런 일이 맡겨진다면 분명히 제대로 수행해 낼 수 없을 것이다. 여기저기 구멍이 숭숭 뚫리고, 종국에는 완전히 무너져 버릴 것이다.

단유강은 담교영과 연백철이 연방 터뜨리는 탄성을 들으며 느긋하게 미고현 곳곳을 돌아봤다.

미고현은 지금 변화의 기점에 서 있었다. 이 변화를 제대로 넘으면 엄청난 성장을 할 것이다.

주위를 둘러보던 단유강의 입가에 미소가 그려졌다. 앞으로 백설영의 역할이 더욱 중요해질 것이다.

"이제 돌아갈까?"

단유강은 그렇게 말하고 천망단의 장원으로 향했다. 담교영과 연백철이 그 뒤를 따랐다.

연백철은 장원에 도착하자마자 눈이 화등잔만 해졌다. 장원 역시 달라져 있었다. 허름하고 낡은 정문은 번쩍번쩍한 새 문으로 교체되었고, 무너지기 일보 직전이었던 담장 또한 완전히 바뀌어 있었다.

"이거, 무림맹에서 돈을 받은 것도 아닐 텐데 굳이 이렇게 바꿀 필요가 있었나?"

연백철이 입을 벌리고 멍한 눈으로 단유강을 바라봤다. 설마 이런 광경을 보며 그런 말을 할 줄은 몰랐다. 그리고 그런 단유강의 말에 대답이라도 하듯 정문이 활짝 열렸다. 문 안쪽에는 백설영이 미소를 지은 채 서 있었다.

"무림맹에서 장원 보수비가 책정되었습니다."

"그래? 웬일이지? 뭐, 나야 그렇게 해주면 좋지만."

이번 말에 대한 대답은 단유강의 뒤에서 들려왔다.

"자혜가 신경을 써줬어요. 연 대협 덕분에 사건도 해결하고 비조각주가 되었다고 고맙다고 전해 달라던걸요?"

제갈미미의 말에 연백철이 얼굴을 붉히며 뒷머리를 긁적였다. 사실 그 사건을 해결한 것은 자신이 아니라 단유강이었다. 그는 지금이라도 그 사실을 말해야 한다고 생각했다.

"저, 그건 그게 아니라……."

연백철이 말하려 하자 단유강이 그 말을 중간에 끊었다.

"오늘 이렇게 도착도 했으니 잔치라도 벌여야 하는 거 아냐?"

잔치라는 말에 장원 안에서 우당탕거리는 소리가 들려왔다. 그리고 어느새 등장한 제갈무군이 눈을 빛내며 입을 열었다.

"잔치 말입니까? 잔치라면 보통은 기루에서 하는 게 예의 아니겠습니까? 단가기루에 새로운 아이가 들어왔다고 하던데, 어떻습니까?"

　제갈무군의 말에 제갈미미가 부끄러운 듯 얼굴을 붉히며 시선을 옆으로 돌렸다. 아무리 자신의 오라비라지만 이럴 때 보면 정말로 한 대 쥐어박고 싶었다.

　단유강은 제갈무군의 말을 완전히 무시하고는 장원 안으로 들어갔다.

　"일단 좀 눕자."

　단유강의 말에 모두 움직임을 멈췄다. 설마 돌아오자마자 침상에 누울 줄은 몰랐다. 물론 백설영은 어렴풋이 짐작을 했지만 말이다. 그래도 한 달이나 떨어져 있다가 다시 만났는데 침상으로 직행하니 왠지 서운하기도 하고, 또 단유강답다는 생각이 들기도 했다.

　단유강이 사라지자 남은 사람들의 시선이 이번에는 담교영에게로 향했다. 담교영은 여전히 면사로 얼굴을 가리고 있었는데, 사람들이 모두 자신을 바라보자 살짝 얼굴이 붉어졌다.

　"이번에 천망칠십오대에 들게 되었어요. 잘 부탁드려요."

　담교영의 말에 연백철을 제외한 모두의 눈이 화등잔만 해졌다.

　"그, 그, 그게 정말입니까?"

　제갈무군이 평소의 그답지 않게 말을 더듬거리며 물었다. 당연했다. 지금까지 단유강이 직접 대원을 뽑아온 경우는 한 번도 없었다. 천망단의 대주는 대원을 직접 뽑을 수 있는 권

한이 있었다. 물론 뽑고 난 후에 맹으로 보고를 해야 한다.

대주가 뽑을 수 있는 인원은 단 한 명에 불과했기에 맹에서는 웬만하면 대주가 뽑은 대원은 인정해 주는 방향으로 결정되어 왔다.

그러나 단유강은 지금까지 그 권리를 행사한 적이 한 번도 없었다. 그 어떤 경우에도 마찬가지였다. 한데 이번에 그것을 쓴 것이다.

이번에는 모두의 시선이 연백철에게로 향했다. 연백철은 계속 단유강과 함께했으니 방금 한 말의 진실을 가려줄 수 있을 테니까.

연백철은 사람들이 모두 자신을 쳐다보자 살짝 당황했다. 하지만 이내 굳은 표정으로 고개를 끄덕였다. 사실 연백철은 사람들이 이렇게까지 놀라는 것을 그다지 이해할 수 없었다.

"사실입니다."

뒤에 대주님이 황금 만 냥을 지불하고 데려왔다는 말은 굳이 넣지 않았다. 그런 말은 담교영이 이곳에서 어우러지는 데 방해만 될 뿐이다.

어느새 문노가 나타나 물었다.

"그게 정말이냐? 네가 직접 확인한 것이냐?"

갑자기 문노까지 나타나 묻자, 연백철은 더 당황했다. 하지만 거짓을 말하는 것도 아니니 켕길 게 하나도 없었다. 연백철은 다시 한 번 고개를 끄덕였다.

“그 말씀을 하실 때 옆에 있었습니다.”

연백철의 말에 모든 대원의 시선이 다시 담교영에게로 향했다. 그들의 눈에는 호기심이 가득 담겨 있었다. 언제 나타났는지 하후량, 하후령 형제까지 모여들었다.

담교영은 당황과 황당이 뒤섞인 표정으로 사방에서 쏟아지는 시선을 받아냈다.

참으로 기묘한 환영식이었다.

단유강은 침상에 누워 이리저리 뒹굴었다. 정말로 오랜만이었다.

“역시 내 침상이 최고로군.”

그렇게 얼마나 지났을까, 단유강은 침상에 가만히 누워 눈을 지그시 감았다. 온몸의 감각이 살아 있는 것처럼 퍼덕였다. 단유강은 그 감각을 순식간에 확장했다.

사아아악.

물에 모래가 스며드는 소리가 들리는 듯했다. 순식간에 감각이 확장되어 장원을 뒤덮었고, 담장을 넘어 미고현 전체로 퍼져 나갔다.

여기서 더 확장할 수는 없었다. 그러면 감각이 너무 엷어져 원하는 것을 잡아내지 못할 게 분명했다. 물론 간단한 것들이라면 얼마든지 알아낼 수 있지만.

“아직은 여기까지가 한계로군.”

그래도 예전보다는 많이 늘었다. 예전에도 미고현이 한계였지만 그때보다 미고현의 규모가 더 커졌으니까.

"그나저나 할아버지를 쫓아가려면 아직 까마득하구나."

단유강은 다시 눈을 감고 감각을 확장시켰다. 미고현에서 벌어지는 모든 일들이 생생하게 뇌리에 잡혔다. 그것은 마치 뇌에 직접 상황을 새겨 넣는 듯한 감각이었다.

그렇게 한동안 미고현을 살피던 단유강은 이내 눈을 뜨고는 자리에서 일어났다.

"이상한 놈들이 많이 늘었군."

한 달 전에 비해 사람이 확연히 늘어났다. 상인이 많았고, 낭인도 다수였다. 그리고 표사들도 여기저기 북적댔다. 그들은 기질이 완전히 다르기 때문에 확실히 구분이 가능했다.

단가상단과 단가표국이 활발히 활동하면서 물품의 왕래가 잦아졌고, 그에 따라 자연스럽게 상인들이 미고현으로 모여들게 되었다. 그리고 그들을 지키기 위한 표사들도 모였고, 일거리가 없나 기웃대는 낭인들 역시 모여들 수밖에 없었다.

그리고 그들 외에 특이한 기운을 가진 자들이 여럿 있었다. 그들이 띤 기운이 무엇을 의미하는지 단유강은 아주 잘 알고 있었다.

"당가에서 온 정보원들이 꽤 많은 것 같고… 어디서 왔는지 잘 모르는 놈들도 꽤 되는군. 이제 확실히 주목을 받기 시작했어."

주목을 받기 시작하면 좋은 점도 있지만 나쁜 점도 많다. 그 나쁜 점 중 하나가 무림문파다. 현재의 미고현은 주워 먹을 것이 잔뜩 널려 있는 보물 창고와 같았다.

단유강이 이리저리 생각에 잠긴 사이, 백설영이 문 앞에 다가왔다.

"저 설영이에요."

단유강의 허락이 떨어지자 백설영은 문을 열고 안으로 들어갔다. 그 뒤에서 담교영이 방 안의 눈치를 살피며 머뭇거리고 있었다. 어느새 면사는 벗은 상태였다.

"들어올 거면 들어오고 아니면 문 닫지?"

단유강의 말에 담교영이 냉큼 안으로 들어왔다. 담교영은 귀여운 미소를 지으며 단유강을 바라봤다.

단유강은 담교영은 신경 쓰지 않고 백설영을 바라봤다.

"정보원들이 많은 것 같은데, 어디어디에서 보낸 건지 파악했어?"

백설영은 기다렸다는 듯이 대답했다.

"삼 할은 당가의 정보원입니다."

삼 할이라는 말에 단유강이 의외라는 듯 눈을 살짝 크게 떴다. 최소한 당가가 절반은 장악했으리라 생각했는데, 예상보다 너무 적었다.

"그것밖에 안 돼?"

"생각보다 정보원을 찔러 넣은 곳이 많습니다. 일단 서창

에 있는 문파들과 사천에 있는 유력 문파들이 보낸 정보원들
이 또 삼 할입니다.”

단유강은 의아한 표정으로 백설영을 바라봤다. 이번에도
역시 그 수가 너무 적었다. 백설영은 단유강의 마음을 이해한
다는 듯 보고를 이어갔다.

“삼 할은 적련에서 보냈습니다.”

그제야 단유강이 고개를 끄덕였다. 적련이라면 그럴 수 있
다. 아마 상당한 경각심을 가지고 있을 것이다. 계획한 일이
몇 번이나 틀어졌으니 말이다.

“그리고 나머지 일 할은 확실히 알아낼 수 없었지만, 아마
화영련인 듯합니다.”

단유강이 눈을 빛냈다. 현재 미고현에는 정보원의 수가 지
나칠 정도로 많았다. 그중 일 할이라면 결코 적지 않았다. 화
영련에서 그 정도 수의 정보원을 보냈다면 뭔가 이곳에서 얻
어갈 것이 있거나, 아니면 획책하는 것이 있다는 뜻이었다.

“이제야 대충 정리가 되는군.”

백설영이 반짝반짝 빛나는 눈으로 단유강을 바라봤다. 지
금까지와는 전혀 다른 모습이었다. 그 모습을 보니 왠지 가슴
이 설레었다.

“적련을 박살 낼 생각이야.”

단유강의 말에 담교영이 놀란 눈으로 단유강과 백설영을
번갈아 쳐다봤다. 전에도 그런 말을 듣긴 했지만 이렇게 다른

사람 앞에서 공식적으로 말을 해버릴 줄은 몰랐다.

'뭐지? 저 눈빛은?'

담교영은 백설영의 눈빛을 보고는 의아한 표정을 지었다. 적련과 싸운다는 것은 많은 희생을 각오해야 하는 일이다. 한데 백설영의 눈빛은 지금까지 중에 가장 반짝였다. 그 빛이 너무나 눈부셔 차마 쳐다볼 수가 없을 정도였다.

"그리고 화영련이 대체 왜 여기에 왔는지 밝혀내야 돼."

"즉시 시행하겠습니다."

백설영의 대답에 단유강이 고개를 끄덕이며 말을 이었다.

"다른 애들한테도 미리 얘기해 둬."

"그리하겠습니다."

백설영은 살짝 고개를 숙이며 그렇게 대답하고는 다시 조심스럽게 단유강을 바라봤다.

"하면 서창의 문파들은 어찌할까요?"

서창의 문파들 역시 본격적으로 미고현에 진출할 준비를 하고 있다. 다만 예전에 미고현에 진출하려다가 몰락한 소검문 덕분에 조금 더 신중할 뿐이었다.

"그건 설영이가 알아서 해. 아마 섣불리 들어오진 못할 거야."

백설영은 조심스럽게 물었다.

"차라리 개파(開派)를 하시는 건 어떤지요. 미고현에 들어오려는 문파들을 확실히 견제하기에 가장 좋은 방법입니다."

단유강이 단호히 고개를 저었다.

"그건 안 돼. 굳이 위험부담을 늘릴 필요는 없으니까. 이 상태로도 충분히 제어할 수 있어."

단유강의 대답이 너무나 단호했기에 백설영도 더 이상은 권하지 못했다. 두 사람은 그렇게 몇 마디를 더 주고받았고, 그 이후 백설영은 담교영을 남겨두고 혼자서 나가 버렸다.

담교영은 홀로 남아 단유강의 눈치를 살피다가 슬며시 물었다.

"그런데 정말로 적련이랑 싸우실 건가요?"

단유강이 고개를 끄덕였다.

"아무래도 뭔가 걸리는 부분이 있어서."

담교영은 할 말이 없었다. 걸리는 부분이 있어서 적련을 박살 낸다는 게 말이 되는가. 물론 적련이 뒤로는 지저분한 짓을 상당히 많이 한다는 건 공공연한 사실이었다.

"적련은 상당히 강한 곳이에요. 상인들이라고 무시하면 큰코다쳐요."

단유강이 담교영을 바라보며 씨익 웃었다.

"적련이 나보다 더 강해 보여?"

담교영은 끝내 그 물음에 대답하지 못했다.

"대주님, 영매는 무림맹에 어떤 식으로 보고하실 생각이신 가요?"

백설영의 물음에 단유강이 턱을 쓰다듬으며 생각에 잠겼
다. 담교영이라는 이름으로 보고하면 대번에 난리가 날 것이
다. 청검산장 쪽에서 정보가 새나간다면 감춰봐야 결국 들통
나겠지만, 지금으로선 그쪽을 걱정할 필요가 없었다.

"무군이랑 같은 방법을 쓰는 건 위험한가?"

백설영이 고개를 저었다.

"최근 무림맹의 정보망이 더 확충되어서 그 방법은 쉽지
않을 거예요. 그보다는 그냥 명목만 대원으로 하고 보고를 유
보하는 쪽이 낫지 않을까요?"

"예전 무군이 때가 좋았는데."

제갈무군을 천망단으로 들일 때는 간단히 가명으로 해결
했다. 적당히 정보를 조작해 가짜 신분을 만드는 걸로 가볍게
무림맹을 속여 넘긴 것이다.

사실 무림맹의 정보망이 그렇게 빈약하거나 아무나 함부
로 천망단에 들어올 수 있는 것도 아니었다. 하지만 당시에는
상황이 제갈무군을 도왔다. 무림맹이 대대적으로 천망단을
확충하는 시기였던 것이다.

천망단의 확충은 두 단계로 이루어졌는데, 첫 번째 단계
가 천망단의 수를 늘리는 거고, 두 번째 단계가 각 천망단의
대(隊)에 대원을 채워 넣는 것이었다.

첫 번째 단계에서 미고현에 천망단이 생겼고, 두 번째 단계
에서 제갈무군이 들어왔다. 실로 절묘한 우연이었다.

결국 나중에 세심한 조사가 다시 되풀이되긴 했지만 미리 충분히 준비를 한 덕분에 제갈무군은 무사히 넘어갈 수 있었다. 하지만 지금은 상황이 그때와는 완전히 다르다.

단유강은 몇 가지 방안을 궁리해 봤지만 결국 고개를 저었다. 사실 가장 좋은 방법은 그냥 보고를 하는 것이다. 하지만 그렇게 되면 필연적으로 따라오는 문제가 너무 많다. 그건 정말로 귀찮은 일이었다.

"그 안으로 하지. 어차피 교영이가 여기 머무는 게 중요한 거지 굳이 천망단원이 될 필요는 없으니까."

백설영이 빙긋 웃었다. 그렇게 처리해도 큰 문제는 없다. 무림맹에 보고만 하지 않는다뿐이지 엄밀히 따지면 천망단원이었으니까. 다만 무림맹에 보고할 시기를 정하는 게 문제일 뿐이었다. 여차하면 끝까지 보고를 하지 않을 수도 있다.

"그럼 그렇게 처리하겠습니다."

백설영은 가볍게 고개를 숙여 대답한 후 눈을 빛냈다. 이제 가벼운 일에 대한 건 모두 결정했고, 진짜만 남았다.

"화영련이 대주님과 연 대원의 뒤를 캐고 있습니다."

단유강의 눈빛이 흥미로 물들었다.

"호오, 날? 어떤 점을 캐고 다니는 거지?"

"아무래도 우리 뒤에 커다란 세력이 있다고 판단하여 그 세력의 실체를 찾고 있습니다."

"하면 기루나 객잔의 뒤도 캐고 다니겠군?"

“그렇습니다. 상단과 표국의 뒤도 조사 중입니다.”

단유강이 씨익 웃었다.

“재미있군. 캐봐야 나올 건 없겠지만. 그들이 왜 내 뒤를 캐고 다니는지는 알아봤어?”

“알아보고는 있지만 확인이 어렵습니다. 아시다시피 화영련은 정보 이동의 은밀함으로는 최고를 자랑하는지라…….”

화영련은 비싼 정보를 취급하는 곳이다. 정보가 비싸려면 그만한 값어치가 있어야 한다. 한데 그들이 단유강을 주목한다는 것은 단유강에게 그만한 값어치가 있음을 확신한다는 뜻이다.

단유강의 뇌리로 몇 가지 생각이 스쳐 지나갔다. 자신은 아직 제대로 세상에 드러나지 않았다. 그에 대해서 아주 조금이라도 파악하고 있는 것은 근처의 지인들을 제외하면 당가뿐이었다.

‘하지만 당가는 이미 정보원을 잔뜩 깔아뒀단 말이지.’

사천 내에서라면 당가는 화영련의 힘을 뛰어넘는다. 굳이 화영련에 의뢰를 할 필요가 없다는 뜻이다. 하면 남는 건 몇 되지 않는다. 그중 가장 가능성이 큰 것은 바로 백검문이다.

“아마 백검문일 거야. 그쪽으로 초점을 맞춰서 알아봐.”

단유강의 말에 백설영이 눈을 반짝였다. 그렇지 않아도 그녀 역시 그쪽을 의심하고 있던 중이었다. 단유강이 지금 말하지 않았더라도 그녀가 알아서 그쪽을 파고들었을 것이다.

백검문은 청검산장을 집어삼킬 준비를 마친 곳이다. 한데 이번에 그 일이 뒤틀렸다. 백설영이 청검산장의 뒤처리에 손을 대고 있기에 알아낸 일이었다.

"조사하도록 하겠습니다."

백설영은 그렇게 대답한 후, 다음 안건을 보고했다.

"적련을 완전히 부숴 버릴 생각이십니까?"

단유강이 고개를 끄덕였다.

"아주 완벽하게 박살 낼 생각이야."

"준비가 많이 필요합니다. 그리고 돈도 많이 필요합니다. 적련은 생각보다 거대합니다."

"나도 그쯤은 알고 있어. 하지만 일단 그곳을 건드리지 않으면 몸통은 아예 볼 수도 없을 것 같아서 말이지."

백설영의 눈이 살짝 커졌다. 그리고 얼마 전 성도 근방에서 봤던 강시를 제조하던 동굴을 떠올렸다. 당시에는 그 일의 배후에 적련이 있다고 여겼다. 한데 지금 단유강의 말을 들으니 그게 아닌 모양이었다.

"적련의 뒤에 또 다른 배후가 존재한다고 생각하십니까?"

단유강이 무겁게 고개를 끄덕였다.

"있어, 분명히. 적련을 부수면 그놈들도 가만히 있을 수만은 없겠지."

백설영은 조용히 단유강을 바라봤다. 그동안 단유강은 자신의 능력을 극도로 아끼려 하며 세상에 드러나는 것을 정말로 싫어했다. 한데 지금 한 말은 그것과 정면으로 대치되는 일이었다.

"대주님께서 세상에 드러나실 수도 있습니다."

단유강이 침상에서 몸을 일으켰다.

"상관없어. 이제 대충 쉴 만큼 쉰 것 같거든. 그리고 대놓고 나서지만 않으면 그렇게 드러날 일도 없을 거야."

백설영이 걱정스런 눈으로 단유강을 바라봤다. 지금 단유강이 하려는 일은 어쩌면 굉장히 위험할 수도 있다. 아니, 분명히 위험할 것이다. 적련이라는 거대 상단을 마음대로 휘두르고 마인들을 순식간에 끌어들이는 독심도 가진 조직이다.

"그런 눈으로 볼 필요 없어. 난 설영이가 생각하는 것보다 강하거든."

단유강이 강하다는 건 백설영도 잘 안다. 하지만 아무리 강해도 머릿수에는 당하지 못하는 법이다. 단유강이 아무리 강하더라도 무림맹 전체와 혼자서 싸울 수는 없지 않겠는가.

"하지만 적련은 생각 이상으로 거대한 곳입니다. 그런 적련을 부리는 곳과 싸우신다면……."

"그래도 그냥 두고 볼 수만은 없잖아. 세상에 좋은 마음을 가진 놈들 같지는 않은데 말이야."

백설영도 그 말에는 수긍할 수밖에 없었다. 좋은 의도로 강시를 만들 리는 없다. 더구나 혈강시라지 않은가. 혈강시는 피의 마물이다. 일단 한 번 만들어지면 십대고수는 되어야 간신히 상대할 수 있을 것이다.

"일단 지금은 적련을 상대하는 데 집중하도록 해. 그동안 키워놓은 월영단의 실력이나 한번 보자고."

월영단 얘기가 나오자 백설영의 눈빛이 달라졌다. 이건 자신의 능력을 시험하겠다는 뜻과도 다르지 않다. 백설영은 결연한 눈으로 고개를 끄덕였다.

"반드시 좋은 결과를 가져오겠습니다."

의욕에 불타는 백설영의 눈을 보며 단유강은 빙긋 웃었다.

적련의 련주 우부경은 부드러운 미소를 머금으며 앞에 앉은 오총관을 바라봤다.

"참으로 유감이로군요."

우부경의 말에 적련의 오총관은 이마에 흐르는 식은땀을 닦아냈다. 입이 열 개라도 할 말이 없는 상황이었다.

"천망단의 대주라고 하셨습니까?"

"그, 그렇습니다."

"확신하십니까?"

오총관은 대답하지 못했다. 적련이 장사에서 벌이던 일이 완전히 틀어진 덕분에 오총관의 입지가 흔들리고 있었다.

"거, 거의 확실합니다."

우부경의 눈가에 차가운 미소가 감돌았다.

"오총관께서는 지난번에도 이와 비슷한 일이 있었지요?"

오총관의 몸이 부르르 떨렸다. 우부경이 말하는 지난번의 일이 있은 지 벌써 삼 년도 넘었다. 한데 그동안 한 번도 언급을 안 하다가 지금 와서 말한다는 건 자신을 내칠 준비가 되었다는 뜻이다.

"부, 부디 한 번만 더 기회를 주십시오."

오총관의 말에 우부경이 고개를 옆으로 살짝 기울였다.

"기회라……. 좋습니다. 오총관님이 그동안 련을 위해 얼마나 애쓰셨는지 아니 한 번 더 기회를 드리도록 하지요."

우부경은 안도하는 오총관을 바라보며 서류 한 장을 내밀었다. 오총관은 조심스럽게 그 서류를 받아 읽었다.

"이것은?"

오총관의 눈이 빛났다. 그 서류에는 현재 담교영이 어디 있는지 나와 있었다. 담교영은 사천의 미고현, 천망칠십오대의 장원에 머물고 있었다.

"조금 알아봤더니 결코 쉽지 않은 자입니다. 드러나지는 않았지만 휘하에 정보 조직까지 거느린 모양이더군요. 오총관님이 가지신 모든 역량을 동원해 그의 기반을 무너뜨리고 담교영을 내 앞에 데려오십시오."

오총관이 공손히 고개를 조아렸다. 이 정도면 충분히 해볼 만했다. 적련의 한 축을 담당하는 총관이다. 그가 가진 힘이라면 미고현쯤 되는 작은 마을의 경제 기반을 무너뜨리는 것쯤은 일도 아니다.

"절대 방심하지 마시기 바랍니다. 이번이 마지막 기회라는
걸 명심하세요."
우부경의 차가운 말에 오총관이 몸을 부르르 떨었다.

第七章
단가표국

태룡전

적련의 오총관은 자신이 가진 모든 역량을 동원해 미고현에 사람을 풀었다. 그는 고작 천망단의 대주가 이번 일을 주도했으리라고는 절대 믿지 않았다. 그것은 지극히 상식적인 결론이었다. 그 뒤에 누가 있느냐가 가장 중요했고, 그것을 알아내기 위해 모든 것을 던져 넣었다.

단유강은 침상에 누워 지그시 눈을 감았다. 최근 시작한 기감 수련을 시작하기 위함이었다. 일단 지금은 최대한 기감을 갈고닦는 중이었다.

무려 오 년이나 쉬었다. 단유강은 그렇게 쉬는 동안 대부분의 힘을 갈무리했다. 아니, 숙성했다. 수련으로 얻은 힘을 제대로 쓸 수 있는 기반을 마련한 것이다.

단유강은 자신이 가장 약한 부분을 먼저 손보기로 했다. 그것이 바로 기감이었다.

한참 동안 눈을 감고 기감을 퍼뜨리며 그 정보를 뇌에 받아들이던 단유강은 이내 눈을 뜨고 한숨을 내쉬었다.

"후우, 역시 할아버지처럼은 안 되는 건가?"

단유강은 할아버지를 떠올리며 쓴웃음을 지었다. 그의 할아버지는 평생을 갈고닦아도 넘어설 수 없는 거대한 벽이었다. 아니, 하늘이었다.

"그것도 두 분 모두 말이지."

단유강이 살던 집은 친가와 외가가 함께 모여 살았다. 조금 특이하긴 하지만, 서로 부딪치지 않고 오랜 세월 동안 잘 어울려 살아왔다.

단유강은 양 조부모의 사랑을 듬뿍 받으며 자랐다. 물론 사랑받는 것과 수련은 별개였지만.

집에서 살아온 생각을 떠올린 단유강이 몸을 부르르 떨었다. 그 기억은 행복하기도 했지만 치 떨리게 지긋지긋하기도 했다.

단유강은 고개를 흔들어 상념을 털어버렸다. 지금은 기감 수련에 더 집중해야 할 때였다. 아마 앞으로의 싸움에 적지 않은 도움이 될 것이 분명했다.

　눈을 감은 단유강의 온몸으로 사방의 기파가 몰아쳤다. 단유강은 기감을 활짝 연 후, 범위를 급격히 확장시켰다. 순식간에 뇌가 터져 버릴 정도로 막대한 정보가 몰려들었다. 단유강은 잠시 미간을 찌푸렸다. 머리가 지끈거리며 아파왔기 때문이다.

　단유강은 숨을 고르며 기감을 더욱 확장했다. 그러던 어느 순간, 두통이 말끔히 사라졌다. 그리고 미고현의 상황이 뇌리에 박혀들기 시작했다.

　마치 하늘에 떠서 미고현을 내려다보는 듯한 느낌이었다. 아니, 그보다 더 대단했다. 모든 장애물이 투명해졌다. 사람들의 움직임 하나하나가 속속들이 들어왔다. 그리고 그들의 대화가 뇌리에 박혀들었다.

　소리는 공기의 움직임이다. 단유강의 기감은 그 움직임을 파악해 그게 어떤 소리인지 정확히 집어낼 수 있었다. 그 소리를 귀가 아닌 뇌로 직접 받아들였다.

　그러자 갑자기 정보의 양이 급격히 많아졌다. 단유강은 눈을 번쩍 떴다.

　"크윽, 이거 쉽지 않군."

　단유강은 천천히 침상에서 일어났다. 머리가 지끈거렸지만 굉장한 수확이었다. 수련의 성과가 드디어 나타나기 시작한 것이다. 이제는 뇌에 막대한 정보를 무리 없이 받아들이는 문제만 남았다.

"그건 계속 수련을 통해 익숙해지는 수밖에 없지."

단유강은 그렇게 중얼거리며 몸을 한 번 풀고는 다시 눈을 감았다.

"대주님, 저 설영이에요."

백설영이 찾아오자 단유강은 기감 수련을 멈추고 눈을 떴다.

"들어와."

단유강의 말이 떨어지기 무섭게 문이 열리고 백설영이 들어왔다. 그녀는 침상에 누워 있는 단유강 앞으로 다가가 품에서 서류 하나를 꺼내 건넸다.

"화영련에 의뢰한 자를 알아냈습니다."

단유강이 눈을 빛냈다. 설마 이렇게 빨리 알아내리라고는 생각지 못했다. 월영단은 아직 장사 쪽에는 지부조차 없었다. 하여 그곳의 정보를 얻어내기 위해선 상당한 시일이 필요할 거라 여겼는데, 그 예상을 보기 좋게 깨버린 것이다.

백설영은 단유강의 반응에 기분 좋은 미소를 머금으며 말을 이었다.

"보시면 아시겠지만 백검문에서 의뢰를 했어요. 아마 청검산장과의 일 때문인 듯합니다."

단유강이 고개를 끄덕였다. 역시 예상대로였다. 그리고 웬만한 정보는 화영련을 통해 백검문으로 흘러갔음이 분명했다.

"이번 기회에 장사 쪽에 지부를 두고 월영단을 조금 더 확장했습니다."

백설영이 설명을 덧붙이자 단유강이 기특하다는 눈빛을 보내며 고개를 끄덕였다. 확실히 백설영은 능력이 뛰어났다.

"백검문의 움직임은 없고?"

"아직 그쪽도 눈치를 보는 상황입니다. 대주님 뒤에 무슨 세력이 도사리고 있는지 알아내려고 안간힘을 쓰고 있어요."

"그럼 당분간은 백검문 쪽은 무시해도 상관없겠군."

단유강은 눈을 빛내며 턱을 쓰다듬었다. 화영련이 백검문 때문에 움직인다면 더는 신경을 쓸 필요가 없다. 아예 무시할 수는 없지만 그래도 대부분의 힘을 다른 곳으로 돌릴 수 있게 된다.

"보아하니 최근 적련의 정보원들이 많이 늘어난 것 같던데, 뭔가 다른 움직임은 없어?"

백설영이 감탄 어린 표정으로 단유강을 바라봤다. 무림맹에서 돌아온 이후 밖으로 나가지도 않고 누워만 있던 사람이 어찌 그런 걸 모두 파악할 수 있단 말인가.

"맞아요. 적련의 정보원들이 급격히 늘어났어요. 다만 이번에 늘어난 자들은 능력이 훨씬 뒤떨어져서 오히려 감시하기가 편해요."

"적련이 본격적으로 나올 모양이군."

"돈으로 압박을 가하려는 움직임을 포착했어요."

"호오, 돈으로 압박을 가해? 어디에?"

"상단이랑 표국입니다."

"상단과 표국이라……. 버틸 수는 있지?"

백설영이 자신 있다는 표정으로 고개를 끄덕였다.

"물론이에요. 처음부터 거래망을 구성할 때, 적련과 관계되는 것을 최대한 피했습니다."

"그건 참으로 잘했군. 적련으로서도 압박을 가하기가 쉽지만은 않겠어."

단유강은 빙긋 웃었다. 적련의 힘은 돈이다. 돈은 때로는 그 어떤 검보다 무서운 무기가 되곤 하는데, 단유강과 백설영은 그 사실을 누구보다 잘 알고 있었다.

"지금 적련이 보이는 일련의 움직임은 적련의 오총관이 주도하고 있습니다."

"오총관?"

"무림문파의 일을 전담하는 총관입니다. 백검문과 청검산장의 일도 그가 주도했습니다."

단유강의 눈에서 일순 광채가 일어났다.

"무림문파 중에서 움직이는 곳이 있나?"

"흑사방이 움직이기 시작했습니다. 역시 적련과 긴밀한 관계를 가진 문파입니다."

"흑사방이라……."

단유강이 턱을 쓰다듬으며 중얼거렸다. 흑사방은 서창에 있는 무림문파 중 가장 큰 곳이다. 소검문이 무너진 후, 그곳의 무인들을 가장 많이 받아들인 곳이기도 했다.

"그리고 아직 확실한 움직임을 보이진 않지만 서창의 나머지 문파들도 움직일 기미가 보입니다."

"이 작은 마을에 뭐 얻어먹을 게 있다고 그리들 난리인지, 원."

단유강이 머리를 벅벅 긁으며 중얼거리자 백설영이 살짝 미소 지었다. 아무렇지도 않게 말했지만 사실 미고현은 이제 그저 그런 마을이 아니었다. 이대로 몇 년만 더 꾸준히 발전하면 서창 못지않은 도시가 될 수도 있었다.

'꽤 살기 좋은 도시가 될 거야. 암흑가를 완전히 지배하고 있으니.'

세상의 어느 곳이나 어두운 부분이 있기 마련이다. 그것은 마음대로 없애고자 해서 없앨 수 있는 것이 아니었다. 미고현 역시 그런 어두운 부분이 있었다. 그것을 사람들은 흔히 암흑가라 부른다.

현재 미고현의 암흑가는 문노가 완벽하게 장악하고 있었다. 물론 문노가 직접 나서지는 않는다. 월영단의 정보력을 바탕으로 몇몇 심복을 만들어 암흑가를 지배해 왔다. 이것은 미고현이 더 커져 엄청난 사람들이 사는 도시가 된다 하더라도 변치 않을 것이다.

"그럼 일단 충돌을 완전히 피할 수는 없겠군."

"아마 그럴 것 같습니다."

적련이 뒤에서 조종하고 있다면 그들이 무력을 쓰도록 종용할 것이다. 그래야 단유강 뒤에 도사린 자들이 전면으로 나설 테니까 말이다. 물론 배후가 있을 때 얘기지만.

"설영이가 판단하기에는 어때?"

"무슨 말씀이십니까?"

"서창의 모든 문파가 이리로 몰려온다면 막을 수 있을까?"

단유강의 물음에 백설영은 잠시 생각에 잠겼다. 그녀는 보기보다 명확하게 현 천망단의 무력을 파악하고 있었다. 하지만 단유강과 문노에 대해서는 아직도 전혀 가늠할 수 없었다. 하지만 지금 물음에 대한 답은 너무나 자명했다. 백설영은 고개를 끄덕였다.

"막을 수 있습니다."

"나랑 문노가 빠져도?"

"이미 그렇게 상정하고 판단했습니다."

단유강의 입가에 희미한 미소가 감돌았다.

"설영이가 그렇게 봤다면 그런 거겠지. 그럼 별로 걱정할 필요는 없겠네. 그래도 조심해서 나쁠 건 없지."

단유강은 백설영을 똑바로 바라보며 말을 이었다.

"일단 충돌이 최소화되도록 해보자고. 서창에 있는 문파들

사이에 알력을 조장해. 이번엔 표국의 힘만으로 한번 막아보자고.”

백설영이 눈을 빛냈다. 그런 건 어렵지 않다. 서창에 있는 문파들이 당가처럼 힘과 정보력, 금력을 두루 갖춘 대문파도 아니니 월영단의 공작을 피할 수는 없을 것이다. 그녀의 뇌리로 몇 가지 계획이 순식간에 지나갔다.

“공을 탐하게 만들겠습니다.”

벡설영의 말에 단유강이 빙긋 웃으며 고개를 끄덕였다.

“좋아, 그다음에는 적련의 오총관에 대해서 몽땅 알아와. 일단 여기까지 온 이상 박살을 내버리자고. 나중에 적련이랑 싸울 때 부담도 줄일 겸.”

“즉시 시행하겠습니다.”

단유강이 됐다는 표정으로 고개를 끄덕이자 백설영이 조용히 물러났다.

이제부터 진짜 시작이었다, 적련과의 싸움이.

천양파(天暘派)의 문주 종선강은 심각한 표정으로 주위를 둘러봤다. 그의 앞에는 흑사방의 무력 부대인 흑월단(黑月團)의 단주 황건석이 앉아 있었다.

“그러니까 지금 우리 천양파는 빠지라, 이 말이오?”

“빠지라는 게 아니라 저희에게 먼저 기회를 양보해 달라는 것입니다.”

쾅!

종선강이 분노한 표정으로 탁자를 내려치자 한 뼘이나 되는 두께의 탁자가 쩍쩍 갈라졌다.

"그게 그 말이지 않소!"

황건석은 그저 조용히 종선강을 응시했다. 그의 눈에 서늘한 기운이 어렸다.

종선강은 그 눈길을 피하지 않았다. 오히려 그는 이글이글 타오르는 눈으로 황건석을 노려봤다.

"굳이 그런 작은 표국 하나 정리하는 데 서창의 모든 문파가 달려들 필요가 있겠습니까?"

"하면 그런 작은 표국 하나 정리하는 데 굳이 서창제일문이라는 흑사방이 달려들 필요가 있겠소?"

종선강은 황건석의 말에 한마디도 지지 않았다. 기세 또한 절대 물러설 수 없다는 듯 한껏 끌어올렸다.

"고작 이런 일로 서로 간의 힘을 손상시킬 필요가 있겠습니까?"

"지금 날 협박하는 거요?"

종선강이 이를 갈았다. 방금 황건석이 한 말은 협박이나 다름없었다. 물러나지 않으면 충돌을 각오하라는 뜻 아닌가. 흑사방은 큰 힘을 가지고 있다. 천양파가 정면으로 맞붙으면 절대 이길 수 없는 곳이다. 하지만 다른 문파들이 힘을 합하면 얘기가 달라진다.

"협박이 아닙니다. 현실을 직시하라는 겁니다."

종선강이 이를 드러내며 웃었다.

"아주 제대로 협박을 하는군. 어디 한번 해보지. 흑사방이 우리 천양파를 얼마나 우습게 봤는지 모르겠지만 그 대가를 톡톡히 치를 각오를 하는 게 좋을 거야."

종선강은 그 말을 마지막으로 몸을 돌렸다. 그리고 접객실에서 나가 버렸다. 황건석은 그런 종선강의 뒷모습을 섬뜩한 눈으로 바라봤다.

"으드득, 감히… 고작 천양파 따위가……."

천양파에서 벌어졌던 것과 비슷한 일이 다른 문파에서도 똑같이 재현되었다. 흑사방은 은근히 서창의 모든 문파에 압력을 넣었고, 그들은 단 하나도 그 압력에 굴하지 않았다. 흑사방으로서는 상당히 당황스러운 일이었다.

"이게 대체 어찌 된 일인가?"

흑사방의 방주 한검형은 난감한 표정으로 눈앞에서 송구스런 얼굴로 고개를 조아린 총관을 바라봤다.

"저도 일이 이렇게 될 줄은 미처 생각지 못했습니다. 죄송합니다."

한검형이 고개를 저었다.

"우리 욕심이 그렇게 컸던가?"

"적련의 전폭적인 지원을 받을 수 있는 기회였습니다. 욕

심을 부리는 것이 당연한 상황이었습니다. 게다가 다른 문파
들에게 그냥 빠지라고 한 것도 아니고 어느 정도의 이권을
보장할 계획이었습니다. 결코 무리한 제안이 아니었습니
다.”

“끄응, 그나저나 적련은 고작 단가표국 하나 치는 데 서
창의 모든 문파를 동원하려 하다니, 좀 이해가 가지 않는
군.”

단가표국은 최근 승승장구하는 표국이었다. 처음에는 사
천의 주요 지역만 왕래하는 작은 표국이었지만 하루가 다르
게 성장해 지금은 사천을 넘어 다른 지역까지 넘보고 있었다.

그렇지 않아도 적절히 견제를 할 필요가 있었다. 특히 흑사
방은 더더욱 그랬다. 서창에 있는 두 개의 표국 중 하나가 바
로 흑사방의 흑월표국이었다.

“그래, 다른 문파들의 분위기는 어떤가?”

“몇몇 문파들이 연수하여 힘을 모으고 있습니다.”

“끄응, 그래? 뭐, 어쩔 수 없지. 다 같이 하는 수밖에.”

“그것이……”

총관은 난감한 표정으로 고개를 조아렸다. 한검형은 의아
한 얼굴로 그런 총관을 바라봤다.

“왜? 무슨 일이 또 있는 건가?”

“이젠 그들이 함께하지 않겠다고 합니다.”

“뭐라? 그게 무슨 말인가?”

“일단 천도문과 천양파가 손을 잡았고 거기에 선기보(鏇機堡)가 붙었습니다.”
한검형의 눈이 스산해졌다.
“그래서?”
“그리고 노산문이 서창의 나머지 문파들을 끌어들였습니다. 현재 서창은 저희 흑사방까지 해서 그렇게 세 개의 세력으로 나뉜 상황입니다.”
“그놈들이 우리와 전쟁이라도 하겠단 말인가?”
“우리가 움직이기 전에 자신들이 먼저 치겠다는 것 같았습니다.”
쾅!
“말도 안 돼! 그놈들이 미치지 않고서야!”
한검형은 주먹을 부들부들 떨었다.
현재 서창은 흑사방의 독주 체재였다. 흑사방은 다른 문파들에 비해 훨씬 강력했다. 하지만 그건 문파를 하나하나 비교했을 때 그렇다. 흑사방이 비록 거대하긴 하지만 다른 모든 세력을 압도할 수는 없었다.
천도문과 천양파는 흑사방을 제외하면 서창에서 손에 꼽히는 문파다. 그런 두 문파에 선기보가 손을 잡았다면 더 이상 흑사방도 그들을 어쩌지 못한다.
노산문 역시 천도문이나 천양파와 비슷하다. 하지만 서창에 남은 세력을 모두 끌어들였다면 그 역시 더 이상 무시할 수 없다.

"그들은 지금 준비를 서두르고 있습니다. 마침 단가표국에서 상당수의 표사들이 새로운 표행을 떠나려 하고 있습니다. 그들이 떠난 뒤에 들이치면 아마 단가표국은 한 시진도 버티지 못할 것입니다."

총관의 말대로였다. 한검형은 다급히 외쳤다.

"흑월단과 흑검단을 보내! 일단 두 세력의 발을 붙잡게 해! 단가표국은 내가 직접 흑철단을 끌고 가서 친다!"

총관이 고개를 숙인 후 서둘러 밖으로 나갔다.

"이놈들, 감히……. 이 대가는 반드시 치르게 될 거다. 으드득."

한검형은 스산한 눈으로 주먹을 꾹 말아 쥐었다.

단유강은 천천히 장원을 나섰다. 단유강이 나서는 모습을 보고 담교영이 금세 쪼르르 따라 붙었다. 그녀의 얼굴에는 어느새 면사가 드리워져 있었다.

담교영은 천망단의 장원 안에서는 예전과 마찬가지로 면사를 벗고 생활했다. 천망단에 찾아오는 사람도 거의 없었고, 천망단원들은 그녀의 얼굴을 보고도 삿된 마음을 품지 않는다는 걸 알기 때문이었다.

"대주님, 어디 가시는 거예요?"

담교영이 배시시 웃으며 묻자 단유강이 대수롭지 않다는

듯 대답했다.

"표국에."

"표국에는 왜요? 뭐 보내실 물건이라도 있으세요?"

단유강은 그저 웃기만 했다.

두 사람은 얼마 지나지 않아 표국에 도착했다. 담교영은 표국 정문에 걸린 현판을 보고는 말문이 막혔다.

단가표국.

"설마 이 표국, 대주님 건가요?"

"그런 대수롭지 않은 문제는 놔두고 일단 들어가는 게 어때?"

단유강의 말에 담교영이 황급히 고개를 끄덕이고는 표국 안으로 들어갔다. 표국 내에는 표사들이 긴장한 눈으로 도열해 있었다. 얼핏 보기에도 그 수가 상당히 많았다.

"꽤 큰 표국이네요. 표사도 굉장히 많고."

표사의 수만 놓고 따지면 어지간한 중소 문파보다 나아 보였다. 소문파의 경우 무사의 수가 스무 명 정도밖에 안 되는 곳도 종종 있었기에 그런 곳보다는 지금 이곳 단가표국이 훨씬 대단했다.

'표사들의 실력도 꽤 괜찮아 보이는데?'

표사들이 서 있는 자세나 눈빛만 봐도 상당한 수련을 거친 자들이 분명했다.

"그런데 왜 여기에 오신 거죠?"

단유강은 담교영의 물음에 대답하지 않고 도열한 표사들을 지나쳐 더욱 깊이 들어갔다.

표국의 내원으로 들어서자 기다렸다는 듯 몇몇 사람들이 다가왔다. 그중 한 명은 담교영도 익히 아는 사람이었다.

'하후량.'

하후량이 표두들을 이끌고 단유강을 맞이하기 위해 온 것이다.

"대주님, 오셨습니까."

단유강은 고개를 끄덕이며 표두들을 쭉 훑어봤다. 그리고는 이내 고개를 가볍게 끄덕였다.

"꽤 괜찮군. 네가 고생 좀 했겠는데?"

"아닙니다. 이들이 잘 따라와 주었기에 할 수 있었습니다."

"그래. 그건 그렇고, 설영이한테 말은 들었지?"

하후량의 표정이 대번에 굳었다. 그는 고개를 끄덕이며 번득이는 눈으로 단유강을 바라봤다.

"이곳에 들어오는 순간 아무도 살아 나갈 수 없을 것입니다."

하후량의 자신만만하면서도 섬뜩한 말에 담교영이 흠칫 놀랐다. 하지만 단유강은 만족스럽다는 듯 고개를 끄덕였다.

"좋아, 기대하지. 그리고 하나 잘못 알고 있는 게 있는데, 싸울 장소는 여기가 아니야."

하후량이 살짝 의아한 표정으로 바라보자 무영이 눈짓을 하고는 돌아서서 내원을 나갔다. 하후량과 표두들이 황급히 그 뒤를 따랐다. 담교영 역시 마찬가지였다.

단유강은 거침없이 표국을 벗어났다. 어느새 그의 뒤를 따르는 사람들의 수가 백 명에 이르렀다. 표국에는 두 명의 표두와 오십 명의 표사만 남아 있었다.

담교영은 단유강을 따라가며 곰곰이 지금 상황에 대해 파악해 봤다.

'그러니까 지금 누군가랑 싸우러 가는 거로구나.'

이렇게 많은 인원을 끌고 가는 걸 보면 상대도 상당한 수가 모여 있을 게 분명했다. 거의 문파 간의 전쟁과도 비슷한 싸움이 될 가능성이 컸다. 담교영은 갑자기 가슴이 두근거렸다.

그렇게 얼마나 이동했을까, 단유강은 미고현을 벗어난 뒤에도 반 시진이나 더 걸어가서야 멈췄다. 관도에서 조금 떨어진 곳이었는데, 근처에 나무가 많아 쉽게 사람을 발견할 수 없는 곳이었다.

담교영은 이것이 무엇을 의미하는지 대번에 알아차렸다.

"매복인가요?"

단유강이 기특하다는 듯 고개를 끄덕였다.

"잘 아네? 조금만 기다리면 올 거야."

"누가 온다는 거죠?"

"박살 내야 할 놈들."

단유강의 말에 담교영은 호기심이 더욱 깊어졌다. 하지만 걱정은 전혀 되지 않았다. 단유강과 함께 있으면 마음이 편했다.

"온다."

단유강의 말이 떨어지기 무섭게 따라온 표사들이 눈을 빛내며 손을 검에 살짝 올렸다. 언제라도 출수할 수 있도록 준비하는 것이다.

단유강은 하후량을 바라보며 물었다.

"누가 오는지는 알고 있지?"

"흑사방의 흑철단 백 명과 흑사방주가 온다고 했습니다."

흑철단은 백 명으로 이루어진 무사단이었다. 즉, 흑철단이 몽땅 몰려온다는 뜻이었다.

흑철단은 흑사방에서 정예만 모아서 만든 전투 부대로, 흑철단만으로 서창의 웬만한 문파는 다 막아낼 수 있다고 흑사방주가 자신할 정도였다.

담교영도 흑사방은 알고 있다. 그녀 역시 무가의 여식이었고, 무림의 유명한 문파들에 대해서는 대강이나마 알고 있었다. 그리고 그중 흑사방의 흑철단은 꽤 유명했다.

"흑철단이라고요?"

담교영이 살짝 놀라며 주위를 둘러봤다. 표사들의 수가 백 명이나 되고 표두도 다섯이나 있었지만 그들만으로 흑철단을 상대한다는 건 결코 쉽지 않아 보였다. 그녀의 시선이 이번에는 하후량에게로 향했다.

'이 사람도 천망단이지?'

하후량에 대해서 아는 거라곤 천망칠십오대의 대원이라는 것뿐이었다. 그리고 하후령이라는 쌍둥이 동생이 있다는 정도였다. 담교영이 단유강을 바라보며 말했다.

"대주님이 제일 힘드시겠네요."

단유강이 얼토당토않다는 듯한 표정으로 담교영을 바라봤다.

"나? 내가 왜?"

담교영이 당황했다.

"예? 그, 그야… 많은 적을 상대하셔야 할 테니까요."

단유강이 피식 웃었다.

"난 구경만 할 건데?"

"예?"

담교영이 더욱 당황했다. 그녀는 고개를 돌려 하후량을 바라봤다. 하후량은 굳은 표정으로 고개를 끄덕였다.

"대주님께서 나서실 필요도 없습니다. 저들조차 막지 못한다면 어찌 단가표국을 운영할 수 있겠습니까."

담교영은 입을 다물었다. 그리고 불안한 눈으로 멀리서 다가오는 먼지구름을 바라봤다. 이제야 흑철단의 모습이 보였다. 그들은 모두 경공을 펼치며 빠른 속도로 달려오고 있었다.

‘저들을 이 표사들이 상대한다고?’

담교영의 표정이 굳었다.

“자, 다들 준비 단단히 하라고.”

단유강은 마치 놀러가는 듯 느긋하게 말했다. 하지만 그 말을 들은 표사와 표두들은 한껏 긴장했다.

흑철단이 순식간에 가까워졌다. 그들은 경공 실력도 뛰어났다. 그들이 일행 앞을 지나는 순간, 하후량이 소리치며 뛰쳐나갔다.

“쳐라!”

하후량의 외침과 함께 표사와 표두들이 함성을 지르며 달려들었다.

“와아아!”

“쳐라!”

그들의 생각지 못한 기습에 흑철단과 흑사방주는 크게 당황했다. 설마 상대가 이렇게 나와서 기습을 하리라고는 생각도 못했기 때문이다.

‘우리가 단가표국을 치러 간다는 걸 어찌 알았단 말인가.’

흑사방은 정말로 다급히 준비해서 달려나왔다. 다른 문파들에게 뒤지지 않기 위해서였다. 한데 이렇게 길목을 막고 기다리고 있다니, 정보가 새도 너무 빨리 새지 않았는가.

“당황하지 마라!”

흑사방주는 그렇게 외치며 검을 뽑았다. 당황하지 말라고 외치긴 했지만 그 역시 당황했다. 그래서 자신이 매복의 기척을 전혀 느끼지 못했다는 것조차 전혀 생각지 못했다.

검을 뽑아 든 흑사방주는 자신을 향해 달려드는 사내의 검을 다급히 막았다.

쩡!

"크윽!"

흑사방주는 해연히 놀랐다. 상대의 검을 간신히 막긴 했지만 팔이 온통 저릿저릿했기 때문이다. 방금 일격에 실린 힘은 실로 어마어마했다. 흑사방주는 긴장한 눈으로 자신에게 달려든 사내를 바라봤다.

'단가표국에 저런 고수가 있었단 말인가? 설마 이번 일을 미리 파악하고 외부에서 고수를 영입한 건가? 하면 대체 누구인가? 저 사람은.'

하후량의 나이는 이제 스물여섯이다. 그렇게 젊은 사람이 이런 심후한 공력을 가지고 있다는 사실을 믿을 수 없었다.

"대체 귀하의 정체가 뭐요? 단가표국과 무슨 관계가 있는지 모르지만 돈을 받고 돕는 거라면 지금 물러나는 것이 좋을 거요. 결국 후회하게 될 테니까."

흑사방주 한검형의 말에 하후량이 코웃음을 쳤다.

"흥, 당신은 입으로 싸우나?"

하후량은 그 말과 동시에 달려들었다.

쉬익!

하후량의 검이 날카로운 기세를 뿌리며 한검형의 목으로 파고들었다. 한검형은 기겁하며 검을 휘둘러 그것을 쳐내려 했다. 하지만 그 순간 하후량의 검이 기이하게 비틀리며 한검형의 검을 빗겨 나갔다.

푸슉!

한검형은 불신 가득한 눈으로 하후량과 자신의 가슴을 꿰뚫은 검을 번갈아 바라봤다.

하후량은 발을 들어 한검형을 밀어냈다. 그리고 검을 가볍게 털자 검신에 묻어 있던 핏방울들이 쫘악 쏟아졌다.

"크윽, 이, 이렇게 허무하게……."

한검형은 그 말을 끝으로 서서히 정신이 흐려졌다. 희미해져 가는 시야에 치열한 접전을 펼치고 있는 흑철단의 무사들이 보였다.

'아, 안 돼……!'

한검형은 물러나라고 외치고 싶었지만 결국 그 말을 내뱉지 못하고 쓰러졌다.

담교영은 놀란 눈으로 눈앞에서 벌어지는 싸움을 지켜보다 하후량이 흑사방주를 쓰러뜨리는 모습을 보고는 고개를 돌려 단유강을 바라봤다. 단유강은 무심한 눈으로 그 광경을 보고 있었다.

"대체 왜 싸우는 거죠?"

단유강이 씨익 웃으며 고개를 돌렸다. 담교영은 단유강과 눈이 마주치자 흠칫 놀라 자신도 모르게 살짝 뒤로 물러났다.

"그 질문을 가장 먼저 했어야 하는 거 아냐?"

담교영이 아무런 말도 하지 않자 단유강이 어깨를 한 번 으쓱한 후 말을 이었다.

"별것 아냐. 저들이 적련의 사주를 받아서 우리를 치려고 했거든. 표국에서 싸우면 기물이 파손될 확률이 높으니 이쪽으로 온 거지. 그리고 기습의 묘도 살릴 겸, 겸사겸사."

"저, 적련이라고요?"

적련이라는 말에 담교영이 흠칫 놀랐다. 단유강이 자신에게 했던 말이 떠올랐다, 적련을 박살 내겠다는 말이.

"적련이 서창에 있는 모든 문파를 끌어들였어. 저들은 그중에 극히 일부일 뿐이고."

"그, 그럼 다른 문파들은 어디 있나요?"

단유강이 씨익 웃었다. 그 웃음은 한편으로는 짓궂었고, 다른 한편으로는 왠지 모르게 섬뜩했다.

"지금 자기들끼리 피 터지게 싸우고 있지."

흑사방 흑월단의 단주 황건석은 이를 악물고 검을 휘둘렀다.

채채채챙!

그가 상대하는 자들은 천도문과 천양파, 그리고 선기보의 무사들이었다. 그들 역시 정예들만 골라서 데려왔기 때문에 흑월단만으로는 결코 막을 수가 없었다.

황건석은 흑월단 무사들이 하나둘 쓰러지는 걸 보면서 시간을 가늠했다. 처음 방주로부터 받은 명령은 반 시진이었다. 반 시진이면 단가표국을 쓸어버리는 데 충분하다고 판단했다. 황건석 역시 같은 생각이었다.

"모두 물러나라!"

황건석은 그렇게 외치며 검을 크게 휘둘러 적들을 위협하고는 훌쩍 뒤로 물러났다. 세 문파의 무사들은 섣불리 쫓지 않고 상황을 지켜봤다. 그들 역시 피해가 만만치 않았기 때문이다.

천양파의 문주 종선강이 분노 섞인 목소리로 외쳤다.

"길을 막고 싸움을 걸 때는 언제고 이제 꼬리를 말고 도망가겠단 말이냐!"

황건석이 입가에 비웃음을 걸었다.

"그러니까 서로 힘을 낭비하지 말자고 하지 않았소?"

종선강이 외쳤다.

"더 듣고 싶지 않다! 뭣들 하는 거냐! 어서 저놈들을 치지 않고!"

종선강의 외침에 천양파 무사들이 우르르 몰려갔다. 하지만 황건석은 더 이상 싸울 생각이 없었다. 황건석은 살아남은 흑월단 무사들을 이끌고 황급히 도주를 시작했다.

종선강은 쫓아가라고 외치려다가 어느새 옆으로 다가온 천도문주 유태독이 말리자 입을 다물었다.

"지금은 이렇게 시간을 낭비할 때가 아니오. 아직 기회는 있소. 우리가 먼저 가서 표국을 접수하거나, 아니면 싸움이 끝난 흑사방 놈들을 쓸어버려야 하오."

유태독의 말에 종선강은 머릿속이 환해졌다. 그렇다. 굳이 표국을 칠 필요는 없었다. 표국을 치고 나온 흑사방 놈들을 박살 내고 나면 결과적으로 자신들이 표국을 정리한 셈이 아닌가.

"적련이 그 점을 물고 늘어지면 곤란하지 않겠소?"

"적련은 그런 부분에서는 상당히 관대한 편이오. 게다가 이번에 우리와 손을 잡으려는 적련의 오총관은 더더욱 그렇소. 그러니 어서 서두릅시다. 흑사방이 일을 끝내고 완전히 발을 빼면 우리는 손해밖에 남는 게 없소."

종선강은 그 말에 서둘러 움직였다.

아직 기회는 있었다.

"뭣들 하는 거냐! 어서 출발하지 않고!"

수백의 무사들이 지친 몸을 억지로 이끌며 경공을 펼쳤다. 방금 전의 치열한 싸움으로 몸이 축축 늘어졌지만 어쩔 수가 없었다. 지금부터는 시간과의 싸움이었다.

"피해는?"

“죽은 자는 없고, 경상 열둘에 중상 일곱입니다.”

하후량은 표두의 보고에 눈살을 찌푸렸다. 생각보다 피해가 큰 탓이었다. 하지만 아무런 피해도 입지 않고 흑사방의 흑철단을 물리칠 수는 없었다.

“부상자는 표국으로 돌려보내라.”

“예.”

표두가 고개를 숙여 대답한 후 서둘러 움직였다. 아직 오늘의 싸움은 시작일 뿐이었다. 앞으로 남은 싸움은 더 치열할 것이 분명했다.

하후량은 표사와 표두들이 바삐 움직이는 모습을 보며 조용히 몸속의 기운을 가다듬었다.

담교영은 이해할 수 없는 눈으로 단유강을 바라봤다.

“왜 대주님께서는 안 움직이시는 거죠? 대주님이 나섰다면 피해도 훨씬 적었을 텐데…….”

단유강은 자신만 안 움직인 게 아니라 담교영도 움직이지 못하게 했다. 담교영은 그것이 못내 불만이었다.

“이건 표국이 알아서 해결해야 할 문제야. 앞으로도 계속 표국으로서 살아남으려면 반드시 거쳐야 하는 일이기도 하고.”

담교영은 여전히 이해할 수가 없었다.

“내가 없어도 이런 상황 정도는 충분히 헤쳐 나갈 수 있어야 한다는 뜻이야."

그 말에 담교영은 왠지 불안해졌다. 단유강이 사라지겠다는 말로 들렸기 때문이다. 단유강은 불안한 표정의 담교영을 바라보며 빙긋 웃었다.

"왜? 나 혼자 훌쩍 사라질까 봐 걱정돼?"

담교영이 새빨개진 얼굴로 고개를 돌렸다. 지금은 차마 단유강을 바라볼 수가 없었다.

"걱정하지 마. 그런 일은 없을 테니까. 아마 사라지더라도……."

담교영이 다시 슬며시 고개를 돌렸다. 단유강은 그녀를 바라보며 부드럽게 미소 지었다.

"함께일 테니까."

담교영의 얼굴이 더욱 새빨개졌다. 단유강이 그 모습을 보며 유쾌하게 웃었다.

"하하하하핫!"

두 무리의 무사들이 몰려와 조금 전 흑철단과 단가표국이 싸웠던 자리에서 멈춰 섰다. 그들은 서로 눈치를 살폈다. 시간은 없는데 이대로 갈 수도 없는 상황이었다. 처음부터 힘을 합했으면 모를까 지금에 와서는 손을 잡을 수도 없었다.

결국 그들은 싸우기 시작했다. 상황을 대충 이해했기 때문이다. 흑사방은 전력을 셋으로 나눴다. 그중 두 무리를 그들

이 각각 물리쳤고, 남은 한 무리가 표국으로 향했다는 사실을
유추했다.

여기서 빨리 결판을 내면 표국을 박살 내고 돌아오는 흑사
방을 맞아 싸울 수 있을 거라 판단했다.

그렇게 서로 치열하게 얽히고 있을 때, 단가표국이 그들에
게 달려들었다. 가장 앞에서 달려나간 사람은 당연히 하후량
이었다.

단유강은 세 무리가 난마처럼 얽혀 치열하게 싸우는 모습
을 가만히 바라보다가 고개를 끄덕이고는 몸을 돌렸다.

"더 안 보세요?"

"됐어. 량이 잘하고 있으니까."

하후량은 싸움터를 완전히 지배하고 있었다. 담교영의 눈
에는 그것이 보이지 않았지만 단유강은 대번에 그것을 파악
했다. 이 싸움은 끝나고 나면 단가표국의 표사들만 서 있게
될 것이다.

"어디 가세요?"

담교영이 단유강의 옆에 바짝 붙었다.

"돌아가야지. 무군이가 잘하고 있나 봐야 하니까. 뭐, 설영
이가 함께 있으니 걱정은 안 되지만."

단유강은 말과는 다르게 발걸음을 서둘렀다. 담교영이 조
용히 웃으며 그 뒤를 따랐다.

　적련의 오총관은 단가주루 삼층 창가에 앉아 조용히 술잔을 기울이며 창밖을 내다봤다. 미고현의 활기찬 모습이 한눈에 들어왔다.

　"생각대로 되는 일이 하나도 없군."

　서창의 문파들을 움직여 단가표국을 치게 했으니 그나마 위안이 되었다. 지금 그의 명을 받은 자들이 은밀히 서창의 문파들과 단가표국을 감시하고 있었다. 단유강 뒤에 도사린 세력이 어떤 식으로든 움직인다면 즉시 자신에게 그 소식을 알리도록 되어 있었다.

　오총관은 술은 한 잔 더 마신 후 다시 창밖을 내다봤다. 미고현의 상계를 흔들기 위해 갖은 방법을 다 써봤지만, 생각보다 비집고 들어갈 틈이 없었다. 미고현의 상계는 마치 한 사람이 장악해서 일제히 움직이는 듯한 느낌이었다.

　'아니, 어쩌면 정말로 그럴지도 모르지.'

　미고현에 유난히 많은 단가라는 상호가 그것을 증명한다. 오총관의 이마에 주름이 잔뜩 잡혔다. 자신이 동원할 수 있는 모든 사람을 다 동원했는데도 제대로 된 정보를 얻어낼 수 없었다. 이는 단유강이 가지고 있다는 정보 조직의 힘이 그만큼 대단하다는 의미였다.

　"내가 이런 곳에서 발목이 잡힐 줄이야."

　오총관은 그렇게 중얼거리며 앞으로의 계획을 구상했다.

돈으로 상계를 뒤흔드는 방법은 쉽지 않을 듯하니, 이젠 좀 더 지저분한 방법을 쓸 수밖에 없었다. 그리고 그런 방법이 오총관에게는 오히려 더 친숙했다.

"돈줄이 마르면 어떻게든 배후를 드러내겠지."

오총관은 그렇게 중얼거리며 자리에서 일어났다. 이제부터 본격적으로 움직여야 할 시간이었다.

第八章
조용한 격돌

태룡전

태룡전 龍濤

험상궂은 사내 다섯이 단가주루 안으로 성큼성큼 걸어 들어갔다. 그들은 안에 들어서자마자 살기가 번들거리는 눈으로 사방을 쓸어보며 공포 분위기를 조성했다. 그리고는 가운데 탁자에 털썩 주저앉아 점소이를 불렀다.

"어이! 빨리 주문 안 받고 뭐 해!"

사내의 외침에 점소이가 쪼르르 달려갔다. 점소이의 눈에 잠시 의아한 기색이 스쳤다. 미고현에서 이런 자들은 사라진 지 오래였다. 아니, 있긴 했지만 결코 이렇게 대놓고 행패를 부리지 않았다.

"예, 예. 갑니다요!"

점소이가 다가가자 사내들 중 한 명이 냅다 발을 뻗었다.

퍼억!

쿠당탕!

"아이쿠야!"

점소이는 과장되게 바닥을 굴렀다. 하지만 교묘하게 탁자와 탁자 사이로 굴러 기물은 아무것도 건드리지 않았다.

"아이고, 나 죽네!"

점소이가 발에 맞은 가슴 부위를 움켜쥐고 바닥을 뒹굴며 소리치자, 사내들이 득의한 표정으로 주위를 둘러봤다. 이쯤 소란을 피웠으면 눈치가 빠른 사람들은 알아서 밖으로 나가기 마련이다. 한데 이곳에 있는 손님들은 아무도 일어서지 않았다.

발길질을 했던 사내의 눈썹이 몇 차례 꿈틀거렸다. 이런 일을 몇 번이나 해왔지만 이런 경우는 처음이었다.

"이런 육시랄 놈들을 봤나."

사내의 입에서 험악한 말이 튀어 나왔다. 사내는 번득이는 눈으로 사방을 둘러보며 소리쳤다.

"다들 안 나가고 뭐 해!"

사내의 외침에도 손님들은 서로의 눈치만 살필 뿐, 아무도 나가지 않았다. 몇몇은 노골적으로 호기심을 담아 사내들을 살펴보고 있었다.

"이놈들이!"

사내가 광분해서 날뛰려는 찰나, 주루 안쪽에서 세 명의 남자가 등장했다.

"뭐 하는 놈들이냐?"

막 날뛰려던 사내가 그들을 보며 눈을 빛냈다. 이제야 제대로 된 놈들이 나온 것이다. 이런 곳에는 대부분 뒤를 봐주는 암흑가 놈들이 있기 마련이다.

"그건 알아서 뭐 하게?"

"시비를 걸 생각이로군."

새로 등장한 사람들은 주위를 둘러봤다. 손님들이 호기심 가득한 눈으로 지켜보고 있었다. 이런 일이 처음 있는 것은 아니었다. 외지에서 미고현으로 비집고 들어오려는 파락호들은 대부분 이런 식으로 자신들의 실력이나 성질을 드러냈다.

일촉즉발의 상황, 긴장감이 한껏 높아지려고 할 때 갑자기 점소이가 두 무리 사이를 막아섰다.

"잠시만 기다려 주십쇼!"

점소이의 난데없는 등장에 두 무리 모두 흠칫 놀랐다. 하지만 주루 쪽의 사내들은 금세 수긍하고 뒤로 물러났다. 반면 작정을 하고 여기까지 온 사내들은 그 말을 곧이곧대로 들어줄 생각이 전혀 없었다.

"치워 버려!"

그 말과 동시에 다섯 사내가 동시에 몸을 날렸다. 한 명은 점소이를 향해 주먹을 날렸고, 나머지 넷은 점소이 뒤에 있는 세 남자를 향해 달려들었다.

하지만 그들은 한 명도 자신이 목적했던 바를 이룰 수 없었다.

쿠당탕탕!

"커억!"

"크악!"

그들은 바닥을 뒹굴면서 믿을 수 없다는 듯 점소이를 바라봤다.

"꼭 이렇게 말을 안 듣는 놈들이 있다니까. 쯧쯧."

점소이가 혀를 차자 사내들의 눈에 독기가 어렸다.

"죽여주마."

사내들이 벌떡 일었다. 그들의 눈빛이 흉흉해졌고, 어느새 그들의 손에는 날카로운 소검(小劍)이 들려 있었다. 검날의 길이가 어른 팔뚝만 했는데, 어찌나 날카로운지 보기만 해도 섬뜩할 지경이었다.

사내들의 몸과 손이 신속하게 움직였다. 그들은 살수를 방불케 하는 움직임으로 점소이를 공격했다. 이미 점소이의 실력을 겪어봐서 알기에 가장 강력한 수를 쓴 것이다.

쉬쉬쉬쉭!

바람이 갈라지는 소리가 주루에 울려 퍼졌다. 사내들의 검이 점소이를 조각 냈다. 적어도 주루 안에 있는 모든 사람의 눈에는 그렇게 보였다. 하지만 검을 휘두른 다섯 사내의 눈빛에는 절망감이 어렸다.

'손맛이 없다.'

분명히 점소이를 갈랐는데 손에 아무런 느낌도 없었다. 마치 환영을 벤 것 같았다. 그리고 검에 의해 갈라진 점소이의 신형이 안개처럼 흩어졌다.

"허억! 이, 이형환위(移形換位)!"

누군가의 입에서 경악에 찬 외침이 터져 나왔다. 그리고 그 순간, 다섯 사내의 몸이 그대로 무너졌다.

비명도 소음도 없었다. 점소이는 그렇게 무너져 내린 사내들 사이에 서 있었다.

"별것도 아닌 놈들이 까불고 있어."

점소이가 손을 탁탁 털자 그때까지 멍하니 서서 구경하던 세 사내가 다급히 다가와 허리를 꾸벅 숙였다.

"고생하셨습니다."

"암, 고생했지. 팔자에 없는 점소이 노릇 하느라 고생했고, 살수들 검 피하느라 고생했고, 그놈들 제압하느라 또 고생했지."

점소이는 그렇게 말하며 손으로 얼굴 가죽을 죽 잡아 뜯었다. 그 아래에서 등장한 얼굴은 다름 아닌 제갈무군이었다. 제갈무군은 씨익 웃으며 세 사내를 바라봤다.

"한데 그런 얘기는 술이라도 한잔 따라 주면서 해야 하는 거 아닌가?"

사내들이 다급히 외쳤다.

"모, 모시겠습니다! 저를 따라오십시오! 화월루에 미리 자리를 만들어뒀습니다!"

"크흠, 뭐, 이러면 안 되지만 성의를 생각해서 그럼 딱 한 잔만 마셔볼까?"

제갈무군은 사내들의 뒤를 따라 단가주루를 나섰다. 그리고 그 앞에서 그가 나오기만을 기다리고 있던 백설영을 만났다.

제갈무군의 표정이 그대로 굳었다.

"아직 처리해야 할 곳이 세 군데나 남았어. 기루는 그다음에 가든지, 말든지."

백설영은 그 말을 남기고 그대로 몸을 돌렸다. 북해의 한풍이 제갈무군을 향해 휘몰아쳤다.

"이런 젠장, 가지 말라는 말보다 더 무섭잖아."

제갈무군이 투덜대자 옆에 서 있던 세 사내가 조심스럽게 물었다.

"저… 기루는……."

제갈무군의 얼굴이 그대로 일그러지더니 두 손으로 머리를 벅벅 긁었다.

"아우, 정말 미치겠네!"

제갈무군은 한동안 거기 서서 두 손으로 머리를 쥐어뜯으며 몸부림치다가 다음 장소로 이동했다.

　힘없이.

　"음, 역시 설영이야. 아주 제대로 했구나."
　"과찬이십니다."
　단유강은 고개를 살짝 숙이는 백설영을 바라보며 빙긋 웃
었다. 이제 제대로 전초전을 치렀다. 적련의 오총관이 할 만
한 일은 미리 다 차단했다. 암흑가를 통해 수작을 부리려 한
다는 건 처음부터 예상했던 일이었다. 적련의 오총관이 어떤
인물인지 벌써 월영단에서 조사가 끝난 것이다.
　"손을 잘랐으니, 발도 자르고 눈도 파내야지. 귓구멍도 막
아버리고 말이야."
　단유강은 섬뜩한 말을 아무렇지도 않게 하고는 휘적휘적
걸어갔다. 백설영과 담교영이 그 뒤를 따랐다.
　"어디로 가시는 거죠?"
　담교영이 호기심 가득한 눈으로 물었다. 단유강은 지금 작
정하고 움직이는 중이었다. 드디어 적련을 향해 칼을 빼 든
것이다. 그 싸움이 얼마나 치열할지는 그녀도 충분히 알 수
있었다.
　"고작 서창의 문파들을 정리하고 오총관이 부리는 암흑가
의 인물들과 살수들을 정리했다고 적련에 무슨 타격이 가겠
어? 안 그래?"

단유강의 말에 담교영은 고개를 끄덕였다. 당연하다. 그것은 적련에 아무런 피해가 가지 않는다. 적련에 피해를 주려면 그들이 거느린 상단에 타격을 가하는 수밖에 없다. 하지만 그건 정말로 힘든 일이었다.

"그래서 어디로 가시는 건데요?"

담교영이 다시 묻자 단유강이 걸음을 멈추고는 한쪽을 손가락으로 가리켰다. 담교영이 그쪽을 바라보니 그곳에는 작은 주루가 하나 있었다.

"저 주루에 가시는 건가요?"

단유강은 고개를 끄덕인 후 다시 걸음을 옮겼다.

주루는 정말로 작았다. 안에는 탁자 세 개가 거의 붙어 있다시피 할 정도였다. 하지만 그 탁자는 다들 꽉 차 있었다.

점소이가 단유강 일행을 발견하고는 급히 달려와 허리를 굽실거렸다.

"죄송합니다요. 보시다시피 지금 자리가 없어서……."

점소이의 말에 단유강이 씨익 웃으며 그를 바라봤다.

"나 알지?"

단유강의 말에 점소이가 머뭇거렸다. 하지만 이내 억지로 웃으며 고개를 천천히 끄덕였다. 그의 눈빛 깊은 곳에서 불안감이 일렁였다.

"그, 그야… 천망단의 대주님 아니십니까?"

단유강이 빙긋 웃었다.

“내가 여기에는 왜 왔을 거 같아?”

“그, 그야 술을…….”

점소이는 그렇게 대답하며 말을 얼버무렸다. 점소이의 눈
동자가 이리저리 굴러갔다. 그의 눈에 단유강 뒤에 서 있는
두 명의 여인이 들어왔다.

“너 여기서 일한 지 얼마나 됐지?”

“올해로 삼 년째입니다요.”

점소이는 즉시 대답했다. 하지만 그 순간 단유강의 입가에
번지는 차가운 웃음을 보고는 급히 입을 다물었다.

“삼 년이나 주루의 점소이로 일했으면서 내가 이런 곳에서
는 술을 마시지 않고 그냥 사 가기만 한다는 걸 아직도 모르
네?”

점소이의 얼굴이 핼쑥해졌다. 점소이는 뭔가 급히 변명을
하려 했다. 하지만 단유강의 손이 더욱 빨랐다.

“커억!”

점소이는 화등잔만 해진 눈으로 자신의 목을 움켜쥔 단유
강을 바라봤다.

“사람 뒤를 캐려면 기본적인 건 알아왔어야지.”

단유강은 그렇게 말하며 주루 내부를 이리저리 둘러봤다.

“꽤 공은 들였네. 술집도 열고. 돈 좀 들었겠어.”

“커억, 그, 그게 아니… 큭!”

점소이는 그게 아니라고 말하려다가 숨을 들이켰다. 더 이

상 말을 이을 수 없었다. 목을 통해 전해져 오는 고통이 너무 심했기 때문이다.

단유강은 점소이를 안쪽으로 휙 던졌다.

콰장창!

탁자 두 개를 완전히 박살 내며 점소이가 바닥을 뒹굴었다. 그러자 탁자에 앉아 있던 사람들이 황급히 일어났다.

단유강은 그들을 바라보며 고개를 휘휘 저었다.

"연극은 더 이상 할 필요 없어. 적련에서 나온 쥐새끼들이라는 거 다 알고 왔으니까."

단유강의 말이 떨어지기가 무섭게 그들이 사방으로 흩어졌다. 주루에는 입구가 하나만 있는 게 아니었다. 네 개나 되는 입구를 만들어뒀다. 그들 중 한 명만 살아남아도 성공이었다.

"쯧쯧."

단유강은 사방으로 도망가는 적련의 정보원들을 보며 나직이 혀를 찼다. 그리고 그 순간 단유강의 신형이 그대로 사라졌다.

퍼버버벅!

수많은 격타음이 울렸다. 그리고 밖으로 나가려던 자들이 몽땅 다시 주루 안으로 들어왔다. 물론 허공을 붕 날아서 말이다.

콰당탕탕!

어디를 어떻게 맞았는지, 그들은 아무도 다시 일어나지 못하고 바닥에 누워 고통을 호소했다.

점소이는 그 광경을 지켜보며 조심스럽게 몸을 꿈틀거렸다. 정말로 믿기 어려운 광경이었다. 자신 역시 운신이 어려웠다.

비록 정보원으로 훈련을 받았기에 내공이 깊은 것도 아니고 무공도 별로였지만 경공 하나만큼은 정말 제대로 익힌 자들이었다. 한데 그런 자들이 사방으로 흩어졌는데도 아무도 도망가지 못했다.

'게다가 저자의 움직임……'

단유강의 움직임을 전혀 보지 못했다. 정보원의 수련 중 가장 중요한 부분 중 하나가 바로 안법이다. 제대로 볼 수 없으면 정확한 정보를 얻어낼 수 없기 때문이다. 한데 그런 안법을 수련한 자신조차도 단유강의 움직임을 아예 보지 못했다.

"자자, 도망갈 생각은 아예 버리도록."

단유강은 그렇게 말하고는 점소이를 바라보며 씨익 웃었다. 점소이는 그 웃음이 어찌나 섬뜩한지 몸을 부르르 떨었다.

"이번엔 저기로 가지."

단유강은 백설영과 담교영을 이끌고 미고현 구석구석을 돌아다녔다. 그리고 한 번 움직일 때마다 어김없이 몇 명의 사람을 잡아들였다. 그렇게 잡은 자들을 몽땅 천망단의 장원으로 압송했다.

담교영은 신기한 눈으로 단유강을 바라봤다. 정말로 대단했다. 벌써 여섯 번이나 적련의 끄나풀들을 잡아냈다. 단 한 번도 실패가 없었다. 단유강이 지목하는 자들은 어김없이 적련의 정보원들이었다.

"설영 언니가 조사한 거예요?"

담교영은 옆에서 묵묵히 걷고 있는 백설영에게 속삭이듯 물었다. 백설영의 능력은 몇 번이나 옆에서 지켜봤기에 잘 알고 있었다. 그녀라면 이런 게 가능하리란 생각이 들었다.

하지만 백설영은 조용히 고개를 저을 뿐이었다.

"아니라고요? 그러면 대주님이 대체 어떻게……."

담교영의 눈이 놀람으로 커졌다. 그리고 다시 단유강을 바라봤다. 만일 백설영의 말대로라면 단유강은 백설영에게조차 알려주지 않은 또 다른 정보 조직을 가지고 있는 게 분명하다.

"영 매가 생각하는 그런 게 아니야."

백설영의 말에 담교영이 그게 무슨 말이냐는 듯 그녀를 바라봤다. 존경심이 물씬 묻어나는 백설영의 눈빛이 단유강에게 향했다.

"우리가 가진 상식으로 판단할 수 있는 분이 아니야."

백설영의 말에 담교영은 고개를 절레절레 저었다. 그녀는 지금 이 상황 자체를 이해할 수 없었다.

그러는 사이 그들은 어느새 단유강이 손가락으로 가리킨 곳에 도착했다. 그곳은 으슥한 골목이었다. 골목 안에는 아무도 없었다.

"아무도 없는 거 같은데요?"

담교영의 말에 단유강이 빙긋 웃으며 골목 안으로 성큼 들어갔다. 그리고 그 순간 골목에 드리운 그림자 안에서 두 자루 검이 솟아 나왔다.

쐐애애액!

단유강은 한 걸음 더 걷는 것으로 간단히 검을 피했다. 그리고 다시 뒤로 한 발 움직여 막 다시 회수되는 검을 발로 꾹 밟았다.

"생각보다 날카로운데? 적련이 심혈을 기울여 키운 자객다워."

단유강은 그렇게 말하며 양쪽을 번갈아 쳐다봤다. 검은 옷과 검은 복면으로 온몸을 가린 두 사람의 눈동자가 급격히 흔들렸다.

퍼벅!

단유강은 가볍게 손을 놀려 두 사람을 기절시켰다.

"얘들도 보내."

단유강은 그렇게 말하고 계속 골목 안으로 들어갔다. 그리고 골목이 끝날 때까지 모두 세 번의 기습을 더 받았다. 처음에는 벽에서 튀어나왔고, 그다음에는 다시 그림자 안에서 튀어나왔다. 그리고 마지막에는 땅속에서 검이 불쑥 솟아 나왔다.

당연한 얘기지만 단유강은 조금도 피해를 입지 않고 그들을 모두 제압했다. 그들은 다른 자들과 마찬가지로 모두 천망단의 장원으로 보내졌다.

골목을 완전히 통과한 단유강이 상쾌한 표정을 지었다.

"이제 굵직굵직한 놈들은 다 잡아들였군."

백설영이 급히 따라붙었다. 그녀의 눈에는 감탄이 어렸다. 단유강이 잡아들인 자들 중 다섯은 아직 백설영도 미처 파악하지 못한 자들이었다. 그중 하나가 이 골목 안에 있었다. 땅에 숨어 있던 자였다.

"아직 잡아들이지 않은 적련의 정보원들이 수십 명이나 남아 있습니다."

백설영은 이번 기회에 적련의 정보원을 완전히 뿌리 뽑고자 했다. 그래야 향후 싸움이 더 편해지지 않겠는가. 하지만 단유강은 고개를 저었다.

"굳이 그럴 필요 없어."

"하지만……."

"남은 놈들은 다 별 볼일 없는 놈들 아닌가?"

"그건 그렇습니다."

잡아들이지 않은 자들은 적련의 오총관이 최근 밀어 넣은 자들이었다. 당연히 제대로 훈련이 되지 않은 어중이떠중이가 많았고, 상대적으로 감시하기에도 편했다.

"하지만 그들을 꾸준히 감시하기 위해서는 많은 인원을 낭비해야 합니다."

"그게 왜 낭비야? 투자지."

백설영이 의아한 눈으로 단유강을 바라봤다. 단유강은 걸음을 옮기며 말을 이었다.

"그놈들을 유지하려면 적련에서도 꽤 많은 돈이 들어가지 않겠어? 그 돈이 다 미고현에 풀릴 거고."

그건 그렇다. 하지만 고작 그걸 바라고 그들을 남겨두기에는 너무 부담스러웠다. 그것이 백설영의 판단이었다.

"그리고 그 정도 놈들이라면 우리가 정보를 통제할 수도 있지 않겠어?"

그제야 백설영은 감탄스런 표정으로 단유강을 바라봤다. 그리고 크게 고개를 끄덕였다. 정보를 통제할 수 있다면 역정보를 흘리는 것도 가능해진다. 물론 그들이 정보를 얻어내는 과정을 완전히 꿰고 있어야만 할 수 있는 일이었다.

"그들이라면 충분히 가능합니다."

"설영이라면 할 수 있을 줄 알았어."

단유강은 만족스런 표정을 지었다. 그 때문에 굳이 이렇게 나서서 적련의 정보원들을 잡아들인 것이다. 정보를 완전히 통제하기 위해서 말이다.

"자, 대충 눈과 귀를 제거했으니 이제 발도 손을 좀 봐야 하는데 말이야."

단유강은 그렇게 중얼거리며 의미심장한 미소를 지었다. 담교영은 그 미소를 바라보며 과연 어떤 일이 또 벌어질까 호기심 가득한 눈을 빛냈다.

적련의 오총관은 크게 당황했다. 그에게 나타난 자는 적련의 정보원이긴 했지만 그가 최근에 거둬들여 미고현에 풀어놓은 자들 중 한 명이었다. 즉, 이렇게 나설 수 없는 자였다.

"내 앞에 함부로 나타나선 안 된다는 걸 잊었느냐?"

오총관이 눈을 부라리며 말하자, 정보원이 고개를 조아렸다.

"알고 있습니다. 하지만 화급을 다투는 보고가 있는지라……."

"그걸 왜 네가 하느냔 말이다."

"보고를 할 만한 사람이 저밖에 남아 있지 않았습니다."

그 말에 오총관의 얼굴이 그대로 굳었다.

"그게 무슨 말이냐? 너밖에 남지 않았다니!"

"어제 제 윗분들은 모두 잡혀갔습니다."

"잡혀가? 감히 누가 적련의 사람들을 잡아간단 말이냐."

"천망단입니다."

천망단이라는 말에 오총관의 얼굴이 일그러졌다. 대충 상황이 짐작되었다. 하지만 완전히 이해할 수는 없었다. 그들이 대체 자신의 정보원을 어떻게 알고 잡아갔단 말인가.

"의심스러운 놈들은 모조리 잡아들이더냐?"

"그건 저도 확실히 모르겠습니다. 하지만 제 위로는 아무도 남지 않았습니다."

"감히 그놈들이……."

오총관의 눈빛이 스산해졌다. 살짝 살기까지 감돌았다. 그 정보원들을 키우기 위해 얼마나 많은 돈과 세월이 들어갔는데, 이렇게 잃어버릴 수는 없었다.

"알았다. 앞으로 당분간 네가 상황을 보고하도록 해라."

"명을 받듭니다."

정보원은 기분 좋은 얼굴로 고개를 조아린 후 물러갔다. 대번에 높은 자리로 승진을 한 셈이니 어찌 좋지 않겠는가.

오총관은 그 모습을 보며 눈살을 찌푸렸다.

"우리 정보원을 몽땅 잡아냈다고? 그게 가능한 일인가? 내부에 배신자가 있지 않고서야……."

상식적으로 생각해도 말이 되지 않는 일이었다. 정보원들은 대부분 보통 사람처럼 하고 다닌다. 특별한 무공을 익히지 않은 정보원도 상당수다.

오총관은 잠시 고민했다. 잡힌 정보원의 처리가 문제였다. 가장 좋은 건 그들을 고스란히 빼내는 것인데, 지금 상황으로는 거의 불가능했다.

"아니지. 불가능하진 않지."

오총관의 뇌리에 몇 가지 방법이 떠올랐다. 오총관은 그중 가장 마음에 드는 방법을 골랐다. 그리고 그 방법을 쓰기 위해 전서구를 찾았다.

달조차 자취를 감춘 칠흑같이 어두운 밤, 천망단 장원의 담장을 넘는 사람이 있었다. 그는 은밀한 움직임으로 담장을 넘어 장원 안으로 미끄러지듯 스며들었다.

그 사람은 새까만 옷에 새까만 복면을 썼기에 밤과 동화되어 자세히 살피지 않는 한 아예 보이지도 않았다. 그는 장원 곳곳을 돌아다니며 뭔가를 찾았다.

'이상하군.'

사내는 의아한 표정을 지었다. 오늘 이곳으로 잡혀 들어온 적련의 정보원들이 무려 마흔 명이었다. 그리고 자객은 열다섯이나 된다. 그 수를 합하면 쉰다섯이다. 그렇게 많은 사람을 잡아왔는데 그들의 그림자조차 발견할 수 없었으니 너무나 이상했다.

장원은 비록 조금 넓은 편이긴 했지만 누군가를 숨길 공간이 있어 보이진 않았다.

'지하를 팠나?'

남은 가능성은 그것뿐이었다. 장원에 있는 전각 어딘가에 지하로 통하는 길이 있고, 지하 깊은 곳에 그들을 가뒀다면 이 모든 상황이 이해가 된다.

사내는 조용히 움직여 가장 가까운 건물로 들어갔다. 그리고 그 안을 꼼꼼히 살폈다. 잠을 자고 있는 사람이 보였지만 전혀 신경 쓰지 않았다. 아무리 예민한 사람이라도 자신의 기척을 느낄 수는 없다고 믿었다.

'이곳에는 없군.'

사내는 다시 밖으로 나가 다른 건물로 들어갔다. 그렇게 모든 건물을 확인했지만 아무것도 찾아낼 수 없었다. 사내의 표정이 혼란스러워졌다.

'대체 어디로 갔단 말인가.'

아직도 적련의 정보원들은 많이 남아 있다. 잡혀 들어온 수보다 훨씬 많은 자들이 천망단의 장원을 감시하고 있었다. 그들의 보고에 의하면, 적련의 정보원들이 장원 안으로 들어간 이후 아무도 다시 나오지 않았다고 했다.

'즉, 이 안 어딘가에 있다는 뜻인데…….'

사내는 곤혹스런 표정으로 다시 한 번 장원을 샅샅이 뒤졌다. 하지만 마찬가지였다. 그렇게 몇 번이나 장원을 살피다 보니 어느새 밤이 물러가려 하고 있었다. 사내는 고개를 저었다.

'어쩔 수 없지. 오늘은 이만 물러가는 수밖에.'

돌아가면 오총관에게 말해 더 정확한 정보를 요구할 생각이었다. 아무리 생각해도 지금 미고현에 있는 적련의 정보원들은 너무 애송이였다. 분명히 뭔가 놓친 부분이 있을 거라 생각했다.

사내가 그렇게 막 다시 담장을 넘으려 할 때, 뒤에서 목소리가 들려왔다.

"어딜 그리 급하게 가시나?"

사내는 흠칫 놀랐지만 여기서 머뭇거려선 절대로 안 된다는 사실을 잘 알고 있었다. 사내가 훌쩍 몸을 날렸다. 일단 담장을 넘어가면 절대 자신을 찾지 못할 것이라 자신했다.

"커억!"

사내의 눈이 부릅떠졌다. 몸을 날린 순간 목에서 극심한 통증이 일었다. 뒤에서 목을 움켜쥔 것이다. 사내는 즉시 뒷발을 올려 찼다. 제대로 들어가면 남자의 급소를 박살 낼 수 있었다.

"이놈 봐라?"

실로 소름 끼치는 음성이었다. 사내의 뒷발은 허공을 휘저었고, 목을 타고 몸 내부로 격렬한 통증이 흘러들어 왔다.

"크어억!"

비명을 지르기 싫은데 저절로 비명이 흘러나왔다. 그만큼 고통스러웠다. 지금까지 이런 고통을 받아본 적은 처음이었다. 그 어떤 고문에도 굴하지 않을 자신이 있었는데, 이 고통만큼은 절대 참을 수 없었다.

"적련에서 이제야 그럭저럭 쓸 만한 놈을 보냈군. 돈 좀 들었겠는데?"

사내를 잡은 사람은 단유강이었다. 단유강은 손목을 돌려 사내의 얼굴이 자신을 마주 볼 수 있도록 해주었다.

"다들 어디로 갔는지 궁금하지?"

단유강이 씨익 웃으며 묻자 사내의 눈에 공포가 어렸다. 그는 이런 공포를 느껴본 적도 맹세코 처음이었다.

"이제 곧 알게 될 거야."

단유강은 그렇게 말하고는 사내의 목을 쥔 채로 장원 안쪽으로 들어갔다. 단유강이 향하는 곳은 연무장 옆에 있는 작은 공터였다.

"웃차."

단유강이 그 공터를 향해 사내를 휙 던졌다. 사내는 몸을 회전시켜 중심을 잡았다. 그리고 가볍게 공터에 내려섰다.

"……!"

순간 사내의 눈이 화둥잔만 해졌다. 분명히 천망단의 장원이었는데, 풍경이 달라졌다. 게다가 분명히 밤이었는데 어느새 낮이 되어 있었다. 사방은 온통 모래뿐인 사막이었다. 뜨거운 열기가 느껴졌다.

"이, 이런 말도 안 되는……!"

믿을 수가 없었다. 이건 분명히 진이었다. 고작 천망단의 장원에 대체 어떻게 진이 설치되어 있단 말인가!

사내는 주위를 둘러보며 조심스럽게 걸음을 옮겼다. 어떻게든 진을 빠져나가야 했다. 사내는 걸음을 옮기며 있는 대로 기감을 확장했다. 일단 기의 흐름을 파악하면 어떻게든 진을 벗어날 수 있을 것이다. 자신은 적련이 막대한 돈과 시간을 들여 키워낸 최고의 요원이었으니.

“쯧쯧, 쓸데없이 힘 빼고 있군. 뭐, 어떻게 하든 자유지만.”
단유강은 그렇게 중얼거리며 돌아섰다. 이제는 진짜로 자야 할 시간이 되었다.
“그나저나 오총관은 언제 잡는 게 제일 좋으려나…….”
단유강은 씨익 웃으며 하늘을 올려다봤다. 수많은 별들이 쏟아져 내릴 것만 같았다.
“좋은 밤이로구나.”

오총관은 믿을 수가 없었다. 아니, 두려웠다. 그가 보낸 특급 요원만 벌써 셋이었다. 셋 모두 행방이 묘연했다. 아니, 천망단에 잡혀 있는 게 확실했다.
“끄응, 일이 이렇게 꼬일 줄이야.”
오총관은 벌써 적련에 막대한 피해를 입혔다. 정보원들을 모두 잃은 건 정말로 큰 타격이었다. 게다가 멍청하게도 정보원을 한 번 보충했다가 또 몽땅 잃었다. 그렇게 잃은 일급 정보요원만 벌써 예순 명에 달했다.
상단을 이끌어가기 위해선 정보가 생명이다. 적련에서는 수많은 정보 요원을 길러내 상단의 방향을 결정한다. 그것은 막대한 이득을 지속적으로 남겨주었다.

한데 그렇게 중요한 정보 요원을 예순 명이나 날려 버렸다. 게다가 특급 정보 요원까지 셋이나 잃었으니 그 책임은 실로 무거웠다.

'이대로는 총관 자리를 지킬 수 없다.'

오총관의 뇌리에 위기감이 감돌았다. 조금 더 일찍 깨달았어야 했다, 이곳에 있는 천망단은 상당히 위험하다는 사실을. 그랬다면 결과가 지금과는 많이 달라졌을 것이다.

'방법이 없구나. 뾰족한 방법이 없어. 대체 이 일을 어찌한단 말인가.'

오총관은 고민하고 또 고민했다. 단번에 이 사태를 해결하지 못하면 정말로 자신은 끝장이었다. 총관의 자리에서 물러나는 걸로 끝나지는 않을 것이다, 아마 자신을 기다리는 것은 아주 비참한 결말임이 분명했다. 오총관은 고개를 세차게 저었다.

"절대 그럴 수는 없지. 어떻게든 이 상황을 헤쳐 나가고 말겠어."

오총관은 그렇게 결심하며 눈을 빛냈다. 그리고 맹렬히 머리를 굴렸다.

"어쩔 수 없군. 돈이 좀 들더라도 확실한 사람을 쓰는 수밖에."

오총관은 최후의 선택을 했다. 이 방법을 쓰면 성공을 하더라도 나중에 문책을 피할 수 없을 것이다. 공금을 상당 부분 유용해야 하기 때문이다. 하지만 그래도 지금 상황보다는 훨씬 나을 것이다.

결국 오총관이 선택한 것은 그동안 그가 가장 잘해오던 일, 바로 힘이었다.

"대주님, 오총관이 움직였습니다."

백설영의 보고에 단유강이 눈을 빛냈다.

"그래? 잘됐군. 이번에는 무슨 짓을 하는 거 같아?"

"아직 정확히 확인할 수는 없지만 아무래도 고수를 끌어들이려는 것 같습니다."

"고수? 호오, 무림맹을 건드릴 간 큰 고수가 아직도 남아 있을까?"

"음혼사귀(陰魂四鬼)를 움직일 것 같습니다."

음혼사귀는 무림맹의 공적이다. 한때 수백 명에 달하는 양민을 학살한 적이 있을 정도로 잔혹한 자들이었다. 무림맹은 그 사건 이후 계속해서 그들을 찾고 있지만 행적이 묘연해 아직도 찾지 못하고 있었다.

음혼사귀의 실력은 두말할 나위가 없다. 그들 넷의 합격술이 어찌나 절묘한지, 십대고수라도 상대할 수 있다고 알려져 있을 정도였다.

"음혼사귀라……. 그놈들이 적련에 있었어?"

"더 정확히는 오총관이 은밀히 보호하고 있었던 모양입니다. 이제부터 알아보겠습니다."

"아니, 됐어. 괜히 애들만 고생해. 음혼사귀의 뒤를 쫓으려면 보통 놈들로는 어림도 없지."

단유강이 씨익 웃었다.

"그래서 그놈들을 움직여서 뭘 어쩌겠다는 건데?"

"천망단을 몰살시키고 대주님의 사업체를 헐값에 인수할 모양입니다. 그 일에 대비한 사전 작업을 벌이고 있습니다."

단유강이 고개를 끄덕였다.

"아주 좋은 자세로군. 악덕상인의 입장에서는."

백설영의 입가에 차가운 미소가 어렸다.

"덕분에 무림맹의 앓던 이 하나가 뽑히겠네요."

"음혼사귀는 결코 만만치 않은 놈들이지. 철판이야 그럴 리 없으니 걱정 안 해도 되지만, 쌍칼은 잘 다독여. 아직은 무리니까."

백설영이 부드럽게 미소 지었다.

"그렇게 하겠습니다."

그제야 단유강은 조금 안심된다는 듯 웃었다.

"그리고 설영이 너도 그놈들하고 싸울 생각은 버려. 무군이 홀아비 만들고 싶지 않으면."

단유강의 말에 백설영의 얼굴이 불타올랐다.

"무, 무, 무슨 말씀이세요!"

"하하하, 그냥 그렇다고. 자, 그럼 난 조금 자볼까?"

단유강은 유쾌하게 웃으며 침상을 이리저리 뒹굴었다.

백설영은 그런 단유강은 당황한 눈으로 바라보다가 이내 따뜻한 미소를 지었다.

第九章
음혼사귀

태룡전

당금 천하는 무림맹의 세상이다. 무림맹의 거대한 힘 덕분에 사마외도가 제대로 자리를 잡기 어렵다. 하지만 아무리 그렇다고 모든 무림문파가 정파만 존재하는 것은 아니었다.

사파(邪派)는 무림맹의 눈을 피해 음지로 숨어들 수밖에 없었고, 점점 더 은밀하고 음험해졌다. 그들은 자신의 이익을 위해서라면 무슨 짓이라도 하는 자들이었다. 비록 무림맹 때문에 드러내 놓고 활동을 하지는 못하지만 곳곳에 뿌리 내린 사파의 수는 상당했다.

음혼사귀(陰魂四鬼)는 그런 사파들 중 가장 규모가 컸던 음혼방(陰魂幇)의 호법들이었다. 그들은 음혼방주보다도 더 강한 무공을 가지고 온갖 패악을 일삼았다.

음혼방 자체가 패악 덩어리라고 해도 과언이 아닐 정도였는데, 음혼사귀는 그중에서도 가장 악랄했다.

사파의 여타 방파가 그러하듯 음혼방도 방파를 이루는 장원을 가지지 않았다. 그들은 곳곳에 독버섯처럼 숨어서 아주 은밀히 힘을 모으고 돈을 모았다.

결국 음혼방은 무림맹의 끈질긴 추적과 공격으로 무너졌지만, 당시 음혼방이 활동하던 하남성 허창은 무림인이든 양민이든 가릴 것 없이 항상 두려움에 떨었다.

그렇게 음혼방은 사라졌지만, 음혼방 최고수인 음혼사귀는 끝까지 무림맹의 추적에서 도망쳤고, 아무도 모르는 곳으로 숨어들었다.

그렇게 서서히 잊혀져 가던 음혼사귀의 이름이 다시 수면 위로 드러나게 된 것은 그들이 한 마을을 몰살시켰기 때문이다. 무림맹은 다시 그들을 추적했고, 이번에는 그들도 더 이상 숨어 다니지 못할 지경이 되었다. 숨어 있는 동안 음혼사귀는 예전보다 더욱 강해졌지만, 무림맹은 그와 비교조차 할 수 없을 정도로 강력해졌다.

하지만 무림맹은 결국 음혼사귀를 놓치고 말았다. 은밀한 조력자 때문이었다.

적련의 련주 우부경의 입가에 진한 미소가 드리워졌다.

"오총관이 정말로 최악의 선택을 했군요."

삼총관은 그 말에 그저 고개를 조아릴 뿐이었다. 그는 우부경의 명을 받아 오총관을 면밀히 감시하고 있었다. 그리고 이번에 오총관이 공금을 유용해 음혼사귀를 부린 것을 알아채고 곧장 보고했다.

"오총관이 쓴 공금은 원래 적룡표국에 들어가야 할 돈이었습니다. 만일 이번에 아무런 성과도 없다면 적룡표국의 사천 지부가 힘을 잃게 되고 자연스럽게 단가표국이 그 자리를 차지하게 될 것입니다."

"그렇겠지요. 하지만 성공만 한다면 아무런 문제가 없을 테니 오총관으로서도 선택의 여지가 없었을 겁니다."

삼총관은 그 말에 동의했다. 오총관은 지금 벼랑 끝에 몰린 상황이었다. 다른 건 몰라도 공금을 유용한 건 정말로 치명적이었다. 하지만 만일 단유강을 제대로 처리할 수만 있다면 미고현에 있는 단유강의 모든 사업체를 깔끔하게 흡수할 수 있을 것이다.

"뒷조사는 어떻게 됐습니까?"

우부경의 질문에 삼총관이 미리 준비한 서류를 내밀며 대답했다.

"별다른 점을 찾을 수 없었습니다. 뒤에 뭔가가 있는 게 분명한데 잡을 수가 없습니다. 지난 오 년간의 행적을 살펴보면 가족은 없는 듯합니다. 만일 있다 하더라도 사업체를 인수하는 데는 별문제가 없습니다."

우부경이 만족스런 표정으로 서류를 들여다봤다.

"그렇군요. 아주 훌륭합니다. 제대로 죽어주기만 한다면 말이지요. 그나저나……."

우부경은 서류를 모두 읽고 옆으로 치웠다. 그리고 삼총관을 바라보며 물었다.

"음혼사귀가 과연 어느 정도 능력을 가지고 있는지 모르겠군요. 이번 일을 성공할 수 있을 정도의 능력은 가지고 있겠지요?"

삼총관이 너무나 당연하다는 듯 고개를 끄덕였다.

"물론입니다. 음혼사귀는 한 명 한 명의 능력이 실로 대단합니다. 게다가 그들이 펼치는 합격진은 십대고수라 하더라도 감히 경시하지 못합니다. 그들은 숨어 지내는 동안에도 결코 수련을 게을리하지 않았습니다. 어쩌면 그들의 합공으로 십대고수를 이길 수 있을지도 모릅니다."

"호오, 그거 대단하군요. 십대고수라니."

십대고수란 당금 천하에서 가장 강한 열 사람을 말한다. 물론 약간의 개인 차가 있고, 사람들마다 평가가 조금씩 다르긴 하지만 대체적으로 인정받는 자들이었다.

말이 천하에서 열 사람이지, 천하에 산재한 무림 고수들이 얼마나 있는지 생각하면 실로 대단했다. 십대고수는 한 명만으로도 웬만한 대문파와 견줄 수 있을 정도로 평가받고 있었다.

그런 십대고수를 이길 수 있을지도 모르는 자들이 음혼사귀였다. 우부경과 삼총관은 이번 일은 거의 무조건 성공할 수밖에 없다고 여겼다.

"어쨌든 오총관도 적련의 총관인 건 분명하군요. 그런 막강한 패를 가지고 있으니 말이에요."

삼총관도 우부경의 말에 크게 고개를 끄덕였다. 그 정도가 되지 않으면 적련의 총관 일을 할 수 없다. 적련은 정말로 치열한 곳이었다. 그리고 삼총관 역시 그와 비슷한 수준의 패를 하나 가지고 있었다.

두 사람의 입가에 성공에 대한 기대를 물씬 담은 미소가 피어올랐다.

네 사내가 미고현으로 들어섰다. 어른 다섯을 합해놓은 것처럼 뚱뚱한 사람, 뼈다귀만 남은 사람처럼 빼빼 마른 사람, 그리고 온몸이 근육으로 이루어진 듯 단단해 보이는 사람과 마치 여인처럼 호리호리하면서도 왠지 요사스러워 보이는 사람으로 이루어진 일행이었다.

"정말 오랜만에 피 맛을 볼 수 있겠군."

"확실히 그동안은 너무 조용히 지냈지."

"이번에 나온 김에 제대로 놀아봐야지."

"캬하하하, 그보다 어디 신선한 남자 없나 살펴봐야겠군."

네 사내는 각자 하고 싶은 말을 꺼냈다. 그동안 너무 오래 한곳에만 머물러서 좀이 쑤시는 판이었다. 그리고 그동안은 너무 착하게 지냈다.

요사스러운 얼굴의 사내가 주위를 둘러봤다.

"쓸 만한 남자들이 몇 보이는구나. 캬하하하."

"일을 마무리하기 전에는 건드릴 생각은 하지 마라. 네놈에게 걸려서 사내놈들이 폐인이 되고 나면 일이 복잡해질 수도 있으니까."

"걱정하지 않아도 돼. 일이 끝남과 동시에 저놈들을 납치해서 끌고 돌아갈 생각이니까. 캬하하하."

그들은 음혼사귀였다. 적련 오총관의 부탁을 받고 이곳 미고현까지 온 것이다. 여기까지 이동하는 동안 어찌나 날뛰고 싶은 걸 참았는지 벌써부터 피 냄새가 그리워질 지경이었다.

"호오, 저 계집은 꽤 괜찮지 않은가."

음혼사귀 중 일귀(一鬼) 육적신이 입맛을 다셨다. 그의 시선이 머무는 곳에 한 여인이 경쾌하게 걸어가고 있었다. 그는 비대한 몸을 흔들며 천천히 그 여인에게 다가갔다.

나머지 사내들이 그 모습을 보고 눈살을 찌푸렸다.

"쓸데없이 일을 만들지 마라."

하지만 일귀 육적신은 동료들의 말을 못 들은 척 여인에게 다가갔다.

"소저, 말 좀 물읍시다."

　육적신의 말에 여인이 걸음을 멈추고 고개를 돌려 그를 바라봤다. 그리고 빙긋 웃으며 대답했다.

　"물어보세요."

　"오오, 참으로 친절하신 소저 아닌가. 혹시 이곳에 천망단의 장원이 어디 있는지 알 수 있겠소?"

　여인의 눈이 반짝였다.

　"천망단을 찾아오신 손님들이로군요?"

　육적신이 크게 고개를 끄덕였다.

　"그렇소. 그것도 아주 중요한 손님이라 할 수 있지."

　"제가 안내해 드릴게요. 따라오세요."

　여인은 그렇게 말하고는 앞장서서 걸어갔다. 그녀는 관예지였다. 일을 모두 마치고 두 동생이 기다리는 집으로 가는 중이었다. 조금 피곤하긴 했지만 단유강의 손님을 이런 곳에 내팽개쳐 두고 갈 수는 없었다.

　육적신은 음흉한 미소를 지으며 관예지의 뒷모습을 차근히 훑어봤다. 꽤 만족스러운 몸이었다.

　"흐흐흐, 이 정도면 한 달은 데리고 놀 수 있겠어."

　육적신의 입가에 침이 흘렀다.

　"이곳이에요."

　천망단의 장원 앞에 도착한 관예지는 뒤돌아 음혼사귀를 바라보며 그렇게 말했다. 그리고 돌아가려고 했다. 하지만 육적신은 관예지를 그냥 돌려보낼 생각이 전혀 없었다. 얼마 만에 보는 미녀인데 그냥 보내겠는가. 육적신은 강제로 여인을 취하는 변태적인 취향을 가진 자였다.

"마음 착한 고마운 소저를 그냥 보낼 수는 없지. 일단 안으로 들어가서 대주를 만날 때까지만 함께 가는 게 어떤가? 대가는 섭섭지 않게 지불해 줄 테니까."

관예지는 흔쾌히 허락했다. 별로 어려울 것도 없었다. 그리고 오랜만에 단유강을 만나 그동안 보살펴 줘서 고맙다는 인사도 하고 싶었다.

"그렇게 해요. 안으로 들어오세요. 아마 반겨주실 거예요."

관예지의 말에 육적신이 묘한 미소를 지었다.

"그렇지. 아마 아주 반가워할 거야. 우린 그런 사람들이거든."

음혼사귀가 관예지의 뒤를 따라 장원 안으로 들어갔다. 장원 안은 아주 조용했다. 마치 아무도 없는 것처럼.

"이상하네? 오늘은 왜 이렇게 조용하지?"

관예지는 고개를 갸웃거리며 장원 안쪽으로 들어갔다. 단유강의 거처에 도착한 그녀는 방문 앞에서 단유강을 불렀다.

"대주님, 저 예지예요. 안에 계시죠?"

방문이 천천히 열렸다. 그리고 단유강이 걸어나왔다. 단유강은 관예지 뒤에 서 있는 네 사내를 바라보며 씨익 웃었다.

"기다리다가 잠들 뻔했어. 조금만 빨리 왔으면 더 좋았을 텐데 말이야."

단유강의 말에 육적신이 비웃음을 띠며 앞으로 나섰다.

"꼭 빨리 죽고 싶다는 말로 들리는구나. 우리가 누군지 아직 모르겠지?"

육적신의 말에 단유강이 피식 웃었다.

"귀신 넷이 온다는 얘기는 들었는데, 쥐새끼 네 마리가 왔네."

단유강의 말에도 음혼사귀는 전혀 동요하지 않았다. 이 정도 욕은 그들에게 있어서 욕도 아니었다. 훨씬 더 지독한 욕을 들어도 전혀 동요하지 않고, 나중에 결과가 나온 후에 모든 대가를 치르도록 해주는 것이 음혼사귀의 성정이었다.

"네놈이 고양이라도 되는 모양이구나. 우리 같은 쥐를 두려워하지 않는 걸 보니."

"사람은 보통 쥐새끼를 두려워하지 않아. 더러워하지."

단유강과 음혼사귀 사이에서 살벌한 말이 오가자 관예지는 그제야 자신이 뭔가를 잘못했다는 걸 깨달았다. 분위기를 보니 단유강의 적을 자신이 안내해 온 꼴이었다.

"대, 대주님, 죄송해요. 전 아무것도 모르고……."

단유강이 손을 들어 관예지의 말을 막았다.

"아아, 괜찮아. 저딴 놈들은 알 필요도 없고, 앞으로도 계속 모르게 될 거야."

단유강의 말에 육적신이 이를 드러내며 웃었다.

"과연 그럴까?"

육적신의 손이 쾌속하게 움직였다. 그는 단숨에 관예지의 목을 팔로 휘감았다. 순식간에 벌어진 일이었다.

관예지는 깜짝 놀라 몸을 버둥거리려 했지만 그조차 할 수 없었다. 육적신이 그녀의 혈도까지 제압했기 때문이다.

"내 점혈법은 아주 독특해서 나 아니면 풀 수가 없지. 그리고 이대로 두면 두 시진 안에 머리로 피가 몰려 터져 버리지. 흐흐흐흐."

육적신이 음흉한 웃음을 흘리며 단유강을 향해 발을 슬쩍 들어 올렸다. 육중한 몸에 걸맞지 않게 발은 매우 작았다.

"내 발바닥을 핥으면 막힌 혈도를 풀어주지."

육적신의 말에 관예지의 얼굴이 창백해졌다. 자신 때문에 단유강이 그런 치욕을 겪는 걸 절대 보고 싶지 않았다. 고개를 저으며 그러지 말라고 소리치고 싶었지만 어느 것 하나 할 수가 없었다. 목소리도 나오지 않았고 고개도 움직이지 않았다.

관예지의 눈에서 닭똥 같은 눈물이 뚝뚝 떨어졌다.

"울지 마라."

단유강은 그렇게 말하며 앞으로 걸어갔다. 육적신은 단유강이 자신의 발을 잘 핥을 수 있도록 더욱 다리를 높게 들어 올렸다. 하지만 단유강은 그의 생각과는 전혀 다르게 움직였

다. 단유강은 육적신의 발을 무시하고 걸어가 관예지를 끌어
당겼다.

관예지는 힘없이 단유강에게 끌려왔다. 혈도를 제압당해
움직일 수 없으니 당연했다. 하지만 육적신은 결코 그것을 당
연하게 여기지 않았다.

'뭐, 뭐지? 지금 이거?'

육적신의 눈이 화등잔만 해졌다. 마치 바람을 잡은 듯 관예
지가 자신의 손아귀에서 빠져나갔다. 단유강이 힘을 많이 준
것도 아니었다. 그저 가볍게 당겼을 뿐이었다. 한데도 관예지
는 너무나 간단히 육적신의 손을 빠져나갔다.

"대체 무슨 사술을 부리고 있는 게냐?"

육적신이 으르렁거리며 그의 눈에서 살기가 뻗어나갔다.
하지만 이내 마음을 가라앉혔다. 이런 일로 일일이 흥분할 필
요가 없었다. 게다가 관예지는 지금 특별한 방법으로 혈도가
제압된 상태였다.

"쯧쯧, 살릴 수 있는 기회를 버리다니. 매정한 놈이로구나.
아니면 사람 머리가 터지는 모습을 보고 싶다거나. 변태 같은
놈."

육적신의 도발에도 단유강은 전혀 동요하지 않았다. 그의
표정은 전혀 달라지지 않았다.

"그 특별한 방법을 왜 나는 모른다고 생각하는 거지?"

단유강은 그렇게 말하며 관예지의 몸 여기저기를 손가락

으로 가볍게 찔렀다. 단유강의 손가락이 몸에 닿을 때마다 관예지가 움찔움찔 떨었다.

"대, 대주님……."

관예지는 갑자기 몸이 편안해지며 온몸에 피가 도는 것이 느껴지자 단유강을 불렀다. 목소리가 나오는 걸 확인하고 나니 또 눈물이 나왔다.

"죄, 죄송해요. 정말로……."

"울지 말라고 했잖느냐. 걱정할 거 하나도 없다. 보기엔 뭔가 있어 보이지만 실상 아무것도 아닌 파락호들이다. 넌 내가 고작 파락호들한테 당할 거라고 생각하느냐?"

관예지가 고개를 도리도리 저었다.

"아뇨."

"그래. 잘 알고 있구나. 그러니 걱정하지 마라."

단유강은 따뜻한 미소와 함께 관예지의 머리를 살짝 쓰다 듬어 주었다.

"자, 그럼 나머지 일을 해결해 볼까?"

단유강이 고개를 들어 음혼사귀를 쳐다봤다. 관예지는 단유강 뒤로 몸을 숨겼다.

음혼사귀는 놀란 눈으로 단유강을 바라봤다. 특히 육적신의 눈은 경악이 가득했다. 정말 살아오면서 이렇게 놀란 적은 손에 꼽을 정도였다.

"대, 대체 어떻게 해혈을 한 것이냐!"

“그건 알아서 뭐 하게?”

단유강이 한 발 앞으로 나서자 음혼사귀의 몸에서 진득한 살기가 일어났다. 단유강은 그들의 살기를 온몸으로 받아내며 저벅저벅 걸어갔다. 음혼사귀는 사방으로 흩어지며 단유강을 포위했다.

스릉.

음혼사귀가 동시에 검을 뽑았다.

“우리가 왜 음혼사귀라 불리는지 아느냐?”

육적신이 이죽거리자 단유강이 대수롭지 않게 대꾸했다.

“음혼방의 개들이니까. 아니, 쥐새끼였나?”

“크흐흐흐, 맘대로 지껄여라.”

육적신이 음흉한 웃음을 흘리며 나머지 삼귀를 둘러봤다.

“음혼검진을 펼쳐라.”

순간 네 사람의 검에서 촘촘한 검기가 뿜어져 나와 사방을 장악했다. 육적신은 자신의 검에서 뿜어져 나온 검기를 만족스런 표정으로 바라보며 입을 열었다.

“토끼 한 마리를 잡을 때도 최선을 다해 음혼검진을 펼치기 때문에 음혼사귀라 불리는 게다. 그리고 일단 검진이 완성된 이상 네놈이 설사 신이라 해도 살아날 수 없다.”

단유강의 입가에 비웃음이 걸렸다.

“그래? 정말로 신이라 해도 벗어날 수 없는 게 확실해?”

“으흐흐흐, 당연하지. 일단 펼쳐진 이상 음혼검진은 무적이다."

그 말과 동시에 사방을 장악한 검기가 변화를 시작했다. 살을 갈라 버릴 듯한 한기가 검기에서 뿜어져 나왔다.

단유강은 갑자기 주변이 차가워지는 걸 느끼고 눈에 이채를 띠었다. 그의 입에서 하얀 입김이 흘러나왔다.

"호오, 정말로 재미있는 검진이군."

"재미? 흐흐흐, 과연 끝까지 재미있을지는 두고 보면 알겠지."

육적신이 막 움직이려 할 때, 단유강이 그들의 흐름을 깨고 말했다.

"잠깐. 그전에 대화를 마무리해야지."

"대화? 우리가 그런 걸 나눌 정도로 친밀한 사이였던가?"

"아아, 너무 야박하게 굴지 말라고. 난 정말로 궁금해서 그러는 거니까. 진짜 신이라도 벗어날 수 없는 게 확실해?"

"직접 겪어보면 알 거다."

육적신의 말에 단유강이 고개를 갸웃거렸다.

"우리 할아버지가 이런 허접한 검진에 당할 것 같진 않은데 말이지."

"크하하하! 네놈 할아버지가 신이라도 되는 거냐?"

육적신은 그 말과 동시에 검을 높이 치켜들었다. 공격을 시작하자는 신호였다. 순간 음혼사귀가 단유강을 중심으로 서서히 회전을 시작했다. 그와 동시에 그들의 검에서 뿜어져 나온 검기 역시 함께 회전을 시작했다.

단유강은 천천히 소용돌이치는 검기를 올려보며 말을 이었다.

"이런 걸로는 신은커녕 나도 못 잡을 텐데……."

단유강의 말이 끝나기 무섭게 검기의 회전 속도가 빨라졌다.

쉬이이익!

날카로운 바람 소리와 함께 냉기가 몰아쳤다. 만일 검진 가운데 서 있는 사람이 단유강이 아닌 다른 사람이었다면 벌써 얼어붙었을 것이다.

하지만 단유강은 그저 가만히 검기의 회전을 지켜보기만 했다. 막대한 압력이 단유강을 짓눌렀다.

단유강은 가볍게 검을 뽑았다.

스릉.

단유강의 너무나 자연스러운 움직임에 음혼사귀의 눈에 놀람이 어렸다. 음혼검진에 갇히면 얼마나 막대한 압력을 받는지 검진을 펼치는 그들이 누구보다 잘 알고 있었다.

음혼검진의 유일한 약점은 다른 검진에 비해 검진을 펼칠 때까지의 시간이 길다는 점이었다. 하지만 일단 검진에 적을 가두기만 하면 그 누구도 빠져나가지 못하는 절진이었다.

"이익! 뭣들 하고 있는 거냐! 내공을 아끼지 마!"

치리리릿!

검기가 더욱 농밀해졌다. 그리고 압력이 훨씬 더 거대해졌다. 하지만 단유강은 자연스럽게 검을 늘어뜨린 채 음혼사귀를 가만히 바라보기만 했다. 여전히 아무렇지도 않은 모습이었다.

"역시 허접한 검진이었군. 이만 끝내자."

단유강은 슬쩍 검을 들어 올렸다. 그러자 검의 궤적을 따라 바람이 일었다.

휘잉!

바람 한줄기가 음혼사귀 중 빼빼 마른 사내, 이귀(二鬼) 동표웅을 향해 날아갔다. 동표웅은 그 바람을 맞으며 눈을 부릅떴다. 바람이 자신의 몸을 감싼 순간, 검으로 흘려보내는 내기가 제대로 흐르지 않는다는 걸 깨달았다.

"크윽!"

한 사람의 검기가 사라지자 검진 자체가 그대로 와해되었다. 너무나 허무하게 검기의 소용돌이와 압력이 사라져 버렸다.

"이, 이런 마, 말도 안 되는……!"

육적신이 멍한 표정을 지었다. 음혼검진이 깨진 건 이번이 처음이었다. 검진에 일단 가두기만 한다면 십대고수라도 이길 수 있다고 생각했는데, 그것이 얼마나 오만한 생각이었는지 여실히 깨달았다.

단유강이 육적신을 향해 검을 뻗으며 말했다.

"악당은 지옥으로."

지잉!

새하얀 빛줄기가 단유강의 검끝에서 뿜어져 나왔다. 그것은 육적신의 이마를 그대로 꿰뚫었다. 거의 흔적도 남지 않았다. 그저 깨알만 한 구멍이 뚫렸을 뿐이다. 하지만 그 구멍 하나로 인해 육적신의 목숨이 사라져 버렸다.

쿠웅!

육적신의 거대한 몸뚱이가 바닥에 쓰러지자 남은 삼귀가 경악한 눈으로 그 광경과 단유강을 번갈아 쳐다봤다. 이내 단유강의 검이 삼귀와 사귀를 차례대로 가리켰다.

지잉! 지잉!

마치 새하얗게 빛나는 화살을 쏘는 듯했다. 두 줄기 빛이 삼귀와 사귀의 이마를 꿰뚫었다. 빛줄기의 속도는 그들이 미처 반응조차 하지 못할 정도로 빨랐다.

쿠웅!

두 사람이 바닥에 쓰러졌다.

이귀 동표웅은 자신만 남고 모두 쓰러지자 공포에 물든 눈으로 단유강을 바라봤다. 단유강의 검이 자신을 가리키면 자신 역시 목숨을 잃을 게 분명했다.

'오총관, 이 미친 자식! 감히 우리를 사지로 밀어 넣어?'

동표웅이 보기에 단유강의 무위는 상상을 초월할 정도였다.

‘최소한 십대고수 이상이다.’

그것이 동표웅의 판단이었다. 상대가 십대고수라면 이런 상황을 어느 정도 납득할 수 있었다.

“얘들 데리고 가.”

단유강의 입에서 나온 믿을 수 없는 말에 동표웅은 자신의 귀가 잘못된 줄 알았다.

“무, 무슨······.”

단유강은 귀찮다는 듯 손을 휘저었다.

“안 데려가면 내가 다 치워야 되잖아. 애들도 없는데. 가라, 맘 변하기 전에.”

동표웅은 잠시 머뭇거렸다. 그리고 단유강을 한 번 노려봤다. 방금 한 말이 진심인지 알아내야 했다. 만일 시체를 모으는 도중에 공격을 받으면 그야말로 손쓸 도리가 없다. 그런 생각을 하던 동표웅이 씁쓸한 표정을 지었다.

‘하긴, 굳이 기습을 할 필요도 없지. 한 방이면 끝날 테니.’

결국 동표웅은 동료의 시체를 모았다. 상처도 없고 피도 흐르지 않고 즉사했다. 만일 보지 못했다면 이마에 난 구멍도 발견하기 힘들었을 것이다. 동표웅은 혀를 내둘렀다.

‘이런 고수가 대체 왜 천망단에 있는 거지?’

이해할 수 없었지만, 고수의 세계는 직접 고수가 되지 않으면 결코 알 수 없는 법이다. 동표웅은 이를 악물었다. 그리고 동료를 번쩍 들어 올렸다.

"헉!"

동표웅은 고개를 홱 돌려 단유강을 노려봤다. 이제야 단유강이 왜 자신을 그냥 놔줬는지 알아챈 것이다.

"대, 대체 내 몸에 무슨 짓을 한 거냐!"

단유강이 묘한 표정으로 동표웅을 쳐다봤다.

"그럼 넌 네게 칼을 겨눈 놈을 멀쩡히 돌려보낸 적이 한 번이라도 있나?"

동표웅은 입을 다물었다. 할 말이 없었다. 당연히 자신이라면 그렇게 하지 않는다. 아니, 돌려보내지 않는다. 그냥 죽여 버린다. 결국 동표웅은 힘없이 돌아서서 동료들의 시체를 힘겹게 들고 한 발 한 발 걸어 천망단의 장원을 나섰다.

"크윽."

동표웅은 온몸에 흐르는 통증에 이를 악물었다. 어찌나 세게 물었는지 어금니가 뿌드득거리며 부서져 나갔다.

"내가 이대로 물러날 거라 생각하면 오산이다. 어떻게든 네놈을 갈아 마셔 버리리라."

하지만 동표웅은 자신이 과연 그렇게 할 수 있을지 확신이 서지 않았다. 지금 그의 몸 상태는 지극히 나빴다.

'내공이 제대로 움직이지 않는다. 혈도에 뭔가 문제가 있어.'

아까 단유강이 일으켰던 바람을 맞은 영향이 큰 듯했다. 바람을 맞는 순간 몸에 흐르는 기운이 가닥가닥 끊어졌다. 그 이후 검기가 흩어졌다. 검에 기를 불어넣지 못했기 때문이다. 그리고 지금도 제대로 기운이 흐르지 않았다.

동표웅은 억지로 걸음을 옮겨 미고현 밖으로 나갔다. 그 이후로도 계속 걸었다. 그렇게 얼마나 걸었을까. 동표웅은 결국 걸음을 멈추고 시체 세 구를 바닥에 내팽개쳤다. 아무리 동료였다고 하지만 이런 상황에서 시체를 챙겨줄 의리는 없었다.

"크윽, 이런 제길."

미칠 지경이었다. 고작 시체 세 구를 들고 조금 걸었을 뿐인데 온몸이 땀으로 흥건했다. 단전에 의념을 집중해 봤지만 여전히 기운은 가닥가닥 끊어져 움직이지 않았다.

"비참하군."

동표웅은 한숨을 내쉬었다. 그렇게 잠시 앉아서 쉬던 동표웅은 문득 뭔가가 이상하다는 생각이 들었다. 단전이 간질거렸다.

"허억!"

갑자기 단전이 꿈틀거렸다. 그리고 그렇게 움직이지 않던 내공이 마치 폭발하듯 단전에서 뛰쳐나왔다. 그가 평생을 갈고닦으며 쌓아왔던 사이한 기운이 단전에서 기맥(氣脈)을 타고 온몸을 질주했다.

"흐어어어!"

동표웅은 온몸에 들끓는 희열에 신음과도 비슷한 소리를

내질렀다. 그리고 이내 온몸이 간질거렸다. 기운이 너무 넘쳐 밖으로 쏟아져 나가는 것 같았다.

"어?"

동표웅은 의아한 표정으로 의문 섞인 소리를 흘렸다. 갑자기 시야가 비틀리고 있었다.

"어, 어?"

의미없는 분절음이 동표웅의 입을 타고 흘러나왔다. 시야가 빙글 돌아갔다.

쿠구궁!

동표웅의 몸이 난도질당한 것처럼 사방으로 흩어졌다. 동표웅은 그렇게 죽어가면서도 자신의 몸이 어떻게 된 건지 알지 못했다.

그렇게 미고현에서 조금 떨어진 곳에 시체 네 구가 생겨났다. 음혼사귀의 시체들은 사흘이나 그곳에서 널브러져 있었다.

관예지는 두근거리는 가슴을 진정시키며 단유강을 바라봤다. 단유강은 그녀에게 따뜻한 미소를 보내주고 있었다.

"괜찮아?"

"네. 괜찮아요. 구해주셔서 감사합니다. 그리고 죄송합니다. 멋모르고 아무나 이리로 데려와서요."

"아니야. 괜찮다니까 그러네. 다른 사람도 아니고 예지라면 언제든 누구를 데려오든 환영이야. 나중에 좋은 남자를 만나거든 그 사람도 데려오라고. 관상이라도 좀 봐줄 테니까. 하하하하."

단유강의 말에 관예지가 씁쓸한 표정으로 단유강을 바라봤다. 그녀의 눈빛에는 약간의 열망이 담겨 있었지만 단유강은 전혀 알아차리지 못했다. 관예지의 눈빛에 실망이 약간 담겼다.

"그런데 다른 분들은 다 어디 가셨어요? 오늘은 다른 날하고는 좀 달라서 아까 들어올 때 조금 놀랐어요."

"응, 잠깐 볼일 보러 나갔지. 아마 곧 돌아올 거야."

그들은 곧 올 것이다. 백설영이 함께 있으니 말이다. 백설영은 음혼사귀의 움직임을 정확히 잡아냈다. 적련의 오총관을 제대로 감시하고 조사한 덕분이었다.

그리고 음혼사귀가 다 죽어나간 이상, 다시 대원들을 장원으로 알아서 돌려보낼 것이다.

"참, 그런데 아까 그 사람이 패거리를 이끌고 몰려오면 어쩌죠? 그런 사람들은 나중에 꼭 그러던데……."

관예지도 혼자 힘으로 동생들을 키우면서 별별 꼴을 다 봤다. 그녀의 기억에 있는 파락호들은 결코 그냥 물러가는 법이 없었다. 아무리 죽어나가도 결국 나중에 더 큰 패거리를 몰고 와 모든 걸 부숴 버리는 자들이었다.

"걱정할 것 없어. 아마 다시는 돌아오지 못할 테니까."

관예지가 빙긋 웃으며 고개를 끄덕였다.

"그렇군요. 정말 다행이에요."

관예지는 단유강의 말을 철석같이 믿었다. 그녀에게 있어 단유강은 거의 신앙과도 같았다. 지금까지 단유강이 거짓을 말하는 걸 한 번도 본 적이 없었다. 단유강은 그녀에게 있어서 은인이자 가족과도 같은 존재였다.

"뭐, 일도 대충 끝났고 배도 출출한데? 예지는 어때?"

"예? 아, 예. 저, 저도요."

"그래? 그럼 오랜만에 세연이도 좀 볼 겸 함께 밥을 먹을까? 세연이가 날 참 많이 기다리고 있을 텐데 말이야."

관예지의 얼굴이 순식간에 밝아졌다. 그녀는 흔쾌히 고개를 끄덕였다.

"좋아요. 제가 맛있는 걸로 대접해 드릴게요."

"이거 아주 기대되는데?"

관예지는 단유강의 말에 웃음을 지었다. 사실은 아직 가슴이 두근거렸지만 억지로라도 웃었다. 그녀의 뇌리에는 아까 죽어가던 음혼사귀의 표정이 아직도 지워지지 않았다.

단유강이 관예지의 머리를 헝클었다. 관예지가 놀라 바라보자 단유강은 그녀에게 아주 따뜻한 미소를 지어주었다. 그리고 살며시 그녀를 안아주었다. 관예지의 눈이 놀라 동그래졌다.

단유강은 그녀의 등을 살짝 토닥였다.

“내가 너무 배려가 없었구나. 아무리 죽어 마땅한 놈들이
라도 네 앞에서 그래선 안 되는 거였는데. 미안하다.”

놀라 커졌던 관예지의 눈이 다시 작아졌다. 그녀의 눈가에
웃음이 맺혔다. 그리고 눈물 한 방울이 걸렸다. 너무나 따뜻
하고 포근한 이 기분을 다시는 잃고 싶지 않았다. 관예지는
살며시 눈을 감았다.

“제가 잘못 들은 것 같군요. 다시 말씀해 주세요.”

우부경의 말에 삼총관은 쓴웃음을 지으며 고개를 저었다.

“아닙니다. 제대로 들으셨습니다. 오총관이 완전히 실패했
다고 합니다.”

“하면 그 막대한 돈을 그냥 날렸단 말입니까?”

“몽땅 날리진 않았습니다. 절반은 일이 끝난 후 주기로 했
으니까요. 중요한 건 그게 아니라, 미고현을 압박할 수단이
대부분 와해되었다는 점입니다.”

우부경은 머리가 아파왔다. 별것도 아닌 일에 쓸데없이 매
달려 일을 키우는 느낌이었다. 사실 그것 말고도 해야 할 일
이 산더미처럼 쌓여 있다.

“오총관을 잘라내야겠습니다.”

우부경의 단호한 말에 삼총관이 고개를 숙였다. 어차피 예
정된 수순이었다. 성공했으면 모를까, 실패했다면 더 이상 동
정의 여지가 없었다.

삼총관이 고개를 숙이자 우부경은 의아한 표정을 지었다.

"한데 대체 어떻게 음혼사귀가 실패했지요? 그들이 천망단에 패한 건 아닐 테고……. 설마 돈을 들고 도망이라도 간 건가요?"

삼총관이 고개를 저었다.

"아닙니다. 음혼사귀는 모두 죽었습니다."

우부경의 눈이 화등잔만 해졌다.

"죽었다고요? 음혼사귀가? 고작 천망단에게?"

놀라는 게 당연했다. 음혼사귀를 죽이려면 적어도 청룡단 정도는 동원해야만 했다. 그것도 청룡단주가 직접 나서지 않으면 쉽지 않을 것이다. 그런 음혼사귀를 고작 천망단이 처리했다고 하면 누가 믿을 수 있겠는가.

"아무래도 그건 아닌 듯합니다."

"아니라고요?"

"음혼사귀의 시체가 발견된 곳이 미고현 바깥이었습니다. 지나가던 사람이 우연히 발견해 신고한 덕분에 알려졌습니다."

우부경은 믿을 수가 없었다. 적련의 정보망에 상당한 문제가 있지 않다면, 어찌 음혼사귀의 시체를 지나가는 사람이 우연히 발견할 때까지 그들의 죽음을 몰랐단 말인가.

"그래서 범인이 누굽니까? 대체 어떤 대단한 자가 음혼사귀를 죽일 수 있었단 말이죠? 설마 십대고수라도 나타난 건가요? 미고현에?”

삼총관이 머뭇거리다가 입을 열었다.

“아무래도 단유강이라는 자의 배후가 나선 게 아닐까 싶습니다.”

“끄응.”

우부경은 앓는 소리를 내며 고개를 슬쩍 돌렸다. 그 역시 그것을 의심하던 차였다. 아니, 그게 거의 확실했다.

“참으로 곤란하게 되었군요.”

삼총관은 할 말이 없었다. 정보는 그의 담당이지만 미고현에 한해서는 오총관이 모든 것을 맡았다. 그가 개입할 여지가 전혀 없었기에 아는 것도 적었다.

“일단 오총관부터 처리하세요. 그리고 앞으로 미고현은 삼총관이 맡아서 감시를 하세요.”

“알겠습니다.”

“뒤를 철저히 캐세요. 섣불리 움직이지 말고 조심해야 합니다. 애초에 계획을 잘못 세웠어요. 그들을 자극하지 말고 배후만 캐도록 하세요.”

“명심하겠습니다.”

삼총관은 그렇게 대답한 후, 우부경이 손을 휘젓자 밖으로 나갔다.

우부경은 삼총관이 나가는 모습을 바라보며 눈살을 찌푸렸다. 정말로 일이 제대로 꼬이고 있었다.

“계획대로 이루어진 게 하나도 없구나. 대체 그분을 무슨 낯으로 뵌단 말인가.”

우부경의 한탄은 한참 동안이나 계속되었다.

음혼사귀의 죽음은 당연히 무림맹에도 알려졌다. 음혼사귀의 시체를 발견한 자가 신고한 곳은 관이 아니라 천망단이었다. 단유강은 신고한 자와 함께 현장으로 가서 음혼사귀의 죽음을 제대로 확인했다. 그리고 무림맹에 보고했다.

무림맹은 음혼사귀에 상당한 포상금을 걸어두었다. 무림맹을 농락하고 사라진 자들이니 당연했다. 음혼사귀의 시체를 발견한 사람은 상당한 포상금을 받았다.

그렇게 일사천리로 일이 처리되었다. 무림맹주 혁무길은 과연 누가 음혼사귀를 죽였는지 너무나 궁금했다.

“군사, 혹시 이번 음혼사귀를 죽인 자가 예전 천면색귀를 제압한 자와 동일 인물일 가능성이 크지 않겠나?”

사마자문이 살짝 고개를 숙이며 대답했다.

“전 그렇게 생각하고 있습니다.”

“하면 아직 그 고수가 그곳을 떠나지 않았다는 뜻이로군?”

“그렇습니다.”

“지난번 조사가 많이 미흡했던 모양일세.”

혁무길의 말에 사마자문이 동의한다는 듯 고개를 끄덕였다.

“그때는 진법의 대가 때문에 상대적으로 그 일이 많이 묻혔습니다.”

“하면 이번에 다시 그쪽으로 조사단을 파견하는 건 어떻겠나?”

“훌륭하신 생각입니다. 단단히 당부하면 아마 제대로 조사를 해올 것입니다.”

혁무길은 사마자문의 대답을 들으며 흡족한 표정으로 물었다.

“이번 임무를 자혜에게 맡기면 어떨까 하는데……..”

사마자문이 빙긋 웃으며 고개를 숙였다.

“아마 아주 기뻐할 것입니다. 그렇지 않아도 자혜가 비조각을 완전히 안정시켰습니다. 아마 그들을 이용하면 조금 더 수월하게 일을 처리할 수 있을 것입니다.”

비조각은 맹 내부의 일을 주로 처리하는 정보 조직이다. 하지만 그렇다고 해서 꼭 내부의 일만 하라는 법은 없다. 그들은 상당히 뛰어난 정보 요원들이었다.

“좋아. 그럼 그렇게 처리하게.”

“알겠습니다.”

사마자문의 입가에 부드러운 미소가 어렸다. 요즘 그는 사마자혜에게 거는 기대가 아주 컸다. 잘만 성장하면 미래의 무림맹 군사 자리도 불가능한 것만은 아니었다.

‘아니, 내가 꼭 그렇게 만들어주마.’

　사마자문의 눈빛이 결연해졌다. 그걸 위해서라면 사마자
혜가 이번 임무를 정말로 제대로 완수해야만 한다. 사마자문
은 자신의 딸을 믿었다.
　그의 눈빛에 신뢰가 가득했다.

第十章
경국지색

태룡전

"이거 정말로 맛있는데?"

단유강은 한상 가득 차려진 음식을 깨끗이 비우며 배를 몇 번 두드렸다. 음식 맛도 맛이지만, 이런 분위기가 너무나 좋았다. 단유강은 옆에 앉은 관세연의 머리를 쓰다듬었다.

"세연이도 잘 먹었지?"

관세연이 귀여운 표정으로 고개를 끄덕였다.

"네, 정말로 맛있었어요. 대주님이 매일 오서서 같이 밥 먹으면 좋겠다."

관세연은 초롱초롱한 눈으로 단유강의 팔을 끌어안았다.

"대주님이랑 같이 먹으면 더 맛있어요."

단유강은 그 모습을 보며 빙긋 웃었다. 그리고 자신도 모르게 관세연의 양 볼을 쭉 잡아당겼다. 너무나 귀여웠다.

"아으, 아하요."

"하하하하! 그래, 알았다. 앞으로는 자주 와서 밥을 먹도록 하마."

"정말이죠?"

"물론이지. 세연이는 내가 거짓을 말하는 걸 한 번이라도 본 적이 있느냐?"

관세연이 고개를 도리도리 저었다.

"아뇨. 대주님은 거짓말하지 않아요."

"그래. 잘 알고 있구나."

단유강이 관세연의 머리를 헝클었다. 그리고 고개를 들어 눈앞에 앉아 있는 두 여인을 바라봤다.

한 명은 관예지였고, 다른 한 명은 하후아영이었다. 하후아영은 하후량, 하후령 형제의 여동생으로, 얼마 전 이곳으로 왔다.

"어때? 이곳 생활은? 지낼 만해?"

하후아영은 살짝 얼굴을 붉히며 고개를 끄덕였다. 그녀는 수줍음을 잘 타고 조용한 성격이었다. 그동안 몸이 안 좋아 언제나 홀로 지내왔기 때문에 자신의 감정을 표현하는 법이 별로 없었다.

"몸은? 어디 불편한 데는 없고?"

“예, 모두 대주님 덕분이에요.”

“내가 뭐 한 일이 있나. 다 네 오라버니들이 잘한 덕분이지.”

하후아영은 더 이상 대꾸하지 않고 그저 미소를 지었다. 그녀의 미소에는 고마움이 가득 담겨 있었다. 단유강은 그녀의 병을 제대로 진맥해 주고 꾸준히 치료를 도와주었다. 단유강이 전해준 약이 없었다면 아마 그녀는 지금쯤 이 세상 사람이 아니었을 것이다.

“약 잘 가지고 있지? 꾸준히 복용해야 돼. 내가 아직 능력이 모자라서 그 정도밖에 해줄 수가 없다.”

하후아영은 당치 않다는 듯한 표정으로 입을 열려고 했다. 하지만 단유강이 먼저 그녀의 말을 막았다.

“아무튼 약 꾸준히 먹고 운동도 열심히 해. 내가 전에 가르쳐 준 호흡법은 매일 하고 있지?”

“예. 아침에 반 시진, 자기 전에 반 시진씩 꼭 하고 있어요.”

단유강이 만족스런 표정으로 고개를 끄덕였다.

“좋아. 그렇게 하면 되는 거야.”

이번에는 단유강이 관예지를 바라봤다.

“예지도 호흡법 꾸준히 하고 있지?”

“예. 저도 아침과 밤에 반 시진씩 하고 있어요.”

단유강이 만족스런 표정을 짓자, 옆에 있던 관세연이 단유강의 팔에 매달리며 말했다.

"세연이도 하고 있어요. 언니들이랑 같이요."

관세연이 나 잘했지? 하는 표정으로 단유강을 바라보자, 단유강은 또 관세연의 양 볼을 잡아당겼다.

"아으, 아하오."

단유강은 볼을 쥔 손을 몇 번 흔든 후 손을 놨다. 관세연이 양 볼을 문지르며 뾰로통한 표정으로 단유강을 바라봤다. 그 모습이 또 너무나 귀여웠다. 단유강은 부드럽게 웃으며 관세연의 머리를 쓰다듬어 주었다.

"참, 소혁이는 요즘도 늦게 들어오나?"

"예. 객잔의 일이 끝난 후에 표국에 가서 무공을 배우고 있어요."

"흐음, 그래?"

관소혁은 예전부터 무공에 관한 열망이 컸다. 그래서 어떻게 해서든 무공을 배우고자 했다. 문노에게 말하면 제법 괜찮은 무공을 가르쳐 줄 수도 있지만 단유강은 그렇게 하지 않았다.

단가표국은 표물 운송이 주된 업무이지만, 무관(武館)도 함께 운영했다. 단기적으로는 간단한 무공을 익히고자 하는 자들에게 돈을 받고 무공을 가르치면서 재정을 확보하고, 장기적으로는 그렇게 무공을 익힌 자들을 표사나 쟁자수로 거둬들여 인원을 확충하기 위함이었다.

무관에서 무공을 배우기 위해서는 적지 않은 돈이 들어간다. 하지만 단가표국에서 운영하는 무관은 꼭 그렇지만도 않았다. 무공의 기초만 배운다면 거의 무료에 가까웠다. 관소혁이 배우는 것도 바로 그 기초였다.

"예지는 어떻게 생각해?"

단유강의 물음에 관예지는 잠시 생각에 잠겼다. 밑도 끝도 없는 질문이었지만, 그녀는 그게 무슨 질문인지 충분히 알 수 있었다. 한참을 생각하던 관예지는 신중한 표정으로 대답했다.

"소혁이도 이제 하고 싶은 걸 하면서 살게 해주고 싶어요."

단유강은 빙긋 웃으며 고개를 끄덕였다.

"하긴, 객잔 일도 그리 쉽지는 않을 텐데, 일이 끝나고 무공 수련까지 하는 건 더더욱 어려운 일이지. 그렇게까지 하는 걸 보면 정말로 무공이 좋은 모양이다."

관예지는 단유강의 말에 웃으며 말을 이었다.

"맞아요. 그래서 밤에는 집에 들어오자마자 곯아떨어지기 일쑤예요."

"그래도 호흡법은 빼먹지 않고 하고 있겠지?"

"물론이죠. 제가 어떻게든 꼭 하게 만들어요. 아침에도 하기 전에는 절대 내보내지 않아요."

단유강이 크게 고개를 끄덕였다.

"잘했다. 앞으로도 계속 그렇게 해야 한다. 소혁이에게 그

호흡법을 꾸준히 익히면 무공에도 크게 도움이 될 거라고 전해줘라."

관예지가 눈을 빛냈다.

"예. 꼭 그렇게 할게요."

사실 관예지는 단유강이 전해준 호흡법이 평범하지 않다는 걸 일찍부터 눈치챘다. 벌써 몇 년째 그 호흡법을 꾸준히 익혀왔는데, 덕분에 언제나 몸 상태가 최상이었다.

"자, 그럼 난 이만 가볼까?"

단유강이 자리에서 일어나자 모두 아쉬운 표정을 지었다. 마음 같아서는 좀 더 함께 있고 싶었지만 그럴 수 없었다. 이렇게 함께 식사를 하는 시간을 내준 것만으로도 고마웠다.

"대주님, 그럼 언제 오시는 거예요? 내일도 오세요?"

관세연이 단유강의 다리를 붙잡고 물었다. 단유강은 관세연의 초롱초롱한 눈을 내려다보며 빙긋 웃었다.

"글쎄, 언제 올지 약속은 못하겠구나. 그래도 조만간 꼭 다시 오마."

"네. 꼭 오셔야 해요? 그때까지 세연이는 공부 열심히 하고 있을게요."

단유강이 관세연의 머리를 부드럽게 쓰다듬었다.

"그래. 열심히 해야지."

단유강은 방 안에 있는 세 사람을 한 번씩 바라본 후, 몸을 돌렸다. 다들 밖으로 따라 나오려 했지만 단유강의 신형은 이미 사라진 후였다.

관예지와 하후아영이 아련한 눈빛으로 단유강이 사라진 자리를 바라봤다. 그녀들에게 있어서 단유강은 든든한 버팀목이었다. 마치 아버지와 같은 느낌이었다.

그렇게 한동안 사라진 단유강의 뒷모습을 그리던 두 사람은 누가 먼저랄 것도 없이 방 안을 치우기 시작했다. 이제부터는 또 새로운 나날이 시작된다. 절대로 소홀히 살 수는 없었다. 그녀들을 여기까지 이끌어준 단유강을 위해서라도 말이다.

"예지는 좀 어떤가요?"

백설영의 어투에는 걱정이 잔뜩 묻어났다. 그런 백설영의 뒤로 멀찍이 떨어진 곳에는 두 명의 사내가 눈치를 살피며 서성이고 있었다.

단유강은 피식 웃으며 서성이는 하후량과 하후령을 바라봤다.

"괜찮으니까 걱정 안 해도 돼."

"괜찮은 척하는 게 아니라요?"

단유강이 고개를 저었다.

"괜찮아. 예지는 네가 생각하는 것보다 훨씬 강한 아이야."

어느새 하후량과 하후령이 사라졌다. 단유강의 대답을 철석같이 믿기 때문이었다. 두 사람은 실로 우직할 정도로 단유강을 믿고 따랐다. 만일 단유강이 두 사람의 목숨이 필요하다고 하면 즉시 내줄 것이다.

'왠지 부럽네.'

백설영은 그런 분위기를 눈빛만으로 풍길 수 있는 두 사람이 진정으로 부러웠다. 자신 역시 각오는 그들에 절대 밀리지 않는다고 자신하지만, 겉으로 보기에는 그렇지 않을 것이다.

'이 무슨 영양가 없는 질투람.'

백설영은 쓴웃음을 지으며 상념을 털어버렸다. 그리고 다시 단유강을 바라보며 진짜 하고 싶은 말을 했다.

"음혼사귀의 시체를 무림맹에서 수거해 갔습니다."

단유강이 고개를 끄덕였다. 그러라고 방치했으니 당연하다. 포상금이 조금 아깝긴 하지만, 그 정도 돈은 단유강에게 있어도 그만, 없어도 그만이었다.

"정보는 제대로 교란했지?"

백설영이 고개를 끄덕였다.

"예. 빈틈없이 처리했습니다."

단유강이 이번 일에서 가장 중요하게 여긴 것이 바로 그것이었다. 음혼사귀를 천망단의 장원에서 처리하기로 마음먹은 이유가 바로 그와 음혼사귀의 싸움을 아무도 못 보게 하기 위함이었다.

현재 월영단이 가진 정보력으로는 음혼사귀가 미고현에

도착하기 훨씬 전부터 미리 경로를 예측하는 건 무리가 있었다. 음혼사귀도 바보가 아닌 이상 대놓고 움직이지는 않을 것이기 때문이다.

그래서 그들을 천망단의 장원으로 끌어들였다. 그들이 미고현에 들어서는 순간부터 장원에 있는 모든 사람을 밖으로 내보내고 단유강 혼자 남았다.

밖으로 나간 대원들이 한 일은 최대한 정보와 소문을 차단하는 일이었다. 그래서 단유강은 마음 놓고 그들을 처리할 수 있었다. 결국 시체 세 구를 안고 미고현 밖으로 걸어가는 동표웅을 아무도 발견하지 못했다. 이것은 백설영을 비롯한 천망단원의 공이었다. 더불어 담교영의 역할이 가장 컸다.

담교영은 이번 일의 성공을 위해 면사를 벗고 미고현의 번화가를 거닐었다. 수많은 눈이 그녀에게 쏠렸고, 상대적으로 미고현 외곽에 위치한 천망단의 장원 근처에는 아무도 다가가지 않았다.

그렇게 일반인의 시선을 차단했고, 다른 정보원들의 시선은 천망단의 나머지 대원들이 나서서 차단했다. 그 와중에 제갈무군이 진법까지 사용했다.

"괜찮군. 훌륭해. 이제 적련이 어떻게 나올 것 같아?"

"아마 당분간은 조심스럽게 관망만 할 듯합니다. 음혼사귀라는 이름은 결코 가볍지 않으니까요."

단유강이 고개를 끄덕였다.

"확실히 꽤 하는 놈들이긴 한데……. 그런데 고작 그 정도로 십대고수를 상대할 수 있다면 십대고수가 너무 허접하지 않아? 소문이 좀 과장된 면이 많은 것 같아."

"본래 소문은 그렇게 납니다. 하지만 그들이 십대고수에 근접하다는 게 아예 허황되지는 않았습니다. 그들이 잠적하기 전에 마지막으로 상대한 고수가 무림맹의 칠장로였습니다."

"그래? 그들이 무림맹의 칠장로를 이겼다고?"

"그것도 압도적인 승리였습니다. 칠장로를 십대고수에 비견하긴 조금 어렵지만 그래도 그렇게 압도적인 승리를 하려면 거의 십대고수에 버금갈 정도가 아니면 힘들다고 다들 판단했습니다."

백설영은 그렇게 설명하긴 했지만 사실 그녀도 음혼사귀를 십대고수에 비견하는 것은 내키지 않았다.

"아마 각자 익힌 무공의 상성이 안 좋았을 거야. 나중에 한 번 알아봐. 음혼사귀가 어떤 종류의 무공을 익혔는지는 대충 알겠으니까."

백설영이 눈을 빛냈다. 과연 단유강이었다. 한 번 부딪쳐 본 것만으로 그런 것까지 파악했다니 말이다. 백설영은 새삼 음혼사귀와 단유강의 싸움을 보지 못한 것이 아쉬웠다.

"그건 그렇고, 적련의 오총관은 제대로 감시하고 있지?"

"예. 대주님께서 시키신 대로 감시만 하고 있습니다."

"아마 적련 쪽에서 뭔가 움직임이 있을 거야. 제대로 된 사람을 붙여."

"최고의 요원을 붙였습니다."

단유강은 고개를 끄덕인 후, 턱을 쓰다듬으며 고개를 갸웃거렸다. 백설영이 그 모습을 보고 조심스럽게 물었다.

"뭐 마음에 걸리는 거라도 있으세요?"

"대체 적련이 왜 이렇게까지 하는지 갑자기 이해가 되지 않아서."

"대주님 뒤에 뭔가가 있다고 판단했기 때문입니다."

"그게 이상하다는 거야."

백설영이 의아한 눈으로 바라보자 단유강이 설명을 이었다.

"적련은 상단이야. 장사를 해서 돈을 벌어들이는 곳이라고. 그런 자들은 뭔가 세력이 생기면 견제를 하거나 이용해. 그런데 그들이 지금 내게 하는 일들은 그런 범주를 넘어섰어. 그렇지 않아?"

확실히 그랬다. 이번에 음혼사귀까지 움직인 것은 완전히 천망단을 말살하고자 하는 의지까지 느껴졌다. 그것이 드러나지 않은 세력을 떠보기 위함이었다면 적련은 그 세력과 싸우기로 작정을 한 것이다.

"드러나지 않은 세력이 있으면 먼저 정보를 캐서 그들의 성향부터 파악하는 게 순서야. 그다음 그들을 이용할 방도를 찾아야 돼. 그게 제대로 된 상인의 자세라고. 한데 그놈들은 그걸 망각한 것처럼 행동했어. 이건 마치 사파의 행동 같잖아?"

백설영은 단유강의 말을 들으며 심각한 표정을 지었다. 사실 단유강이 적련을 적대하기로 이미 마음을 먹긴 했다. 하지만 적련은 그것을 제대로 파악하기도 전에 먼저 움직였다.

"내 뒤에 세력이 없다고 판단했다면 이해가 가. 다 집어삼키고 싶었다고 여기면 되니까. 한데 지금 이건 아무래도 아니야. 냄새가 진동하지 않아? 이놈들 분명히 뭔가가 있어."

적련의 행동은 수상한 점이 한두 가지가 아니었다. 예전 신강과 청해 쪽에서 마인들을 들여온 것부터 시작해서, 이번에 백검문을 지원해 청검산장을 집어삼키려고 한 것도 그렇고, 최근 벌이는 여러 가지 일들이 하나같이 심상치 않았다.

"더 세심히 알아보겠습니다."

백설영은 그렇게 대답하고는 고개를 숙였다. 충분히 생각했어야 하는 일이다. 한데 그러지 못했다. 최근 일이 너무 바쁘고 복잡하긴 했지만, 그건 핑계에 불과했다.

단유강은 백설영의 몸에서 느껴지는 기세의 변화에 가볍게 고개를 끄덕였다. 백설영은 이렇게 약간의 경각심만 심어줘도 알아서 모든 걸 해결한다. 그녀는 충분히 모든 걸 조율할 수 있는 능력이 있었다.

단유강은 슬쩍 웃었다. 이제는 화제를 돌릴 때였다.

“교영이는 뭐 하고 있어?”

백설영은 단유강의 물음에 잠시 얼떨떨한 표정을 지었다. 하지만 이내 쓴웃음을 짓고는 대답했다.

“거처에서 쉬고 있습니다. 오늘 좀 피곤했거든요.”

“하긴.”

오늘 담교영은 태어나서 가장 긴 시간 동안 사람들에게 얼굴을 공개했다. 몰려드는 구경꾼들을 무시하며 걸어다니는 것도 보통 힘든 일이 아니었다.

그나마 이곳이 미고현이라 망정이지, 만일 다른 곳이었다면 몇 번이나 다툼이 일어났을 것이다. 미고현에서는 담교영을 따라다니는 연백철만으로도 모든 사고에서 벗어날 수 있었다.

“한번 가보시겠어요?”

백설영이 기대에 찬 눈으로 바라보자 단유강은 어색한 표정을 지었다. 그 표정을 본 백설영이 깜짝 놀라 눈을 크게 떴다. 단유강이 이런 모습을 보이는 건 정말로 처음이었다. 백설영의 눈빛이 약간 흔들렸다.

“어쩌면 대주님을 기다리고 있을지도 몰라요.”

단유강은 피식 웃으며 고개를 끄덕였다. 왠지 갑자기 보고 싶어졌다. 오늘 밤은 함께 술이라도 한잔하면 좋을 것 같은 생각이 들었지만, 이내 고개를 저었다.

‘그건 나중에.’

오늘은 그냥 칭찬이나 몇 마디 해주고 말아야겠다고 생각
했다.

"가보지."

단유강이 담교영의 거처를 향해 걸어가자 백설영이 의미
심장한 눈으로 단유강의 뒷모습을 바라보다가 이내 짓궂은
표정을 지었다.

"오늘은 상으로 대주님의 침상을 내주시는 건 어떨까요?"

백설영은 그 말을 끝으로 사라져 버렸다. 단유강의 얼굴을
차마 볼 수가 없었다.

단유강은 백설영이 한 말에 놀라 걸음을 멈췄다. 고개를 돌
려 그녀가 사라진 걸 눈으로 직접 확인하고는 고개를 절레절
레 저었다.

"하여간……."

단유강은 기분 좋은 미소를 머금었다. 생각해 보면 못할 것
도 없었다. 하루쯤 침상을 양보하면 어떤가. 다만, 그렇게 되
면 아마 담교영은 다시는 다른 침상에서 잠을 자지 못할 것이
다.

"만드는 데 워낙 심혈을 기울였어야지."

단유강은 그렇게 중얼거리며 담교영의 거처로 향했다.

담교영은 놀란 눈으로 단유강을 맞이했다. 설마 자신의 거
처로 찾아오리라고는 생각지도 못했다.

"어, 어, 어쩐 일이신가요?"

담교영은 말을 더듬는 자신의 입을 원망하며 단유강을 바라봤다. 단유강은 담교영이 왜 이렇게 당황하는지 몰라 잠시 그녀를 바라보다가 방 안으로 들어섰다.

"오늘 고생했다는 얘기를 들어서."

단유강의 말투는 왠지 퉁명스러웠다. 단유강은 자신이 말을 해놓고도 스스로를 이해할 수 없었다. 말이 왜 이런 식으로 나온단 말인가.

"아, 고, 고생은요, 뭘."

단유강은 살짝 고개를 돌리는 담교영의 얼굴을 바라보며 묘한 기분에 휩싸였다. 사실 그동안 담교영에게 약간의 호감이 있었던 것은 사실이었다. 그렇지 않았다면 굳이 청검산장을 그렇게까지 전폭적으로 도와주지도 않았을 것이다.

한데 지금은 그런 작은 호감과는 거리가 있었다. 급격히 마음이 가까워진 듯한 느낌이 들었다. 단유강은 이 갑작스러운 변화에 크게 당황했다.

"뭐 부탁하고 싶은 거 있으면 해도 돼. 오늘 일에 대한 상이라고 하면 좀 그렇지만, 웬만하면 들어줄 테니까."

단유강은 순식간에 마음을 가라앉히고 그렇게 말했다. 언제나 냉정을 유지하는 건 생존의 기본적인 조건이었다. 무려 이십 년을 그렇게 살아왔기에 이런 식으로 마음을 가라앉히는 건 일도 아니었다.

단유강의 담담한 표정을 확인한 담교영의 눈빛에 살짝 실망이 감돌았다. 그녀 역시 방금 전 가슴이 두근거렸다. 말을 제대로 못할 정도였다. 분명히 둘 사이에 뭔가 교감이 오갔다고 믿었다. 한데 지금 단유강의 표정을 보니 꼭 그런 건 아닌 듯했다.

"하아, 아니에요. 지금 이대로가 좋아요."

담교영이 고개를 저었다. 단유강은 다시 한 번 권했다.

"일단 뭐든 얘기를 해봐. 아무거라도. 꼭 들어준다는 보장은 없으니까 장난삼아 해보라는 뜻이야. 별 의미를 두지 말고."

단유강은 말을 하면서도 내가 왜 이렇게 장황하게 말을 늘어놓고 있나 하는 생각에 살짝 얼굴이 달아오를 뻔했다.

담교영은 단유강이 재차 권유하자 조금 생각에 잠겼다. 잠시 단유강을 바라보던 그녀는 조금 짓궂은 생각이 들었다. 아니, 자신의 마음에 실망을 안겨준 단유강이 조금 얄미웠다.

"하늘을 날고 싶어요."

단유강은 담교영의 말에 황당한 표정으로 그녀를 바라봤다. 그리고 그녀의 표정을 확인하고는 고개를 절레절레 저었다. 오늘따라 평소와 달리 스스로의 흐름으로 주도하지 못하는 듯했다.

'그래도 나쁜 기분은 아니군. 가끔 이런 것도 있어야지.'

단유강은 속으로 그렇게 중얼거리며 담교영을 더욱 빤히

처다봤다. 담교영은 단유강이 계속 바라보자 얼굴이 붉어졌
다. 결국 그녀가 먼저 고개를 슬며시 돌려 눈을 피하고 말았
다.

단유강의 입가에 미소가 맴돌았다.

"좋아. 들어주지, 그 소원."

단유강의 말에 담교영의 고개가 다시 번쩍 올라갔다. 그녀
는 놀란 눈으로 단유강을 바라봤다. 그리고 단유강의 표정을
확인하고는 이내 배시시 웃었다.

"뭐예요? 자꾸 장난만 치시고."

단유강의 표정이 너무나 짓궂었기에 장난이라고 치부했
다. 하지만 단유강은 장난이 아니었다. 물론 쉬운 일은 아니
었지만 꼭 하고자 마음을 먹으면 못할 건 없었다. 다만 몸에
무리가 좀 올 뿐이었다.

단유강은 진짜로 하려고 했지만 담교영은 그걸 받아들이
지 않았다. 그녀는 서둘러 말을 바꿨다.

"농담이었어요. 그런 말을 진짜로 받아들이면 어떻게 해
요? 그냥 오늘 있었던 일만 얘기해 주세요. 대체 제게 그런 일
을 시키신 이유가 뭔가요?"

담교영은 아직 오늘 일어났던 일의 전말을 전혀 몰랐다. 그
저 단유강이 나가라고 하니까 나갔고, 백설영이 연백철을 붙
여주며 그렇게 하라고 해서 했을 뿐이었다. 대체 왜 자신이
그런 일을 해야 했고, 그로 인해 어떤 일에 도움을 주었는지

몽땅 알고 싶었다.

"별것 아니야. 오늘 여기에 음혼사귀가 왔었거든."

단유강이 대수롭지 않게 말하자 담교영은 그런가보다 하고 고개를 끄덕였다. 하지만 이내 경악에 찬 눈으로 단유강을 바라봤다.

"예에? 으, 음혼사귀요?"

음혼사귀에 대해서는 담교영도 너무나 잘 알고 있었다. 음혼사귀는 그만큼 유명한 자들이었다. 그것은 그들이 무림맹과 대적하고서도 살아남았기 때문이다.

"그, 그들의 합공은 십대고수에 비견될 정도라고 하던데……."

담교영의 눈이 호기심과 걱정으로 물들었다. 음혼사귀가 찾아왔다면 그냥 돌아갔을 리가 없다. 그들은 악명으로 누구에게도 뒤지지 않는 자들이다. 비록 이곳이 무림맹 소속 천망단이라고 하지만 음혼사귀에게 있어 그런 이름을 들먹이는 것은 오히려 해가 되면 되었지 전혀 득이 되지 않았다.

"대, 대체 그들이 여기에는 왜 온 거죠?"

담교영은 어렴풋이 자신이 무슨 일을 한 건지 이해가 갔다. 사람들의 시선을 음혼사귀에서 멀어지게 하기 위함이었다. 음혼사귀는 자신들을 목격했다는 것만으로 목숨을 취할 수도 있는 악귀에 더 가까운 자들이었다.

"뻔하지. 우리를 몽땅 죽이러 온 거지."

“예에? 그, 그럼 큰일이잖아요!”

담교영도 단유강이 강하다는 걸 안다. 그리고 천망단의 다른 대원들 역시 평범하지 않다는 것을 잘 알고 있다. 하지만 음혼사귀는 그냥 강한 정도로 상대할 수 있는 자가 절대 아니었다.

“그렇게 흥분할 거 없어. 그놈들 이제 다시는 올 수 없을 테니까.”

“그, 그게 무슨 말씀이죠? 설마 그자들과 손이라도 잡은 건가요?”

“그딴 쓰레기들이랑 손을 왜 잡아?”

담교영은 답답했다. 단유강이 속 시원히 빨리 말을 해주길 바랐다. 단유강은 그런 담교영의 표정을 읽고는 가볍게 웃었다.

“그놈들 다 죽었으니까 걱정할 거 없어.”

“주, 죽었다고요?”

단유강의 말은 담교영에게 또 다른 충격을 주었다. 대체 누가 음혼사귀를 죽였단 말인가.

“설마 당가가 나선 건가요?”

단유강이 고개를 저었다.

“아니, 내가 죽였어.”

담교영은 입을 다물었다. 그리고 경악에 찬 눈으로 단유강을 바라봤다. 만일 다른 사람이 그런 말을 했다면 거짓말하지 말라고 쏘아붙였을지도 모른다. 하지만 단유강의 말은 왠지 믿을 수 있었다. 단유강의 표정을 보면 진심이라는 걸 알 수 있었다.

"저, 정말이군요. 음혼사귀를⋯⋯. 당신이⋯⋯."

담교영은 너무 놀라 단유강에게 대주님이라고 부르지도 못했다. 그저 멍한 표정으로 단유강을 하염없이 바라보기만 했다.

"자자, 정신 차리라고. 아직 얘기 다 안 끝났어."

담교영이 단유강의 말에 퍼뜩 정신을 차렸다.

"그놈들을 내가 죽였다는 사실을 숨기려고 그런 일을 벌인 거야. 아직 싸움은 시작도 안 했는데 이쪽의 전력을 드러낼 필요는 없으니까."

사실 전력이 드러나는 것보다 자신의 이름이 널리 알려지는 게 더 싫었다. 만일 그렇게 되면 진짜 원하지 않는 상황이 올지도 몰랐다.

'아직 돌아가고 싶지 않으니까.'

"그, 그렇군요. 그래서 제가 사람들의 이목을 끄는 동안 그들과 싸우신 거로군요."

사실 담교영이 이목을 끌고 백설영과 나머지 대원들이 정보를 차단했다. 단유강이 음혼사귀를 상대한 시간이 워낙 짧았기 때문에 가능한 작전이었다.

"자, 이제 궁금증은 다 풀렸어?"

담교영이 힘없이 고개를 끄덕였다. 왠지 세상이 불공평하게 느껴졌다. 단유강은 이렇게 매일 누워서 잠만 자는데도 음혼사귀를 처리할 정도로 강한데, 자신은 그렇게 열심히 노력했는데도 천망단에서 가장 약한 사람이 되어 있지 않은가.

단유강은 담교영의 표정을 보며 고개를 절레절레 저었다. 정말로 마음이 복잡했다. 아니, 머리가 복잡했다. 이런 땐 뭘 어떻게 해야 하는지 알 수가 없었다.

단유강은 자리에서 벌떡 일어났다. 담교영이 놀라 쳐다보자 고개로 바깥을 가리켰다.

"가자."

"예? 어디를요?"

"하늘에."

단유강은 그렇게 말하고는 담교영의 손목을 잡아끌었다. 담교영은 힘없이 단유강에게 이끌려 밖으로 나갔다.

밖에 나온 단유강은 하늘을 바라봤다. 지금은 밤이었다. 하늘에는 별들이 쏟아질 듯 반짝였다.

"날씨는 괜찮군."

단유강이 담교영을 돌아봤다. 담교영은 여전히 놀란 눈으로 단유강을 빤히 바라보고 있었다. 단유강은 자신을 바라보는 담교영의 눈빛이 왠지 마음 깊은 곳으로 파고드는 것만 같았다.

"후우, 준비됐어?"

“예? 무, 무슨 준비요?”

“무슨 준비긴, 하늘을 날 준비지.”

단유강은 그 말과 동시에 담교영을 위로 집어 던졌다.

“꺄아악!”

담교영은 너무나 놀라 비명을 지르며 몸부림쳤다. 그녀는 한없이 하늘로 쭉쭉 솟아 올라갔다. 기절하기 일보 직전이었다.

“제대로 자세를 잡아!”

단유강의 외침이 그녀의 귓속을 파고들었다. 담교영은 이를 악물고 허공에서 균형을 잡으려 애썼다. 그녀의 몸은 여전히 하늘로 올라가고 있었다.

그리고 어느 순간, 그녀의 몸이 올라가는 것을 멈췄다. 담교영은 이제 떨어지는 일만 남았다고 생각했다. 한데 상황은 그녀가 예상했던 것과 전혀 다르게 흘러갔다.

“응?”

담교영은 놀란 눈으로 아래를 내려다봤다. 그녀는 허공에 떠 있었다. 응당 아래로 떨어져야 하건만 전혀 움직이지 않았다.

“팔을 벌려!”

단유강의 목소리가 들려왔다. 담교영은 그의 말대로 팔을 활짝 벌렸다. 서서히 몸이 앞으로 나아갔다. 팔을 이리저리 움직이니 방향까지 바뀌었다.

“나, 날고 있어!”

그녀는 지금 하늘을 날고 있었다. 바닥이 까마득하게 보일 정도로 높이 뜬 상태였다. 그녀의 눈에 단유강이 보였다.

“날 보지 말고 앞을 봐!”

단유강의 외침에 그녀는 고개를 들었다. 별이 수놓인 밤하늘 아래 미고현의 모습이 보였다. 아직 거리에는 여기저기 불빛이 보였다.

“아름다워…….”

팔을 이리저리 휘저으며 하늘을 날아다니는 기분은 말로 형언할 수 없을 정도로 대단했다. 그녀는 얼굴에 부딪치는 바람을 맞으며 그렇게 한참을 날아다녔다. 뿌듯함이 마음 가득 차올랐다. 그리고 단유강이 그녀의 마음 깊은 곳에 자리를 잡았다.

단유강은 양손을 위로 뻗어 올린 채 굵은 땀방울을 쉴 새 없이 흘렸다.

“이거, 생각보다 훨씬 힘드네. 대체 할아버지는 어떻게 그리 쉽게 하신 거야?”

단유강은 생각하면 할수록 할아버지의 벽이 거대하게 느껴졌다. 그의 할아버지는 날고 싶다는 단유강의 말이 떨어지기 무섭게 그냥 쳐다보는 것만으로 단유강을 하늘 높이 날려버렸다.

그것도 지금처럼 이십여 장 높이로 올려 보낸 게 아니라 사람이 개미처럼 보일 정도로 까마득한 높이였다. 단유강은 정말 새가 된 듯 마음껏 날아다녔다. 지금처럼 한정된 거리가 아닌 정말 어디든 갈 수 있을 정도로 멀리까지 날아갈 수 있었다.

"그때가 고작 네 살이었다는 걸 감안한다고 해도 말이지."

단유강은 하늘을 날아다니는 담교영을 바라보며 빙긋 웃었다. 힘들긴 했지만 담교영의 표정을 보니 멈출 수가 없었다. 단유강의 마음도 벅차올랐다. 몸은 지극히 힘든데 왠지 기분은 점점 좋아졌다.

경국지색(傾國之色).

나라를 위태롭게 할 정도의 미인이라는 뜻이다. 경국지색이라고밖에 표현할 수 없는 여인 한 명이 대로를 걸어가고 있었다. 대로에 있는 모든 사람들의 시선이 그녀에게 꽂혀 움직일 생각을 하지 않았다. 그 정도로 아름다운 여인이었다.

여인이 대로를 지나 보이지 않을 정도가 되었는데도 사람들, 특히 사내들은 정신을 차리지 못하고 멍한 표정을 지은 채 여인이 사라진 방향만 응시했다.

그러다 정신을 차린 사내들이 삼삼오오 모여 방금 본 여인에 대해 대화를 시작했다.

"대, 대체 누굴까?"

“천하제일미라는 담교영 아닐까?”

“아무래도 그렇겠지? 저 정도로 예쁘니 천하제일미라는 얘기가 나오지.”

그렇게 결론을 내려가고 있을 때, 뒤늦게 정신을 차린 사내 한 명이 고개를 저었다.

“아니야. 담교영이 아니야. 다른 사람이야.”

“그걸 자네가 어찌 아나?”

“담교영은 항상 면사를 쓰고 다니거든. 방금 그 여자는 당당하게 면사를 벗고 다니지 않았는가.”

“그 여자가 꼭 면사를 쓰고 다닌다는 법이 있나? 이제 벗기로 했나 보지.”

“글쎄, 그건 아니라니까. 담교영은 절대 함부로 면사를 벗지 않는다고.”

사내들이 갑론을박 말다툼을 시작했다. 하지만 결론이 나지 않았다. 그들의 말싸움에 결론을 내려준 것은 지나가던 노인 한 명이었다.

“담교영은 아닐세. 내 예전에 아주 우연히 천하제일미의 얼굴을 본 적이 있는데, 전혀 달랐네.”

노인의 말에 사내들이 침을 꿀꺽 삼켰다.

“하면 담교영은 저 여자보다 더 아름답다는 겁니까? 노인장?”

노인이 웃었다.

"클클클, 그럴 리가 있나. 내 평생 저렇게 아름다운 여인은 본 적이 없는데. 저 여인이 몇 배는 더 아름답네. 오늘 정말 제대로 눈 호강을 했어."

노인의 말에 사내들의 표정에 호기심이 어렸다. 대체 저 아름다운 여인은 어디에서 갑자기 나타났단 말인가. 저렇게 아름다운 여인이 면사도 쓰지 않고 거리를 활보하고 다니면 소문이 안 날 수가 없다.

사내들의 표정이 몽롱해졌다. 여인의 모습을 떠올리는 것만으로도 넋이 나갈 지경이었다.

여인이 지나간 자리에는 언제나 같은 광경이 펼쳐졌다. 대로의 끝에서 끝까지 이동하는 동안 그 안에 있는 모든 사내들이 같은 반응을 보였다.

심지어는 여자들도 그녀의 얼굴에서 눈을 떼지 못했다. 너무나 아름다우니 아예 질투심조차 일지 않았다.

그 여인은 사람들의 시선을 즐기는 듯한 표정과 몸짓으로 사뿐사뿐 걸어갔다.

"무한은 정말로 오랜만이로구나. 이게 대체 몇 년 만이지?"

여인은 고혹적인 미소를 머금으며 그렇게 중얼거렸다. 손가락으로 헤아릴 수도 없을 정도로 오랜 시간이었다. 물론 예전에도 그냥 지나치는 정도였지만 말이다. 무한은 무림맹이 있는 곳이었으니까.

"무림맹이라……. 여기도 참 오랜만이네."

여인은 무림맹 앞에 서 있었다. 무림맹의 정문을 지키는 무사들이 넋 나간 표정으로 여인의 얼굴을 멍하니 바라보고 있었다. 그들은 자신의 입에서 침이 흐르는 줄도 모르고 입을 헤 벌렸다.

여인은 그들에게 다가갔다. 여인이 가까이 다가오자 무사들이 퍼뜩 정신을 차렸다.

"무, 무슨 일이십니까?"

무사 중 하나가 용기를 내서 물었다. 순간 여인의 얼굴에 화사한 미소가 번져 나갔다.

"으윽."

무사들이 일제히 팔을 들어 눈을 가렸다. 너무나 눈부셔서 차마 똑바로 바라볼 수가 없었다. 어찌 사람이 이런 아름다움을 가질 수 있단 말인가.

'서, 선녀다. 사람이 아니라 선녀야.'

무사들은 그렇게 결론을 내리고 다시 조심스럽게 여인을 바라봤다. 여인의 얼굴에는 어느새 미소가 사라져 있었다.

"사람을 찾아왔어요."

"무, 무림맹에 아는 분이 계시는 겁니까?"

무사들은 순간 과연 어떤 복 받은 사람이 이런 여인과 인연을 맺었을까 궁금해졌다.

“마, 말씀만 하십시오. 즉시 안에 알려드리겠습니다.”

“이름만 알고 있는데 괜찮을까요?”

“물론입니다!”

여인의 얼굴에 다시 미소가 만들어졌다. 무사들은 문득 이 대로 죽어도 좋겠다는 생각이 들었다. 하지만 이내 퍼뜩 정신을 차리고 등에 식은땀이 흘렀다. 어찌 무림맹의 무사가 그런 나약한 생각을 할 수 있단 말인가. 무사들은 정신을 바짝 차리고 여인의 입에 집중했다.

“단유강이에요.”

무사들이 어리둥절한 표정을 지었다. 처음 듣는 이름이었기 때문이다. 하지만 무림맹에 어디 사람이 한두 명인가. 그들이 모르는 사람이 있는 게 당연했다.

“그분이 혹시 숙수라거나 다른 일을 하시는 분은 아니겠지요?”

여인의 얼굴에 화사한 미소가 그려졌다.

“그 아이는 무공이 꽤 높답니다. 그리고 요리에는 영 소질이 없는 아이이니, 숙수일 리가 없지요.”

여인의 말에 무사들이 정신없이 고개를 끄덕였다.

“알겠습니다! 잠시만 기다리시면 안에 알려 즉시, 단유강이라는 분을 모셔오도록 하겠습니다.”

무사 중 한 명이 황급히 안으로 달려 들어갔다. 그리고 남아 있는 무사 중 한 명이 여인에게 말했다.

"이곳에 서서 기다리시는 건 힘든 일입니다. 안쪽에 방문객을 위한 접객실이 따로 있으니 그쪽에서 기다리시는 게 어떻겠습니까?"

여인이 손뼉을 짝 치며 기뻐했다.

"아, 그런가요? 고마워요. 그럼 안내를 부탁드려도 될까요?"

여인의 고혹적인 표정에 무사의 얼굴이 헤벌쭉해졌다. 무사는 경망스럽게 팔을 안쪽으로 연방 뻗었다.

"이리로, 이리로 오십시오."

무사가 여인을 데리고 안으로 들어가자 그때까지 남아 있던 두 명의 무사가 한동안 멍한 표정으로 문을 바라보다가 결국 한숨을 내쉬었다.

"흐아아, 정말 미치겠구나."

"그러게. 확실히 무림맹이 대단하긴 대단해. 저런 선녀가 찾아올 정도니 말이야."

무사 둘이 동시에 고개를 끄덕였다. 확실히 무림맹은 대단했다. 저런 인세에 다시 볼 수 없을 듯한 미녀까지 인연을 맺고 있으니 말이다.

여인에 대한 소문은 삽시간에 무림맹 안으로 번져 나갔다. 단유강이라는 인물을 찾기 위해 달려간 무사가 자신이 본 믿을 수 없는 광경에 대해 연달아 떠들어댔기 때문이다.

처음 높은 자리에 있던 사람들은 관심이 있으면서도 모른

척했지만 여인을 보기 위해 달려간 무사들이 다시 돌아올 생
각을 하지 않자, 슬슬 그들도 참기 어려워졌다.

그렇게 정문 옆 접객실 근처에는 수많은 사람들이 모여들
었다.

"재미있는 사람들이네."

여인의 입가에 미소가 걸렸다. 접객당 밖에서 창을 통해 그
광경을 훔쳐보던 사내들은 가슴이 덜컥 내려앉는 듯한 충격
을 받았다. 여인이 웃을 때마다 심장이 벌렁거려서 명이 점점
짧아지는 것만 같았다.

"그나저나 너무 늦네……."

여인은 그렇게 중얼거리며 주위를 슥 훑어봤다. 그렇게 한
번 둘러보는 동안 그녀와 눈을 마주친 사내들은 모두 온몸이
찌릿찌릿해지는 보기 드문 경험을 했다.

그렇게 모두 관심을 보였지만 정작 그녀에게 직접 다가가
는 사내는 아직까지 한 명도 없었다. 여인의 모습은 너무나
고혹적이고 매력적이었지만 섣불리 다가갈 수 없게 하는 위
엄이 있었다.

'정녕 신비한 여인이다.'

남궁석인은 몽롱한 눈으로 여인을 바라보며 그렇게 생각
했다. 그는 남궁세가에서도 꽤 촉망받는 후기지수로, 무림맹
백호단의 부단주 중 하나였다.

그는 몇 번이나 속으로 용기를 냈다. 하지만 여인의 얼굴을

바라보는 순간 번번이 용기가 흩어져 버렸다. 남궁석인은 아예 고개를 숙였다. 그녀를 이대로 놓치면 평생 후회할 것만 같았다.

남궁석인은 고개를 숙인 채 접객실 안으로 들어갔다. 그가 다가가자 주변에 모인 사내들이 그를 죽일 듯이 노려봤다. 따끔따끔한 살기가 느껴지자 남궁석인이 흠칫 놀랐지만 이내 더욱 용기를 내서 결국 여인 앞에 도착하는 데 성공했다.

여인은 흥미로운 눈으로 남궁석인을 쳐다봤다.

"무슨 일인가요?"

남궁석인은 순간 다리가 휘청거렸다. 목소리도 진정 아름다웠다. 천상의 옥음이 있다면 바로 이럴 것이다.

"저, 저, 저는……."

남궁석인은 제대로 말이 나오지 않아 크게 당황했다. 하지만 당황하니 더더욱 말이 나오지 않았다.

"저, 저는 나, 나, 남궁……."

남궁석인이 억지로 말을 이어가고 있을 때, 밖에서 우당탕하는 소리가 들려왔다.

"찾았습니다! 찾았어요! 그분이 있는 곳을 알아냈습니다!"

그는 처음 정문을 지키던 무사였다. 단유강을 부르러 가장 먼저 안으로 들어간 사람이기도 했다. 그 무사는 거의 구르다시피 해서 여인 앞에 도착했다.

"허억! 허억! 차, 찾았습니다!"

여인의 얼굴에 기대감이 떠올랐다. 무사는 뿌듯한 마음에 심장이 뒤틀릴 지경이었다.

"사, 사, 사천에 있습니다!"

"사천이요?"

여인이 살짝 아미를 찡그렸다. 그 순간, 그것을 바라보던 사내들의 마음이 찢어지는 듯 아파왔다.

하지만 여인은 사내들의 마음 따윈 관심 없다는 듯 자신에게 그 말을 한 무사를 바라보며 질문을 이어갔다.

"왜 사천에 있는 거죠? 분명히 무림맹에 있다는 얘기를 들었는데."

"그곳도 무림맹입니다. 사천에 있는 천망칠십오대의 대주가 바로 단유강입니다."

그제야 여인의 표정이 밝아졌다.

"고마워요."

여인은 자신에게 그 소식을 알려준 무사를 살짝 안아줬다. 무사는 그 순간 벼락을 맞은 것처럼 몸이 굳어버렸다. 아무 생각도 할 수 없었다. 그는 그대로 뒤로 넘어갔다.

쿠웅.

무사가 바닥에 쓰러지는 소리가 접객당에 울렸다.

"사천에 있었구나. 천망칠십오대. 사천까지 언제 간담."

여인은 그렇게 중얼거리며 고혹적인 미소를 지었다.

그때까지 석상처럼 서 있던 남궁석인은 자신이 가진 모든 용기를 짜냈다.

"대, 대체 단유강이라는 자는 왜 찾으시는 겁니까?"

남궁석인은 그 질문을 하고선 자신을 책망했다. 그보다 훨씬 더 건설적인 얘기를 했어야 했다. 이런 쓸데없는 얘기로 용기를 낭비하지 않았는가.

하지만 여인은 기쁘게 그 질문에 답해주었다.

"할머니가 손자를 찾는 데 이유가 필요한가요?"

여인은 그렇게 말하며 빙긋 웃었다. 그녀의 미소를 정통으로 바라본 남궁석인이 가슴을 부여잡으며 비틀거렸다.

그 광경을 지켜본 모든 사람들의 뇌리에 '할머니' 라는 단어가 각인되었다. 천망단의 대주라면 나이가 적어도 스물은 넘었을 것이다. 스무 살짜리 손자를 둔 할머니라면 최소한 환갑은 넘어야 한다.

하지만 그녀는 고작해야 스무 살을 갓 넘긴 정도로밖에 안 보였다. 하지만 그곳에 있는 누구도 그 말이 거짓말이라는 생각을 하지 못했다.

여인의 아름다운 미소가 접객실 안을 가득 채웠다.

『태룡전』 4권에 계속…

춘부 新무협 판타지 소설

예(禮)와 법(法)을 익힘에 있어
느리디느린 둔재(鈍才).
법식(法式)에 얽매이기보다 마음을 다하며,
술(術)을 익히는 데는 느리지만
누구보다 빨리 도(道)에 이를 기재(奇才).

큰 지혜는 도리어 어리석게 보이는 법[大智若愚]!

화폭(畵幅)에 천지간(天地間)의 흐름을 담고
일획(一劃)에 그리움을 다하여라!

형식과 필법을 익히는 데는 둔하나
참다운 아름다움을 그릴 수 있게 된
화공(畵工) 진자명(陳自明)의 강호유람기!

共同傳人
공동전인

설경구 新무협 판타지 소설

마교를 재건하라.

혈마옥에 갇히며 마교 장로들의 공동전인이 된 사무진에게 주어진 과제.
역사상 가장 착한 마교의 교주.
하지만 역사상 가장 강한 마교의 교주가 되고 싶다.

고정관념을 버려요.

마교도라고 해서 꼭 나쁜 놈일 필요는 없잖아요.

지금까지와는 다른 마교.

이제 사무진이 만들어가는 새로운 마교가 모습을 드러낸다.

歡喜密功

환희밀공

설봉 新무협 판타지 소설

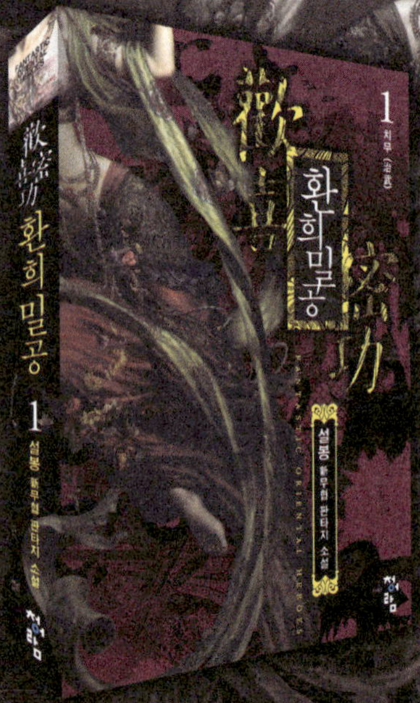

무유칠덕(武有七德), 금폭(禁暴), 집병(戢兵), 보대(保大),
정공(定功), 안민(安民), 화중(和衆), 풍재(豊財), 자야(者也).
〈좌전(左傳), 선공 십이년(宣公 十二年)〉

무에는 일곱 가지 덕이 있다.
첫째, 난폭을 금지한다. 둘째, 무기를 거두어들인다. 셋째, 큰 나라를 보전한다.
넷째, 공적을 정한다. 다섯째, 백성을 편안하게 한다. 여섯째, 대중을 화합하게 한다.
일곱째, 물자를 풍부하게 한다.

섬서성(陝西省) 육반산(六盤山)에 신력(神力)을 바탕으로
패공(覇功)을 구사하는 가문(家門), 육반루가(六盤婁家).
세상에게 외면받고 멸시당하는 환희교(歡喜敎).
육반루가의 후손과 환희교 교주의 운명적인 만남.

"넌 환희교를 지키는 수문장(守門將)이 될 거야.
강하게, 아주 강하게 키워주마."
'아버지처럼 죽지 않을 거야. 아무도 날 죽일 수 없어.
세상에서 최고로 강한 사람이 될 거야.'

유행이 아닌 자유추구 -
WWW.chungeoram.com
Book Publishing CHUNGEORAM

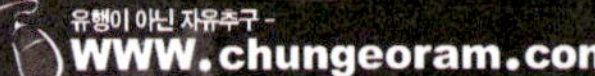

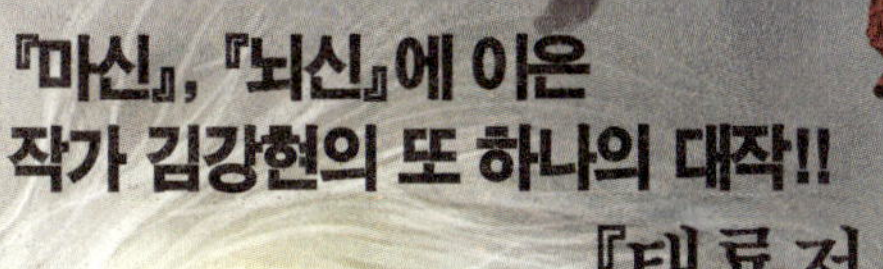

태룡전

『마신』, 『뇌신』에 이은
작가 김강현의 또 하나의 대작!!
『태룡전』

김강현
新무협 판타지 소설

내가 이곳 미고현에 위치한 천망칠십오대에
온 지도 벌써 두 달이 넘었거든.
그런데 아직도 이해하지 못한 일이 하나 있어.
그게 뭐냐고? 우리 대주 말이야.
우리 대주님이 가장 좋아하는 게 뭔지 아나?
바로 침상에서 좌우로 데굴데굴 굴러다니는 거야.
그다음으로 좋아하는 게 그렇게 뒹굴다 잠드는 거고…….
나려타곤(懶驢打滾)!
더도 덜도 아닌 딱 우리 대주님을 지칭하는 말일세.

천망칠십오대 대주 단유강!!
격동의 무림은 그에게 휴식을 허락하지 않는다.
단유강, 그의 일보가 천하를 떨쳐 울린다!